ein Ullstein Buch

ÜBER DAS BUCH:

Dietmar Grieser, Literaturdetektiv aus Leidenschaft, hat schon mit seinem Dichterwitwenreport *Musen leben länger* manches Vorurteil über postume Sachwalter korrigieren können. Nun ist er den Nachlaßhütern auf der Spur, und wieder erlebt der Leser, teils fasziniert, teils amüsiert, mit welchem Erfolg der Erforscher der *Schauplätze der Weltliteratur* Neuland erkundet: der Erbe, das unbekannte Wesen. Erbe ist mehr als nur eine bequeme Pfründe: ein verantwortungsvoller Beruf. Indem er das Werk präsent hält, den Nachlaß zugänglich macht und seiner Auskunftspflicht genügt, wird er zum verlängerten Arm des Autors. Dietmar Grieser porträtiert die literarische »Aprèsgarde« unserer Zeit in mehr als zwanzig Beispielen aus zehn Ländern – von Theodor Fontane über Hofmannsthal und Brecht bis Ingeborg Bachmann.

DER AUTOR:

Dietmar Grieser, 1934 in Hannover geboren, lebt seit 1957 in Wien. Studium der Publizistik und Sozialwissenschaft. Mitglied des PEN-Clubs. Zahlreiche Fernsehfilme und Radioreihen, mehrere Preise und Auszeichnungen. Seine wichtigsten Bücher: *Schauplätze der Weltliteratur, Piroschka, Sorbas & Co., Musen leben länger, In deinem Sinne.*

Dietmar Grieser

Glückliche Erben

Der Dichter und sein Testament

ein Ullstein Buch

ein Ullstein Buch
Nr. 22674
im Verlag Ullstein GmbH,
Frankfurt/M – Berlin

Ungekürzte Ausgabe
mit 39 Fotos

Umschlagentwurf:
Hansbernd Lindemann
Fotos: Ullstein Bilderdienst
(v. l. n. r.: Hermann Hesse,
Heinrich Mann, Bertolt Brecht)

Taschenbuchausgabe mit Genehmigung
der Albert Langen – Georg Müller Verlag
GmbH

Printed in Germany 1992
Druck und Verarbeitung:
Ebner Ulm
ISBN 3 548 22674 4

Februar 1992

Vom selben Autor
in der Reihe
der Ullstein Bücher:

In deinem Sinne (22010)
Schauplätze österreichischer
Literatur (22269)

Die Deutsche Bibliothek –
CIP-Einheitsaufnahme

Grieser, Dietmar:
Glückliche Erben: der Dichter und sein
Testament / Dietmar Grieser. –
Ungekürzte Ausg. – Frankfurt/M; Berlin:
Ullstein, 1992
(Ullstein-Buch; Nr. 22674)
ISBN 3-548-22674-4
NE: GT

Inhalt

Jedes Wort ist Erbe.

Hermann Hakel

Meiner Seel', wenn ich nochmal stirb, so vermach' ich alles dem Taubstummeninstitut,
diese Erben können mir doch nix nachreden.

Johann Nestroy

Das Urheberrecht ist vererblich.

Deutsches Urheberrechtsgesetz

Es gibt dichterische Hinterlassenschaften, die große Geschenke sind, aber in der Regel haben die Nachlässe eine verdächtige Ähnlichkeit mit Ausverkäufen wegen Auflösung des Geschäfts und mit Billigergeben.

Robert Musil

Der Rechtsnachfolger des Urhebers hat die dem Urheber zustehenden Rechte, soweit nichts anderes bestimmt ist.

Deutsches Urheberrechtsgesetz

Die Aprèsgarde
Vorwort

Man hört von ihnen immer nur, wenn wieder einmal Böses passiert ist: ein Familienzank, ein Fälschungsskandal, ein Akt der Verweigerung. Es ist schwer, sich über das Thema Schriftstellererben emotionslos zu verständigen. Als in meinem Bekanntenkreis durchsickerte, daß ich mir für mein nächstes Buch diese Spezies Mensch vornehmen würde, gingen mir von allen Seiten Mitleidsbekundungen zu, und meine Feinde rieben sich die Hände. Vorurteile sitzen fest. Eines der am festesten sitzenden lautet: Erben sind Hyänen – in ihrer Monomanie zu allem fähig. Aber da man den Witwen der Dichter ähnliches nachsagt und ich mit ihnen ganz andere, nämlich überwiegend gute Erfahrungen gemacht habe, ließ ich mir natürlich auch die Erben nicht ausreden.

Wieso aber überhaupt ein Buch über sie?

Mag das Drum und Dran, das Wieviel und Wofür ihrer Ressourcen auch Privatsache sein: Indem sie nicht irgendwen, sondern einen namhaften Künstler beerben, also einen Menschen, dessen Hervorbringungen der Allgemeinheit zugedacht sind (um's nicht pathetischer zu sagen: der Menschheit), teilen sie mit ihm ohne Zweifel diesen Öffentlichkeitsstatus – jedenfalls bis zu einem gewissen Grad. Ob Rilke oder Heinrich Mann, García Lorca oder Hofmannsthal, Ingeborg Bachmann oder Joseph Roth – wenn uns deren Werk wirklich am Herzen liegt, kann es uns nicht gleichgültig sein, was daraus nach ihrem Ableben wird. Es gibt also ein berechtigtes Interesse am Tun und Treiben der postumen Sachwalter, am Rollenverständnis der Aprèsgarde. Und dies um so mehr, als die Fama manches entstellt.

Da das herrschende Nachrichtensystem im wesentlichen ein System der schlechten Nachrichten ist, erfahren wir zwar, daß Marta Abba, die Muse Luigi Pirandellos, sich wegen einer verweigerten Aufführungserlaubnis mit Giorgio Strehler angelegt hat, daß die »Dreigroschenerben« hie und da einem allzu eigenmächtigen Brecht-Regisseur auf die Finger klopfen, daß Claude Döblin dem Biographen seines Vaters den Prozeß gemacht hat, weil er in dessen freizügiger Schilderung gewisser Erotika eine »Verletzung des Persönlichkeitsrechts« erblickte, oder daß Max

Brods Erbin Ilse Ester Hoffe keinen an das Originalmanuskript von Kafkas ›Prozeß‹ heranläßt – es sei denn die Autographenhändler, an die sie es Blatt für Blatt verhökert.

Aber wir erfahren nichts von dem Gustav-Meyrink-Erben, der alle Erträgnisse in seine religiöse Überzeugung steckt und für den Druck buddhistischer Traktate verwendet, nichts von den unverhofften Jura-Soyfer-Tantiemen, die es der schwerkranken Schwester des Dichters erlauben, endlich die lebensrettende ärztliche Hilfe in Anspruch zu nehmen, nichts von den verzweifelten Anstrengungen einer Mirjam Beer-Hofmann, die sich um ein Comeback ihres Vaters abmüht und sich darin auch nicht vom Anblick der Beer-Hofmann-Stapel in den New Yorker Antiquariaten beirren läßt, die ganz klar besagen: Laß es bleiben, es hat keinen Sinn, die Kinder seiner einstigen Leser verstehen nicht mehr deutsch.

Wir erfahren zwar von den monströsen Fälschungsmanövern einer Horrorfigur wie Elisabeth Förster-Nietzsche, von den Querelen um Klaus Manns ›Mephisto‹, vom Testament des Robert-Walser-Vormunds Carl Seelig, der die Werke seines Schützlings so sehr als sein eigen ansah, daß er sie nach seinem eigenen Ableben vernichtet sehen wollte (ein letzter Wille, über den man sich zum Glück hinweggesetzt hat), oder von dem Prozeß, den der Pariser Verleger Gallimard gegen Henri de Montherlants Testamentsvollstrecker geführt hat, um diesen daran zu hindern, über Manuskripte zu verfügen, die der Dichter ausdrücklich für jegliche Veröffentlichung gesperrt hat.

Aber wir erfahren nichts von der Charakterfestigkeit eines Berthold Viertel, der seinen Anteil am Erbe von Karl Kraus ablehnte, weil damit in seinen Augen dessen Hinwendung zum autoritären Regime Dollfuß sanktioniert worden wäre. Vergessen wir auch nicht, was Liza Maugham mit ihrem enterbungswütigen Vater mitgemacht hat! Und ob alle Tolstois glücklich damit waren, daß der Dichter sein Werk »fürs Volk« freigab, wie es später Wolf Biermann (ohne Erfolg) für Bertolt Brecht gefordert hat, ist noch sehr die Frage. Vor allem aber: Wenn wir es uns angewöhnt haben, beim Thema Erben immer nur nach den Millionen zu schielen, die da und dort das Œuvre eines Erfolgreichen abwirft, dann haben wir die verdammte Pflicht, auch jener anderen (und sehr viel Zahlreicheren) zu gedenken, die mit ihren Wiederbelebungsversuchen scheitern. Abgründe von Frustration und Resignation!

Wie gut sind da die bloßen Namenserben dran, die keinerlei

»promotion« mehr im Sinn haben und bei denen auch der Rubel nicht mehr rollt: die Fontane- oder die Storm-Urenkelin etwa, die ihrer illustren Verwandtschaft vorwiegend genealogische Reize abgewinnen, oder der Herder-Nachfahre, Kommunalpolitiker in einer DDR-Kleinstadt, der sich bei der täglichen Sozialarbeit auf den Humanismusbegriff des berühmten Ahnen beruft . . .

Natürlich wird in puncto Hinterlassenschaftspflege auch gesündigt – es wäre lächerlich, es zu leugnen. Es gibt den schnöden Inkassanten ebenso wie den raffiniert dosierenden Ausschlachtungsstrategen, den Ignoranten ebenso wie den Träg-Untätigen, der mit dem Vermächtnis des Erblassers nichts anzufangen weiß. Die Geschichte der Nachlaßhüter ist immer auch eine Geschichte bürgerlicher Erbdramen, eine Geschichte der grotesk übersteigerten Denkmalspflege, eine Geschichte der Piraterie. Urheber- und Erbschaftsrecht, mögen ihre Paragraphen noch so eindeutig sein, schaffen nur zu leicht Situationen, die den Literaturfreund mit Unbehagen erfüllen müssen und die der Dichter, guten Glaubens sein Testament aufsetzend, nicht hat voraussehen können. Erbrechtlich ist zwischen Marcel Prousts fünfzehnbändiger ›Recherche du temps perdu‹ und einem Paar ausgetretener Schuhe nicht der geringste Unterschied.

Auch über das Willkürliche an den sogenannten Schutzfristen wird man diskutieren müssen – einen originellen Beitrag dazu hat jüngst der Verleger Gerd Haffmans geliefert, als er die Frage stellte, wieso jedes Eigentum unbegrenzt vererbbar sei, nur nicht das geistige: »Gehen Sie mal zu Herrn Horten und sagen: Na, Herr Horten, Ihren schönen Schuppen auf der Königstraße, da haben Sie nun 50 oder 70 Jahre abgesahnt, jetzt gehört der uns. Genau auf diesem Gerechtigkeitsniveau befindet sich das Verlagsrecht mit seiner Schutzfrist.« Und Haffmans sagt auch gleich, wie er sich's in Zukunft vorstellt: »Von jedem Buch müssen künftig Tantiemen gezahlt werden – nicht den leiblichen Erben, sondern den geistigen: den Schriftstellern der neuen Generation.«

Fragt sich nur: Sind tatsächlich die Schriftsteller die geistigen Erben der Schriftsteller? Oder ist es nicht viel mehr der Leser, wir alle, das Volk?

Interessanterweise war Karl May einer der ersten Autoren, die in der Tantiemenfrage die übliche Familienperspektive verlassen und ein gutes Stück weiter gedacht haben: Während zum Beispiel Hermann Hesse, Vater dreier Söhne, bereits sechzehn

Jahre vor seinem Tod (im Briefwechsel mit seinem Verleger Peter Suhrkamp) auf Regelung der Erbschaftsmodalitäten drängte, verfügte der kinderlose Karl May in seinem letzten Willen, daß alle noch zu erwartenden Einkünfte nach dem Ableben seiner Witwe der »mildtätigen Stiftung, die ich mit ihr besprochen habe«, zufallen sollen. Es schwebte ihm dabei eine Art Sozialfonds für deutsche Schriftsteller vor, »die durch Alter, Unfall, Krankheit oder andere Ursachen in drückende Notlage gekommen sind«. Schon ein Jahr nach seinem Tod, also viel früher, als das Testament es vorsah, legte Klara May tatsächlich den Grundstein für diese Karl-May-Stiftung, die in der Folge viel Gutes gewirkt hat.

Karl May ist natürlich die Ausnahme von der Regel, und die Regel lautet: Das Geld bleibt in der Familie. Aber vergessen wir nicht, daß »die Familie« – wiederum von Ausnahmen abgesehen – dafür auch etwas *tut*. Erbe ist nicht nur eine Pfründe, Erbe ist auch ein Beruf – und oftmals kein ganz leichter. Der Erbe trägt nicht nur Sorge dafür, daß das Werk des Erblassers präsent bleibt, sondern auch daß der Nachwelt seine Hinterlassenschaft zugänglich gemacht wird, und er genügt im Umgang mit dem Biographen, dem Literaturwissenschaftler und dem interessierten Leser seiner Auskunftspflicht. Kurz: Er ist – ebenso wie der Verleger, der Übersetzer, der Regisseur oder der Interpret seiner Werke – der verlängerte Arm des Autors und verdient als solcher ebenso unseren Respekt wie dieser selbst. Vielleicht trägt das vorliegende Buch ein klein wenig zu einer solch differenzierteren Beurteilung bei. Daß die Hohenpriester der Häme, ihrerseits bestimmt auf eine »chronique scandaleuse« lauernd, dabei zu kurz kommen, nehme ich in Kauf.

Festzuhalten ist noch, daß keine der von mir porträtierten Personen sich zu diesem Unternehmen gedrängt hat. Im Gegenteil: Es war nicht immer leicht, sie dafür zu gewinnen, aus ihrer Anonymität herauszutreten. Daß sie sich schließlich doch dazu bereit zeigten, dafür gebührt ihnen Dank.

Hermann Hesse und Sohn Heiner 1914

Ich bin der böse Sohn ...
Primus inter pares: Heiner Hesse

»Das Problem des berühmten Vaters – *ich* habe darauf mit eigenem beruflichem Ehrgeiz reagiert. Und mit politischem Engagement.« So ist Heiner Hesse, was er – später, in reiferen Jahren – voller Betroffenheit in den Johann-Sebastian-Bach-Biographien von den Minderwertigkeitsgefühlen der Bach-Söhne las, zum Glück erspart geblieben.

Dabei ist es für die »Hesse-Buben«, wie Verleger Peter Suhrkamp noch die Endvierziger, ihr Auftreten bei der großen Stuttgarter Feier zum 80. Geburtstag des Vaters schildernd, verschmitzt genannt hat (»größere Buben, die zu ihren Streichen unterwegs sind«), alles andere als leicht gewesen. Acht, zehn und vierzehn Jahre waren sie alt, als Hermann Hesses Ehe mit Maria Bernoulli zerbrach, und die kranke Mutter konnte nur Martin, den Jüngsten, bei sich behalten: Bruno, der Älteste, kam als Pflegekind zu dem befreundeten Maler Cuno Amiet; Heiner, Jahrgang 1909, ging von Hand zu Hand.

Im Zürcher Warenhaus Jelmoli fand er über Vermittlung von Fritz Leuthold, einem der Freunde und Mäzene Hermann Hesses, eine Lehrstelle als Schaufensterdekorateur. Für über dreißig Jahre wurde dies sein Beruf. Gleich nach der Lehrzeit machte er sich selbständig; seine Auftraggeber waren lauter erste Adressen: die Swissair, als sie noch klein war, die El Al, der er die ersten Plakate entwarf, die exklusive Juweliersbranche an der Zürcher Bahnhofstraße.

Seit nunmehr zwanzig Jahren hat Heiner Hesse einen neuen Beruf: literarischer Nachlaßverwalter.

Ich frage ihn, ob er in dem Werk, über das er wacht, selber vorkommt.

Nein, er nicht, nur Bruder Martin. Martin habe die Figur des Kindes Pierre in der Erzählung ›Roßhalde‹ inspiriert. Er selbst sei nur in den Briefbänden verewigt: »Ich bin der böse Sohn, der den Vater vom Kommunismus überzeugen wollte – und umgekehrt.«

Durch einen Freund, der als Bühnenbildner am Zürcher Schauspielhaus arbeitete, kam der Zweiundzwanzigjährige in Berührung mit der Arbeiterbewegung. »Nieder mit den Nazis!« schmierte er mit dem Tapeziererpinsel auf die Straße – die bequeme Spraydose war ja noch nicht erfunden. Es waren die frühen Dreißigerjahre, Erika Mann trat in der »Pfeffermühle« auf, gemeinsam zog man aus, Naziversammlungen zu stören. Bei einem dieser »Einsätze« wurde Heiner Hesse von der Polizei festgenommen – er erinnert sich noch genau an jene Zürcher Advokatenliste, die an einer der Wände der Wachstube angeschlagen war: Bei etlichen Namen war von Hand eine winzigkleine Ergänzung angebracht – »Jude«.

Für die Sache des Antifaschismus war Heiner Hesse zu so manchem Opfer bereit: »Emigranten, die einen Unterschlupf suchten, gingen bei uns aus und ein. Nur der Weg der Gewalt –

der ist mir zum Glück erspart geblieben. Das Gewehr war geladen, aber ich habe es nicht gebraucht.«

Der weltanschauliche Konflikt mit dem Vater, der in der Verurteilung des Nationalsozialismus der weniger Radikale war, setzte sich auch nach dem Krieg fort; nun ging es um Pluralismusprobleme. Im Januar 1946 schrieb der Dichter an seinen Sohn Heiner:

»Du hast auf das Wort ›Gott‹ in meiner Neujahrsbetrachtung heftig reagiert und ebenso auf meine skeptische Betrachtung des ›Fortschritts‹ in der Weltgeschichte. Ich meinerseits glaube nicht, daß nicht zwei oder sechs oder zahllose Arten der Weltbetrachtung friedlich nebeneinander existieren können. Daß die Art, wie ein Mensch die Welt betrachtet, ein Kampfmittel sei und sein müsse, sehe ich nicht ein. Ich habe meinen Glauben, halb aus Herkunft, halb aus Erfahrung stammend, und er hindert mich nicht, Andersgläubige mit Achtung zu behandeln.«

Hesse führte seinen Freund Romain Rolland und dessen Bekenntnis zum Kommunismus als Beispiel an:

»Jeder von uns wußte, daß die Welt nicht leben kann und nicht vorwärts kommt ohne Männer, die eines Glaubens und der Hingabe an diesen Glauben fähig sind. So habe ich an meinen ›Gott‹ und er an seinen Kommunismus geglaubt, und jeder hat dem andern das Recht auf seinen Glauben gelassen.«

Nicht mehr, aber auch nicht weniger verlangte Hermann Hesse auch von seinem Sohn:

»Ich habe nie von Dir erwartet oder gar verlangt, Du sollest die Anschauungen eines alten Mannes haben, der sein Leben fast ganz mit Philosophie und Dichtung hingebracht hat. Ich nehme an, auch Du werdest nicht von mir verlangen, daß ich das, was ein Menschenleben in mir als Frucht hinterlassen hat, wegwerfe, weil die jetzige Welt sich andere Betrachtungsweisen und andere Vokabeln zugelegt hat.«

Heute, selber ein Mann jenseits der Siebzig, denkt auch Heiner Hesse über manches anders. Idolen wie Lenin und Stalin hat er längst abgeschworen. Geblieben ist das soziale Engagement: die Arbeit für Amnesty International, die Solidarisierung mit der Zürcher Protestbewegung. »Ich trete für die Errichtung von Jugendzentren ein: Es sollte ihrer so viele geben wie irgend möglich. Und um den Schwarzhandel mit schweren Drogen zu unterbinden, würde ich gewisse leichte freigeben.« Gerade eben ist Heiner Hesse auch in der Türkenfrage aktiv geworden: »Nachdem der schweizerische Bundesrat den Visumzwang für sie eingeführt hat und so viele Türken arbeitslos in Lagern vegetieren, habe ich an unseren Bundespräsidenten um Intervention appelliert. Außerdem stehe ich in dieser Angelegenheit mit Max Frisch in Verbindung. Kurzum: Wenn irgendwo Not am Mann ist, setze ich mich hin und schreibe an die zuständige Instanz einen Brief. Tun genügend andere das gleiche auch, so kann das schon etwas bewirken.«

Heiner Hesse ist ein Mensch aus einem Guß: keiner, der »links« predigt und hinter der »sozialen« Fassade praßt. Als Nachlaßverwalter und Drittelerbe des meistgelesenen deutschsprachigen Autors dieses Jahrhunderts – Hermann Hesses Werk ist in über 60 Millionen Exemplaren verbreitet! – könnte er ein Leben in Saus und Braus führen. Tatsächlich aber ist sein Chalet oberhalb von Locarno, die »Mulino sott'al Brumo« an der Straße von Arcegno nach Ronco, ein einfaches, atelierartiges Allzweck-Retiro: Schreibtisch, Eßecke und Bett – alles in einem Raum. Was aus Holz anzufertigen war – Fußboden und Treppe –, hat er selber gezimmert. In der Bücherkammer die Belegexemplare aus aller Welt: Einfache Zettel, unter die Bücherstöße geschoben, geben Auskunft über die verschiedenen Sprachen, über die verschiedenen Länder. Das Schild »Kein Durchgang«, das den schmalen Fußpfad zum Haus markiert, soll keine Exklusivität ausdrücken, sondern Irrläufer aufklären – anders als jenes berühmte altchinesische Papier, das sein Vater, die vielen Neugierigen und Aufdringlichen von seiner Behausung in Montagnola fernhaltend, an die Pforte geheftet hatte:

»Wenn Einer alt geworden ist und das Seine getan hat, steht ihm zu, sich in der Stille mit dem Tode zu befreunden. Nicht bedarf er der Menschen. Er kennt sie, er hat ihrer genug gesehen.

Wessen er bedarf, ist Stille.

Nicht schicklich ist es, einen Solchen aufzusuchen, ihn anzureden, ihn mit Schwatzen zu quälen.

An die Pforte seiner Behausung ziemt es sich vorbeizugehen, als wäre sie Niemandes Wohnung.«

Heiner Hesse, schlank und drahtig, Cordhose und Sporthemd, ist ein angenehmer Gesprächspartner: frei von Allüre, wohlorganisiert, sachlich, jede Frage ist zugelassen. Er spricht mit leicht schweizerischer Färbung: »Deutsch ist für mich eine Fremdsprache.« Im amtlichen Telephonbuch ist er als Enrico eingetragen: Lange bevor Hermann Hesse selber die Schweizer

Staatsbürgerschaft annahm, drängte seine Frau darauf, »die Kinder zu Schweizern zu machen«. Ihm sei es einerlei, schrieb er 1912 in einem Brief an einen seiner Freunde in die alte Heimat Schwaben. Aber: »Da ich das Gefühl habe, daß ich selbst doch nirgends anwachsen kann, so sollen wenigstens Frau und Kinder es versuchen.«

Tatsächlich sind alle drei Söhne den vorgezeichneten Weg gegangen: auch Bruno und Martin. Bruno, der ältere, still und bescheiden im Berner Land das Malererbe des Vaters fortsetzend, hält den Bauern von Oschwand ihre Häuser und ihre Kinder in Aquarell und Öl fest; außerdem ist er der Sekretär der Hermann-Hesse-Stiftung, die nach dem Tod des Dichters gegründet worden ist, damit Nachlaß und Bibliothek den rechten Weg nehmen. Die Söhne neigten der Schweizerischen Landesbibliothek in Bern zu (die dafür sogar einen eigenen Bibliothekar freigestellt hätte), die Witwe (Hermann Hesses dritte Frau, die aus Altösterreich stammende Ninon geb. Ausländer) gab Marbach den Vorzug. So hütet nun Bern vor allem die Bibliothek und Briefe, während das eigentliche Hesse-Archiv in Marbach eingerichtet ist – freilich nur leihweise, nur in depositum und mit der ausdrücklichen Klausel, daß es, wenn eines Tages ähnliche Verhältnisse wie in der NS-Ära einträten, sofort in die Schweiz abberufen werden könnte. »Denken Sie daran, wie überfallartig das damals in Deutschland vonstatten ging«, sagt Heiner Hesse und erinnert an den Fall Thomas Mann. »Der Dichter unterwegs in der Schweiz – und daheim in München sein Chauffeur, der mit den Nazis kollaboriert.«

Martin, der jüngste der drei Hesse-Söhne, machte sich weit über Bern hinaus einen Namen als Photograph: Spezialgebiet Schlösser und Bauten. Außerdem wurde er zum wichtigsten Porträtisten seines Vaters; seine »Bilder aus Montagnola« zählen zum Berührendsten, was von dem photoscheuen Dichter an Bilddokumenten überliefert ist. Schon als Kind durch wiederholte Erkrankung gefährdet, litt er unter manisch-depressiven Zuständen und nahm sich 1968 das Leben.

Hermann Hesse legte großen Wert darauf, keines seiner Kinder zu bevorzugen: Selbst in den Widmungen seiner Bücher drückte es sich noch aus – »Meinen drei Söhnen« lautet eine von ihnen.

Schon früh tauchte die Frage der Erbschaft auf. Bevor Peter Suhrkamp noch an die Neuedition seiner Werke denken konnte, legte Hesse ihm schon – mit Brief vom 21. 4. 1946 – nahe,

»mit Ninon und eventuell einem meiner Söhne einmal die Frage der Rechte meiner Erben zu besprechen«, und in einem weiteren Brief an seinen deutschen Verleger, knapp zwei Jahre später, nahm er sogar bereits sein Testament vorweg: »Ich denke und hoffe, daß ich einmal sterben werde, und erinnere Sie daran, daß Sie im Besitz meines beinahe gesamten Lebenswerkes sind, dessen Erben meine Frau und meine drei Söhne sein werden.« Was letztere betraf, so war verfügt, daß für den Fall, daß das Erbe an sie übergehen würde, sich die drei auf einen als Primus inter pares zu einigen hätten (eine Wahl, die dann spontan auf Heiner fiel).

In den vier Jahren, die zwischen dem Tod des Dichters und dem Tod der Witwe lagen, wurden die Tantiemen also geviertelt, seit 1966 fließen sie den drei Söhnen beziehungsweise deren Familien zu. Ein geringer Teil geht in die Hesse-Stiftung (die ihrerseits gewisse Projekte unterstützt – sei es eine neue Hesse-Bibliographie oder das Symposium zum 100. Geburtstag des Dichters). Im übrigen bringt nicht unbedingt jede Hesse-Veröffentlichung Geld ein: Gewisse Entwicklungsländer sind von der Zahlungsverpflichtung ausgenommen (und Japan dann, wenn die Übersetzung des betreffenden Werkes bereits mehr als zwanzig Jahre zurückliegt). Ein eigenes Kapitel sind die Raubdrucke: In Korea, das sich über zwanzig verschiedener Übersetzungen des ›Demian‹ und des ›Peter Camenzind‹ rühmen kann, hat der Name Hermann Hesse solche Zugkraft, daß mit ihm schamlos Mißbrauch getrieben wird. Man weiß von dortigen Hesse-Editionen, die überhaupt nichts mit Hesse zu tun haben: fremde Texte, die, unter seinem Namen verkauft, zu Rennern werden ...

Da wundert man sich fast, daß seit Jahr und Tag das Fernsehen solche Zurückhaltung übt: Ich kann mich weder an Biographisches noch an Werkverfilmungen erinnern. Einzige Ausnahme: die Erzählung ›Kinderseele‹. Heiner Hesse: »Mein Vater war gegen jede Verfilmung von Literatur. Sein Testament enthält diesbezüglich eine eigene Bestimmung: Solange Frau Ninon den Nachlaß verwalte, habe sie dafür Sorge zu tragen, daß jede Verfilmung unterbleibt, und auch für die Zeit danach erwarte er, daß man diesen Wunsch respektiert – es sei denn, man wäre in Geldnot.«

Hermann Hesses strikte Absage an das Medium Film war keine Marotte, sondern wohlbegründet: Was er an Literaturverfilmungen – etwa von Thomas Mann – kannte, fand er durch-

Primus inter pares: Heiner Hesse, der mittlere der drei Hesse-Söhne

weg inadäquat. Übrigens besaß er selber weder einen Fernsehapparat noch trat er je vor eine Filmkamera. Das einzige Filmdokument, das es von ihm gibt, ist privater Natur: ein Drei-Minuten-Streifen, den einer seiner Freunde in den dreißiger Jahren in Montagnola gedreht hat. In seinen Anfangsjahren, als Samuel Fischer noch sein Verleger war, weigerte sich Hesse sogar, dem Verlag Porträtphotos für Werbezwecke zur Verfügung zu stellen.

Heiner Hesse gibt unumwunden zu, daß er die Haltung seines Vaters nicht teilt: »Es darf einem Künstler nicht verwehrt werden, sich von anderen Künstlern anregen zu lassen. Mein Vater selber ist sehr stark von Musik und Malerei befruchtet worden. Wieso soll ein Filmkünstler nicht das Recht haben, sich von einem Werk der Literatur zu etwas Eigenem inspirieren zu lassen?«

So ist es denn in den letzten Jahren zu einigen Fällen von Umgehung dieser Testamentsbestimmung gekommen, und wie wenn der Dichter noch postum mit seinem Verdikt recht behalten sollte, war der künstlerische Ertrag in der Tat durchwegs fragwürdig: Weder der ›Steppenwolf‹, während des Vietnamkriegs von großen Teilen der amerikanischen Jugend als das klassische Antikriegsbuch gefeiert, noch ›Siddharta‹ konnten als Film voll überzeugen.

»Und Sie hatten daraufhin kein schlechtes Gewissen?« frage ich.

Heiner Hesse: »Doch. Wir haben es zu entlasten versucht, indem wir einen Teil der Lizenzgelder in die Hesse-Stiftung fließen ließen.« Außerdem ist er davon überzeugt, daß sein Vater unter dem Eindruck des amerikanischen Hesse-Booms selber seine starre Haltung revidiert hätte: »Viele junge Menschen erreicht man heute nur noch durchs Kino, nicht mehr durchs Buch.«

Unlängst war der österreichische Filmemacher Titus Leber zu Besuch da – dem läßt das ›Glasperlenspiel‹ keine Ruhe. Heiner Hesse zeigte sich von den Vorstellungen des jungen Mannes beeindruckt, aber zu einer tatsächlichen Verfilmungslizenz wird es nicht kommen, man ist nun doch vorsichtiger geworden. Und wie brächte ein Jungfilmer, dessen Begabung im Hochartifiziell-Experimentellen liegt, die Riesensumme auf, die der Verlag als Hüter der Rechte für ein solches Projekt begehren müßte? Heiner Hesse gab also seinem Gast, in dem er selber mehr und mehr eine Art Glasperlenspieler zu erkennen meinte, den freundschaftlichen Rat: »Warum wollen Sie unbedingt die Geschichte des Magister Ludi Josef Knecht verfilmen? Gehen Sie eigene Wege! Knechts Vorzugsschüler Tito entwickelt das Glasperlenspiel selber weiter – tun Sie desgleichen!«

Rechte zu veräußern, ist einfach, Rechte zu verweigern, ebenso. Es ehrt Heiner Hesse, daß er – aus Respekt vorm schöpferischen Genius – auch noch andere Positionen kennt.

Was ist in den zwanzig Jahren seit seines Vaters Tod sein eigener Anteil an der Hesse-Nachlaßpflege gewesen? Heiner Hesse hat sich vor allem um die Sparte »Briefe« gekümmert. Wer eine Vorstellung davon hat, ein wie unermüdlicher Korrespondent Hermann Hesse zeit seines Lebens gewesen ist, der wird die dafür aufzuwendenden Mühen des Zusammentragens, Sichtens, Entzifferns, Auswählens und Deutens nicht gering schätzen. An die 35000 Briefe, so rechnet man, hat Hermann Hesse insgesamt geschrieben – und das meiste (es sei denn, Gattin Ninon traf, mit Blick auf den Nachlaß, entsprechende Vorsorge), ohne davon Kopien anzufertigen und zurückzubehalten. Heiner Hesse mußte also erst einmal auf die umständlichste Weise versuchen, an das Material heranzukommen: die fast 3000 Namen der väterlichen Adreßkartei anschreiben und die Empfänger beziehungsweise deren Nachkommen um Überlassung ihres Besitzes bitten. Und dann die Auswertung – von oft völlig unzulänglichen Kopien weg, nur selten vom Original! Bei der bekannt zierlichen Handschrift des Dichters und dem unvermeidlichen Präzisionsverlust durchs fotomechanische Kopieren mitunter kniffligste Detektivarbeit. »Erahnen und erriechen« nennt es Heiner Hesse und denkt mit Schrecken an jene Zwölf-Stunden-Schichten, die ihm Hesse-Lektor Volker Michels, einmal in Fahrt, bei ihrer gemeinsamen Arbeit an den Briefbänden nicht selten aufzwingt.

Natürlich beschert solche Tätigkeit auch besondere Glücksmomente – etwa, als im Zuge der weltweiten Nachforschungen überraschend ein Verzeichnis von Hesse-Briefen auftauchte, die in einer Bibliothek im amerikanischen Bundesstaat Ohio gelandet und verwahrt sind: adressiert an jenen wagemutigen Berliner Drucker, der zur Zeit der Hochblüte des Nationalsozialismus, als längst kein Hesse mehr in Deutschland erscheinen durfte, Privatdrucke anfertigte und unter die Leute brachte (heute Rarissima für jeden Hesse-Sammler). Auch von so manchem kuriosen Zufallsfund wäre zu berichten – so, als vor kurzem bei einem Vagabundentreffen in Stuttgart ein Katalog herauskam, in dem ein Brief Hermann Hesses an den einstigen Vater der Vagabundenbewegung, Gregor Gog, abgedruckt war – ein Kontakt, von dem bisher niemand etwas gewußt hatte. Gog hatte Hesse um einen Beitrag für seine Zeitschrift ›Der Kunde‹ angegangen, und Hesse hatte geantwortet, es tue ihm leid, er schreibe prinzipiell nichts auf Bestellung, aber er stelle ihm gern etwas schon Vorliegendes zur Verfügung: das Gedicht ›Pfeifen‹.

Je »namenloser« der Adressat, desto gewichtiger der Briefinhalt – das ist eine der Erfahrungen, die Heiner Hesse im Zuge der Nachlaßarbeit gemacht hat: Hier, im Dialog des ratsuchenden einfachen Lesers mit dem ratgebenden Dichter, wurden die brennenden Fragen der Zeit abgehandelt, und so, also ohne jeden Seitenblick auf Prominenz-Appeal, sollten die Hesse-

Briefsammlungen, die schon vorliegenden wie die noch zu erwartenden, auch gelesen werden.

Scherereien mit Hesse-Briefen gab es übrigens schon zu des Dichters Lebzeiten. Ein besonders beschämendes Kapitel: die intime Privatkorrespondenz mit seiner zweiten Frau, der heute in Weimar lebenden Ruth Wenger-Haußmann, die diese, in Geldnot, irgendwann einmal als Darlehenspfand aus der Hand gegeben hatte und Hermann Hesse, um ihren Weiterverkauf und ihre Veröffentlichung zu unterbinden, für beachtliche 10000 Mark zurückkaufen mußte. Hingegen hat er ihr Ansinnen, in ihren Lebenserinnerungen mit ihm »abzurechnen«, nicht mehr erleben müssen (der Plan, sie zu Hesses hundertstem Geburtstag zu veröffentlichen, konnte ihr ausgeredet werden).

Von dem vielen, was Sohn Heiner an Hesse-Memorabilia in seinem persönlichen Besitz verwahrt, ist das ihm Liebste und wohl auch Wertvollste eine Briefsendung, die im Jahr 1902 an Kurt Piper ging: Es ist eine von insgesamt zwei Dutzend Handschriften des noch fast unbekannten Dichters, die dieser, fünfundzwanzigjährig, an einen kleinen Kreis ihm Nahestehender geschickt hatte – mit dem Ersuchen, ihm dafür entweder 25 Mark zukommen zu lassen oder aber die Sendung zu retournieren. ›Notturni/Gedichte für meine Freunde‹ – jedes Exemplar in anderer Anordnung. Die laufenden Hesse-Auktionen müssen in der Regel mit Bescheidenerem auskommen: kleineren Autographen, Bildminiaturen. An einer, der Versteigerung der Hesse-Sammlung des Mäzens Hans C. Bodmer, nahm Heiner Hesse aktiv teil – freilich nicht, um seinen eigenen Besitz zu mehren, sondern um einer sinnwidrigen Zersplitterung entgegenzusteuern. Unter den Bietern auch Hesses Geburtsort Calw. Die Plakette am Geburtshaus, die Diskothek »Steppenwolf« und der Souvenirladen »Siddharta« – das war den stolzen Stadtvätern zu wenig gewesen: Sie machten also 100000 Mark lokker, Hesseana anzukaufen, und der Sohn des Dichters sorgte dafür, daß Calw und das ebenfalls interessierte Literaturarchiv Marbach einander nicht überboten und so die Preise unnötig in die Höhe trieben.

Und noch etwas gehört zu den Obliegenheiten eines Nachlaßverwalters: jenen Fans dienlich zu sein, die mit ihrem Idol auf Tuchfühlung zu gehen wünschen, seine Wege nachvollziehen wollen, seine Luft atmen. In Montagnola, wo Hermann Hesse seit 1919 ohne Unterbrechung gelebt hat, reißt der Besucherstrom bis heute nicht ab – da mag der Nachbesitzer der einst indisch-rot getünchten Casa Hesse diese durch noch so strahlend weißen Anstrich unkenntlich und durch noch so scharfe Wachhunde unnahbar machen. Der von der Gemeindeverwaltung errichtete Gedenkstein und die der Erinnerung des Dichters gewidmete Hermann-Hesse-Straße weisen auch dem ortsunkundigsten Hesse-Pilger bequem den Weg ...

Nicht alles, was an Wünschen und Zumutungen an einen Künstlererben herangetragen wird, ist erfreulich. Wenn sich die Standardfrage »Wie war Ihr Verhältnis zu Ihrem Vater?« allzu sehr häuft (und womöglich mit langatmigen Schilderungen der eigenen Vater-Kind-Beziehung einhergeht), können allergische Reaktionen wohl kaum ausbleiben. Heiner Hesse macht es kurz: »Ganz normal – manchmal hat er uns Buben den Arsch versohlt, und manchmal hat er mit uns gespielt.« Und kommt es gar zum Tatbestand der schamlosen Ausnutzung, so muß wohl auch gelegentlich ein klarer Schlußstrich gezogen werden – wie etwa neulich bei jenem »mittellosen« Hesse-Fan aus Brasilien, dem es gelang, Heiner Hesse laufend größere Geldbeträge zu entlocken, bis sich eines Tages herausstellte, daß er die gleichen Bettelbriefe mit dem gleichen Erfolg all die Jahre auch an seinen Bruder Bruno gerichtet hatte. Nicht nur Erben kann ein gutes Geschäft sein, mitunter auch Verehren.

Rainer Maria Rilke 1924 in seiner Schweizer Wahlheimat im Wallis

Der Cornet
Christoph Sieber-Rilke, Preisstifter

Oktober 1925 – gut einen Monat vor seinem fünfzigsten Geburtstag, gut ein Jahr vor seinem Tod. Rainer Maria Rilke, nach längerem Kuraufenthalt im Sanatorium Valmont sur Territet, sieben Monaten Paris sowie etlichen kleineren Reisen nach Italien und in der Schweiz wieder in seinem Walliser »Wohnturm«, dem Château de Muzot, setzt sein Testament auf: »Einige persönliche Bestimmungen für den Fall einer mich mir mehr oder weniger enteignenden Krankheit.« Den verschlossenen großen Umschlag mit dem in französischer Sprache abgefaßten Begleitbrief schickt er an Frau Nanny Wunderly-Volkart, die treueste Freundin seiner letzten Jahre (und die einzige, die er auch in seiner Sterbestunde um sich dulden wird). Die annähernd Gleichaltrige, Gattin eines Gerbereibesitzers in Meilen am Zürchersee, ist eine Cousine des »freundschaftlich-großmütigen Eigentümers von Muzot«, des Winterthurer Großkaufmanns und Kunstsammlers Werner Reinhart.

Das Testament als solches ist in deutscher Sprache abgefaßt und füllt ein beidseitig beschriebenes großes Blatt; Frau Wunderly-Volkart, von Rilke zärtlich Nike genannt, sorgt getreulich für seine Vollstreckung. Nach dem Tod des Dichters wird sie das kostbare Dokument der Schweizerischen Landesbibliothek in Bern zur Archivierung übergeben – dort befindet es sich bis heute. Seine sechs Punkte sind der Literaturwelt vertraut: die Bitte, »sollte ich in eine schwere Krankheit fallen, die am Ende auch den Geist verstört, jeden priesterlichen Beistand, der sich andrängen könnte, von mir fernzuhalten«; die Wahl des Friedhofes von Raron als letzter Ruhestätte; seine Anweisungen betreffend Gestalt und Beschriftung des Grabsteins (Familienwappen, Name »und, in einigem Abstand, die Verszeilen: Rose, oh reiner Widerspruch, Lust, Niemandes Schlaf zu sein unter soviel Lidern«); das Einbekenntnis seiner totalen Besitzlosigkeit (»Ich halte unter den Möbeln und Gegenständen auf Muzot nichts für mein eigentliches persönliches Eigentum, es sei denn, was an Familienbildern da ist: als welche meiner Tochter Frau Ruth Sieber, Vorwerk Alt-Jocketa bei Jocketa in Sachsen, zukommen«); seine Zustimmung zur Veröffentlichung der Korrespondenzen und – wohl die schönste Passage des Textes – der Schlußsatz: »Von meinen Bildern halte ich kein anderes für wesentlich gültig, als die bei einzelnen Freunden, in Gefühl und Gedächtnis, noch bestehenden, vergänglichen.«

Am 8. März 1927 – der Dichter ist seit zwei Monaten tot – berichtet Theodora Von der Mühll, die Schwester des Schweizer Historikers Carl J. Burckhardt, der Fürstin Marie von Thurn und Taxis nach Rom, daß die von Rilke bestimmte Testamentsvollstreckerin »mit Hingebung und Gründlichkeit« daran arbeite, »den Nachlaß möglichst im Sinne des Verstorbenen zu ordnen«. »Die Frau Wunderly« schickt »an alle Freunde die Briefe zurück, die Rilke, jahrgangweise zusammengebunden, in schönster Ordnung hinterlassen hat.« Zugleich fragt Frau Von der Mühll bei der »sehr verehrten Fürstin« an, ob deren Freunde »in Österreich, Böhmen oder Italien« nicht vielleicht in der Lage wären, jene Art Tafel »etwa des Empire« zu beschaffen, die sich der Dichter, »die geometrischen Künste der heutigen Steinmetzen« verabscheuend, für seinen Grabplatz gewünscht hat. Um das Unternehmen zu beschleunigen, fügt sie die für die Anlage vorgesehenen Maße bei. »Die schöne Ruhestätte ist auf ewige Zeiten erworben.« Alle Jahre werde nun an Rilkes Todestag in Raron eine Messe gelesen werden, »und da läuten nach einheimischer Sitte die Glocken vom frühen Morgen bis abends. Ob Rilke das wußte? Wie er sich gefreut hätte über diesen beharrlichen, alle Menschenworte übertönenden Klang!«

Über Rainer Maria Rilkes letztwillige Verfügung ist viel geschrieben worden – etwa über die Beharrlichkeit, mit der er ihr das Wort »Tod« fernhält. Auch der Name seiner Familie fehlt darin – abgesehen von dem lakonischen Hinweis auf seine Tochter Ruth als Erbin der Familienbilder. Bei Anlegung bürgerlicher Maßstäbe mag darin, wer will, Lieblosigkeit erblicken. Christoph Sieber-Rilke, jüngster Enkel des Dichters und heutiger Rilke-Alleinerbe, sieht es anders: »Ihm war das Entscheidende das Werk. Für dieses Werk mußte er sich seine Unabhängigkeit bewahren. Er mußte frei werden von Haus und Familie, um da zu sein für seine Berufung.«

Tatsächlich hat Rainer Maria Rilke während seiner Schweizer Jahre von 1921 bis 1926, die zugleich seine letzten Lebensjahre gewesen sind (und die Jahre, in denen er die ›Duineser Elegien‹ vollendet, die ›Sonette an Orpheus‹ geschrieben, sich an die französischen Gedichte gewagt und Valéry übersetzt hat), weder Mutter noch Tochter wiedergesehen, weder Schwiegersohn noch Enkelkind kennengelernt, und auch seiner Gattin Clara wäre er wohl kaum mehr begegnet, wäre sie ihm nicht zu einem Besuch in die Schweiz nachgereist: 1924 – an der Seite ihres Bruders Helmuth Westhoff. Als sie das gleiche, kurz vor seinem Tod, ein zweitesmal unternimmt, wird sie nicht zu ihm vorgelassen.

Ruth, das einzige Kind des Dichters, von klein auf von ihm vernachlässigt und als junges Mädchen eine Zeitlang Magd auf einem Bauernhof, ist, als Rilke stirbt, eine Frau von sechsundzwanzig. Sie hat vor fünf Jahren den Rechtsreferendar Carl Sieber geheiratet; über ihre Aussteuer läßt Rilke seinen Verleger Anton Kippenberg entscheiden, zur Hochzeit schickt er lediglich einen Brief.

Ruth, die gleichwohl in abgöttischer Liebe an ihrem »fernen« Vater hängt und schwer unter allen Angriffen leidet, denen er je und je ausgesetzt ist, bringt drei Kinder zur Welt: Christine, die während ihrer Kieler Studienzeit 1947 tödlich verunglückt; Josepha, genannt »der Sepp«, die – finanziell korrekt abgefunden – in Weimar lebt und mit Klaus Beyer, dem führenden Architekturphotographen der DDR, verheiratet ist; und Christoph, der Jüngste, Jahrgang 1933, der nach dem Tod der Mutter im Jahr 1972 das Erbe antritt.

Schon von Kind auf wächst er wie von selbst in seine künftige Rolle hinein: Im Weimarer Elternhaus, wo Ruth und Carl Sieber das Rilke-Archiv aufbauen, geben einander die Literaturkoryphäen die Klinke in die Hand. Der Knabe darf mit Großvaters Säbel und Hanteln spielen, und wenn Verleger Kippenberg zu Besuch kommt, nimmt dieser den kleinen »Cornet« zärtlich auf den Schoß. Unter seinen vielen Vornamen weisen zwei direkt auf den Dichter: Christoph, sein Rufname, und Rainer, den er an fünfter Stelle führt. Für das Kind ist die illustre Abkunft freilich eher eine Last: Die Eltern, mit der Betreuung des Rilke-Nachlasses befaßt, sind allzu oft unansprechbar, die Lehrer martern den Schüler mit Häme wie »Einen solchen Aufsatz hätte dein Großvater nie geschrieben« oder »An seiner Handschrift solltest du dir ein Beispiel nehmen!« Christoph Sieber-Rilke – die Eltern, um die Familientradition besorgt, beschließen, die Berechtigung zur Führung des Doppelnamens amtlich besiegeln zu lassen – ist für den Beruf des Verlegers bestimmt. Nach Absolvierung der Buchhandelslehre sieht er sich in der Papierbranche um: Es soll ihm später nicht geschehen, daß er beim Papiereinkauf übervorteilt wird. Dafür passiert etwas ganz anderes: Er bleibt beim Papier hängen. Christoph Sieber-Rilke ist heute kaufmännischer Geschäftsführer eines der Spitzenunternehmen der Branche: der Papierfabrik Schoeller & Hoesch in Gernsbach. Hier, in seinem Managerbüro in der Region Baden-Baden, suche ich ihn auf.

Die Dame beim Empfang meldet mich schlicht bei »Herrn Sieber« an, der stattliche Endvierziger – die Augenpartie weist auf Rilke, die Statur auf die Westhoffs – kommt mir auf dem Gang des Bürotrakts entgegen. Überm Schreibtisch Warhols Goethe-Poster: Der Rilke-Erbe ist ein passionierter Goethe-Sammler, mein eigenes Goethe-Buch erleichtert mir das Entree.

Schoeller & Hoesch stellt dünne Spezialpapiere her: Zigarettenpapier, Teebeutel, auch elektrosensitives Material. Natürlich bin ich schon hier auf eventuelle Verbindungen zu Rilke aus, und siehe da, der Herr Direktor enttäuscht mich nicht: »Jawohl, die Rilke-Dünndruckausgabe ist auf Papier aus unserem Haus gedruckt.«

Wir bleiben noch eine Weile beim Thema: daß lebende Autoren sich vehement gegen Dünndruckausgaben sträubten (»Dann bin ich endgültig tot!«) und daß in den jüngst kreierten Leichtdruckpapieren unter Umständen die Zukunft des Buches liege: »Es ist ja so enorm raumsparend. Die Zeiten, wo ein Buch einem Ziegelstein gleichen mußte, sind vorbei.«

Für unser weiteres Gespräch wechseln wir vom Fabrikgelände ins Privatquartier – nicht nur, weil es sich im Angesicht all der auf den Salon verteilten Clara-Rilke-Plastiken ganz anders übers Rilke-Erbe reden läßt, sondern auch, weil sich uns in der Villa am Gernsbacher Panoramaweg Frau Hella Sieber-Rilke zugesellt, in deren Händen die eigentliche Betreuung des Nachlasses liegt. Nicht umsonst hat sie – wenn auch ohne Abschluß – Germanistik studiert.

Das Haus erinnert mit seinem Steilgiebel entfernt an Goethes Weimarer Gartenhaus – angesichts des in Weimar zur Welt gekommenen und enthusiastisch auf Goethe eingeschworenen Hausherrn fällt's schwer, an Zufall zu glauben. Im Souterrain das nach dem Krieg in den Westen geschaffte Rilke-Archiv, der Safe mit den kostbaren Handschriften. In dem kleinen Kabinett, in dem Hella Sieber-Rilke ihre Korrespondenz erledigt, steht Rilkes Worpsweder Schreibtisch – mit seinen beidseitigen Schubladenfächern ein köstliches Unikat, dessen Entwurf auf keinen Geringeren als Heinrich Vogeler zurückgeht.

Clara Rilkes Büste des Dichters gibt es in drei Exemplaren: Eines steht in Worpswede, eines ist im Besitz von Altkanzler Helmut Schmidt, eines befindet sich hier – wie als Wächter über sein Vermächtnis. »Erbe«, so höre ich, »ist kein Verdienst. Sondern ein Geschenk. Ein ungeheures Geschenk.«

Christoph Sieber-Rilke hat das Erbe zu einer Zeit angetreten, die Verleger Siegfried Unseld einmal eine Periode der »Verdrängung« genannt hat: Anfang der siebziger Jahre mochte, wer im Literaturbetrieb auf sich hielt, von Rilkes »verschlucktem Schluchzen« nichts wissen. »Erst der hundertste Geburtstag brachte die Dinge wieder ins Lot.« Ein weiteres bewirkte die durch Namen wie Botho Strauß und Peter Handke repräsentierte Zeitströmung der neuen Innerlichkeit: »Eine Weltschau,

Enkel und Erbe Christoph Sieber-Rilke. Als Kind wurde er »Cornet« gerufen.

die es vielen jungen Menschen ermöglichte, sich auch wieder auf Rilke einzustellen.«

Als Christoph Sieber-Rilke zur Zentenarfeier im Dezember 1975 den Rainer-Maria-Rilke-Preis für Lyrik stiftete, konnte er es wagen, sich in seiner Festansprache auf Rilkes Armutsbegriff einzulassen: »Dadurch, daß Armut heute als etwas rein Soziales verstanden und interpretiert wird, entsteht das große Mißverständnis zwischen Rilkescher Auffassung von freiwilliger Besitzlosigkeit und materieller Armut. So ist die Armut des Mönches im ›Stunden-Buch‹ eine freiwillige, um Christus gleich zu sein. Rilkes eigene Besitzlosigkeit war freiwillig auf sich selbst genommen. Ihm war das Entscheidende das Werk.« Und weiter: »Rilke hätte nicht von dem, was er an seiner Lyrik und Prosa verdiente, leben oder gar eine Familie ernähren können. Gottfried Benn sagte einmal, es habe Monate gegeben, in denen er, Benn, nicht mehr als DM 4,80 an seiner Lyrik verdient habe, und dabei handelte es sich um den Benn der späteren Jahre.«

Rilke – ein Edelschnorrer? Sein Enkel und Erbe hat Gegenargumente parat:

»Daß er nie über genug Geld verfügte, lag zum Teil auch daran, daß er selber so vielen anderen half. Und im übrigen: Hat er nicht alle, die ihn bedacht haben, überreich mit seiner Handschrift entschädigt? Seine Briefe – was sind sie anderes als mit der Zeit gigantisch im Wert gestiegene Aktien?«

Fast zur selben Stunde, da unser Gespräch stattfindet, wird in einem der führenden deutschen Auktionshäuser ein Widmungsgedicht von Rilke versteigert – es wäre reizvoll, zu erfahren, welchen Preis es erzielt hat. Ob man rasch mal anruft? Ein einfacher Brief ist heute jedenfalls nicht mehr unter etlichen tausend Mark zu haben ...

Und wie sieht es mit den Werkerträgen aus?

»Sie müssen dabei mehrerlei berücksichtigen. Rilke hat in erster Linie Lyrik geschrieben. Für Lyrik-Maßstäbe sind die Erträge natürlich sehr ordentlich. Aber Sie dürfen sie um Gottes willen nicht mit denen von Opernlibretti vergleichen. Oder auch mit denen verfilmbarer Romane – Beispiel Thomas Mann. Im Fall Rilke gibt es neben den Büchern nur noch Schallplatten: Will Quadflieg, Oskar Werner. Und bei Briefbänden zahlt man sogar drauf – das sind ja ganz kleine Auflagen. Außerdem ist Rilke urheberrechtlich in den meisten Ländern bereits frei.«

Gute Jahre waren die Jahre 1927 bis 1938. Weniger gute die spätere NS-Zeit. Obwohl Rilke nicht zu den verbotenen Autoren zählte, wurde er doch auf mancherlei Weise zurückgedrängt – etwa, wenn eine Rilkestraße plötzlich nicht mehr Rilkestraße, sondern Sudetenstraße hieß ...

Nach dem Zweiten Weltkrieg tauchten neue Probleme auf: Emigranten, die von Amerika aus unveröffentlichte Rilke-Texte aus ihrem Besitz herausbrachten. Statt der ihnen zustehenden Tantiemen schickten sie den Erben CARE-Pakete.

Nächster Rückschlag: die Studentenrevolte von 1968. »Da war's mit Rilke erst einmal vorbei.« Heute hat sich die Zuwendung zum Werk des Schöpfers der ›Duineser Elegien‹ auf eine gewisse Konstante eingependelt – mit den Gedichten, dem

›Malte‹ und dem ›Cornet‹ als notorischen »Zugnummern«. Auch in den Schulbüchern ist Rilke – freilich meist mit so Traditionellem wie dem ›Karussell‹ oder dem ›Panther‹ – vertreten, und im Land Baden-Württemberg fand sich vor einigen Jahren sogar wieder ein Rilke-Thema unter den Abituraufgaben.

Rilke-Verehrer pilgern nach Gernsbach – in derHoffnung, Antwort auf ihre Fragen zu erhalten und einen verklärten Blick auf den Dichterenkel werfen zu können, den seine Eltern doch wahrhaftig auf den Namen Christoph getauft haben und den Verleger Kippenberg doch wahrhaftig Cornet genannt hat. Ganz zu schweigen vom Friedhof von Raron im Schweizer Kanton Wallis, knapp diesseits der deutschen Sprachgrenze: Das Rilke-Grab an der Südwand der Dorfkirche ist seit Jahr und Tag eine Wallfahrtsstätte – und was für eine! »Wann immer wir dortgewesen sind – wir haben es noch nie geschafft, allein zu sein. Es sei denn im Morgengrauen.« Pilger zu jeder Stunde des Tages – und nicht wenige unter ihnen die obligate Rilke-Rose in der Hand. Langstielig und rot – so wie sie in großer Zahl auch, mit eigenen Täfelchen markiert, auf den Parkbeeten des nahen Städtchens Sierre blüht. Und wie sie der Dichter selber wieder und wieder den Damen seines Herzens verehrt hat.

Man darf annehmen, daß auch an jenem 2. Januar 1927, als Rilkes Beisetzung erfolgte, so manche Rilke-Rose dem Sarg nachgeworfen worden ist in die Gruft. Es war ein sonniger, extrem kalter Tag. Christoph Sieber-Rilke hat bei einem seiner Besuche in Raron mit einem aus dem Ort, der dabeigewesen ist, sprechen können: »Der Weg zur Kirche war total vereist, die Hände der Schulkinder, die die Kränze trugen, blaugefroren.«

Auch den »kleinen Henri« hat der Dichterenkel ausfindig gemacht. Der freundliche Bursche, der Rilke in Muzot das Holz gehackt, die Milch geholt und die Post besorgt und dem der Dichter seinerseits ein Stipendium der reichen Reinharts erwirkt und zu einer ordentlichen Ingenieurausbildung verholfen hat, ist längst Pensionist. Er macht für den Gast eine Flasche Wein auf. Und die Wirtin Anna Schröter, die an dem steilen Weg zur Kirche ihre herrlich verrauchte Kneipe betrieb, läßt es sich trotz ihrer bald hundert Jahre nicht nehmen, ein Festmahl zu bereiten, als sie hört, daß »der Enkel« im Lande sei. Das Feinste aus Küche und Keller muß auf den Tisch, das steht fest! Ist nicht wiederholt auch Phia Rilke hier eingekehrt, die Mutter des Dichters? Den Sohn fünf Jahre überlebend, pilgerte die alte

Dame zu dessen Grab, und um ihm nicht nur augenblicksweise nahe zu sein, trug sie sich eine Zeitlang sogar mit dem Plan, sich im benachbarten Sierre anzusiedeln. Ihre Auftritte sind der alten Gastwirtin in Erinnerung, als hätten sie gestern stattgefunden: »Stets mit Trauerschleier und stets mit Assistenz. Und furchtbar schnell mußte es gehen: ›Vite, vite!‹ Die Spiegeleier, die ihre Begleitung für sie bestellte, rührte sie kaum an.«

»Soweit er denken konnte, hatte er sich nie natürlicher und geschützter aufgenommen gefühlt«, schreibt Rilke in seinem aus dem Nachlaß veröffentlichten Fragmentbündel ›Das Testament‹, und er spielt damit auf seinen Lebensabend in der Schweiz an. Es freut den Enkel und Erben, wenn er den Dank für diese »unerwartete Bergung« bis heute Gegendank auslösen sieht – etwa in den strahlenden Augen des eidgenössischen Grenzbeamten, der sich beim Durchblättern des Reisepasses die vermutete Verwandtschaft bestätigen läßt, oder in der Selbstverständlichkeit, mit der die Landesbibliothek in der Hauptstadt Bern ihr Rilke-Archiv pflegt, obwohl sie ihrer Bestimmung nach doch ausschließlich für Schweizer Autoren da ist. »Sie behandeln den tschechischen Staatsbürger Rainer Maria Rilke wie einen der Ihren.«

Auf den zweiten Teil seines Familiennamens angesprochen zu werden, ist Christoph Sieber-Rilke gewohnt. So sehr es ihn verstimmen kann, wenn sich Gastgeber mit ihm schmücken (»Dürfen wir Sie mit dem Enkel von Rainer Maria Rilke bekanntmachen?«), so berührend können unvorhergesehene Sympathiekundgebungen sein – etwa wenn der Empfangschef eines französischen Hotels sich bei der Aufnahme der Personalien als Rilke-Kenner entpuppt oder der junge DDR-Grenzer, durch die Büchermengen, mit denen Christoph Sieber-Rilke zu seiner Schwester nach Weimar unterwegs ist, aufmerksam geworden, seine Kollegen zusammentrommelt: »Mensch, kommt mal alle her! Was glaubt ihr, wer da im Auto sitzt? So'n berühmten Großvater möcht' ich ooch haben!«

»Mein Leben ist eine besondere Art Liebe, und sie ist schon getan«, heißt es im Haupttext des ›Testaments‹. Wie innig diese Liebe bis zum heutigen Tag erwidert wird, erlebt der Enkel und Erbe auf Schritt und Tritt – sei's die Gastfreundschaft des heutigen Schloßherrn von Duino oder die Seligkeit jenes Prager Greises, der dem Nachkommen voll Stolz einen Friedhof zeigen kann, in dem es noch immer, aus Verehrung für den Dichter sorgsam gepflegt, eine Reihe alter Rilke-Gräber gibt. Ob auch

Spanien und Rußland solche Überraschungen bereithalten mögen? Diese beiden Reisen auf Großvaters Spuren hat Christoph Sieber-Rilke noch vor sich. Dichtererbe ist ja nicht etwas, was man im Handumdrehen erledigt: »Es ist eine Lebensaufgabe. Und ein ständiger Lernprozeß.«

Die Herausgabe (oder auch Nichtherausgabe) der Nachlaßreste ist hiervon nur ein kleiner Teil. Überhaupt, wo das noch Aufzuarbeitende mehr und mehr schrumpft: »Jetzt sind nur noch Briefe zu erwarten und Tagebuchaufzeichnungen. Der geplante Roman über seine Militärschuljahre ist ja durch Rilkes frühen Tod nicht mehr zustande gekommen.«

Da ist es für Christoph Sieber-Rilke ein um so schönerer Gedanke, daß es Dichter gegeben hat und gibt, die Rilkes Werk in mancher Weise »weitergeführt« haben. Es fallen die Namen Celan und Krolow. Es ist nicht von ungefähr, daß Karl Krolow den Reigen der Rilke-Preisträger eröffnet hat – damals zum hundertsten Geburtstag Rainer Maria Rilkes, als der Enkel und Erbe mit der Stiftung eines privaten Lyrikpreises ein Zeichen gesetzt hat: »dem Poeten ein wenig freien Raum für seine Wünsche und seine Arbeit zu schaffen – das also, was Rilke als Eigenständigkeit und Unabhängigkeit sein Leben lang gesucht und durch Freunde immer wieder gefunden hat«.

Dieses Freundschaftsprinzip hat Christoph Sieber-Rilke denn auch in den Statuten des Rainer-Maria-Rilke-Preises verankert: Keine Jury möge den nächsten Preisträger bestimmen, sondern jeweils der letzte Preisträger selbst. Karl Krolow entschied sich für Hilde Domin, diese für Ernst Meister, dieser für Christoph Meckel, dieser für Nicolas Born.

Rilke sei Dank.

Hugo von Hofmannsthal und Tochter Christiane im Garten der Rodauner Villa

»Es war viel los ...«
Die Welt der Christiane Zimmer-Hofmannsthal

Im New Yorker Telephonbuch findet man sie als Christiane Zimmer eingetragen – dort ist sie die einzige ihres Namens. In München, wo sie die andere Hälfte des Jahres zubringt, gibt's noch eine zweite – nur aus diesem Grund hat sie hier ihren Mädchennamen angehängt; damit's nicht andauernd zu Fehlverbindungen kommt. Die Hofmannsthal-Tochter dekoriert sich nicht mit Hofmannsthal.

Ihr Neffe Octavian in London spricht ja nicht einmal mehr deutsch: Hugo von Hofmannsthals Enkel hat eine Engländerin zur Mutter und ist in England aufgewachsen. Der junge Herr aus großem Haus, sowohl nach dem Dichter wie nach einer seiner liebenswertesten Figuren benannt, kann »seinen« Part, kann die Octavian-Dialoge im ›Rosenkavalier‹ nicht mehr im Original lesen.

Ebenso geht es seiner Schwester Silvia mit der ›Silvia im »Stern«‹.

Und seiner Schwester Romana mit den Romana-Passagen im ›Andreas‹-Fragment.

Nur Arabella kommt mit dem ›Arabella‹-Text zurecht: Sie hat einen Winter in Wien zugebracht und die Tage »daheim« zum Deutschlernen genützt.

Aber halten wir uns nicht mit der Enkelgeneration auf, bleiben wir bei der Tochter. Christiane, 1902 geboren, ist Hugo von Hofmannsthals ältestes Kind; die Söhne Franz und Raimund folgen ein beziehungsweise vier Jahre später. Franz endet – zwei Tage vor dem Tod des Vaters – durch Selbstmord, Raimund, Vater der vier nach Hofmannsthal-Figuren benannten Kinder, stirbt 1974.

Nun ist also nur noch Christiane da – vor wenigen Wochen hat sie den 80. Geburtstag gefeiert: zusammen mit ihren jungen und alten Freunden in einer aufgelassenen Fabrik, der factory im New Yorker Unterbezirk Soho. Man trägt »radical chic« – da ist so eine alte Fabrik mit ihren Bohème-Quartieren, ihren kleinen Handwerksbetrieben und Boutiquen gerade der rechte Rahmen. Überhaupt für eine alte Dame, die keine alte Dame sein will, sich nur unter Jungen wohlfühlt.

»Ich habe noch nie in meinem Leben so viele Stöcke auf einem Fleck gesehen«, stichelt einer der Söhne, der die Mutter sonst immer nur von Jugend umringt sieht. Beim Achtziger muß sie eine Ausnahme machen, muß auch die Freunde von einst einladen. Aber wie um die Dinge wieder ins rechte Lot zu bringen, zieht sie, während sie mir von der Festivität in der Greene Street erzählt, aus einer Brieftasche Farbphotos hervor: ein bildhübscher junger Mann um die Dreißig – im knappsitzenden Badedress. »Mein kleiner boyfriend.«

Stefan ist Deutscher, seit sechs Jahren lebt er in New York, auch er hat in der factory in der Greene Street Unterschlupf gefunden – nicht weit von Christiane Zimmers Haus: 15 Commerce Street, Greenwich Village.

Stefans Mutter ist eine bekannte deutsche Schauspielerin, auch er neigt diesem Beruf zu. Das ist natürlich nicht ganz leicht – in New York, wo es so viele einheimische »actors« gibt, die ohne Arbeit sind. Auch ist sein Amerikanisch noch immer nicht völlig akzentfrei. In München oder Wien könnte eine Hofmannsthal-Tochter ihn bestimmt leichter beim Theater unterbringen als in Amerika, wo der berühmte Name bei weitem nicht diesen Klang hat – außer vielleicht bei den Opernfans. Nun, man wird sehen – einstweilen unternimmt man gemeinsame Reisen: Mexiko war schön, Tahiti wunderschön. Die Marschallin und ihr Octavian – sehr lieb.

Meine geplante Begegnung mit Christiane Zimmer in New York kommt nicht zustande: Wenn ich in Amerika sein werde, ist sie in Europa – wir treffen uns also in München. In der Kunigundenstraße im äußeren Schwabing hat sie ihr Sommerquartier: ein Glashaus mit viel Grün, Gartentrakt, erster Stock. Sehr entzückend, sehr praktisch. Im Wohnzimmer ein Vlaminck an der Wand, in der Küche eine Photographie von 1917: Vater und Tochter im Garten von Rodaun – ein poetisches Bild. Wir nehmen beim Balkon Platz, mein Vis-à-vis zündet sich eine Zigarette nach der anderen an.

Auch hier überwiegend junge Leute rundum. Eine Zeitlang hat der Karikaturist Luis Murschetz über ihr gewohnt; es gibt eine Zeichnung von ihm, wie er ihr und ihren Gästen ins Appartement blickt, kopfüber vom Balkon baumelnd. Titel: »Der Murschetz schaut heute auch noch herein.« Am einen Fenster intellektuelles Partypalaver, am andern der Küchenherd, an dem einer der Gäste die Suppe abschmeckt. Sehr komisch. Und sehr treffend. Christiane Zimmer mag es gar nicht, wenn es über längere Strecken verbissen hochgeistig zugeht. »Mir ist solches Reden über Kunstwerke verhaßt«, sagt schon Hugo von Hofmannsthal zu seinem Freund Leopold von Andrian, als dieser über die ablehnenden Kritiken Klage führt, die seine Novelle ›Der Garten der Erkenntnis‹ da und dort gefunden hat. Und auch Hofmannsthals Brief an die dreizehnjährige Christiane – 1916 aus Berlin – ist ein guter Beleg dafür, daß die Tochter in dieser Hinsicht dem Vater nachgerät:

»Du hast einen schlechten Papa, der Dir seine Freude über Dein schönes Zeugnis so verspätet ausspricht. Du weißt ja, daß mir Alles Freude macht, was Dir gelingt und Dich weiterbringt,

Du weißt aber auch, daß dieses geistige Gelingen nicht alles ist, sondern daß es noch mehr auf die ganze Breite des Lebens ankommt, auf das gewöhnliche Dasein, ob man da das Richtige tut und nicht tut, redet und nicht redet, denkt und nicht denkt.«

Spätere Briefe bezeugen, daß die Tochter den väterlichen Rat beherzigt hat – so etwa, als Hofmannsthal 1923, Christiane betreffend, an eine Freundin schreibt:

»Die Person ist ja über Nacht so erwachsen geworden, sie hat sich ganz losgelöst von uns, heute, gerad heute, jetzt in einer Stunde soll ich sie zum ersten Mal wiedersehen ... ich wette, sie ist schon so alt, man kann mit ihr schon nicht mehr über Hölderlin und Laotse reden, sondern nur über viel ›wirklichere‹ Dinge.«

So ist es. Ich bin gekommen, mit ihr über Hugo von Hofmannsthal zu sprechen. Und ich spreche mit ihr über Christiane Zimmer. Aber nicht etwa, weil ihr Person und Werk ihres Vaters gleichgültig wären, sondern einfach weil sie selber eine so interessante Person ist. Ich bin nicht der erste, dem es so ergeht. Die Festschrift, die ihr ihre Freunde zum 80. Geburtstag gewidmet haben, ist voll davon. Es ist weder eine verklausulierte Hofmannsthal-Huldigung noch die übliche Kollektion von Ladenhütern, sondern wirklich eine Festschrift und wirklich eine über die zu feiernde Person: eine gemeinsame Liebeserklärung, die über den Holzfeuergeruch in ihrem Haus und das verblichen-grüne Gäste-Sofa ebenso Auskunft gibt wie etwa über die Fortschritte beim Abschluß der historisch-kritischen Gesamtausgabe.

Leonhard Fiedler, der die Stimmen der Freunde einsammelte, zum Buch bündelte und der nichtsahnenden Christiane Zimmer an ihrem 80. Geburtstag überreichte, hat es vielleicht am schönsten von allen ausgedrückt:

»Manchmal habe ich mich gewundert, daß in Gesprächen mit Christiane ihr Vater kaum vorkommt, oder nur beiläufig. Fragen nach der Person Hugo von Hofmannsthals, die dem Freund seines Werks auf der Zunge liegen, bleiben oft unausgesprochen. Nicht, weil Christiane nicht Auskunft geben wollte – im Gegenteil, sie tut es gern und ausführlich –, sondern weil man das Fragen leicht vergißt.« Der Grund: »Christiane lebt, wie wohl nur wenige von uns, ganz und gar in der Gegenwart. Ihr Verhältnis zu Vergangenem ist unkompliziert und unsentimental.«

Und weiter: »Manche sind erstaunt, daß sie nichts tut, den

Ruhm ihres Vaters zu mehren. Nie hat sie unter dem Phänomen gelitten, daß zwar viel über ihn geschrieben wird, daß das Werk selbst jedoch verhältnismäßig wenig verbreitet ist – gemessen an Zeitgenossen wie Thomas Mann oder auch Schnitzler ... Es ist nicht Desinteresse. Ich glaube, es ist vielmehr das natürliche Bewußtsein von der Bedeutung dieses Werks und das klare Erkennen der Größe der Person. Ein solch sicheres Bewußtsein erlaubt, wie selbstverständlich, auch Kritik und macht Bemühungen zur Mehrung der Popularität von vornherein überflüssig. Wichtiger ist das Eigene – und das heißt auch das Dasein für Freunde.«

Und so kommt Leonhard Fiedler zu dem richtigen Schluß: »Kinder großer Väter finden, so sagt man, selten zu sich selbst. Christiane ist eine der ganz wenigen glücklichen Ausnahmen.«

Christiane Zimmer, immer noch das leicht wienerisch gefärbte Deutsch ihrer Jugendjahre sprechend, genießt es sichtlich, die Erwartungshaltung von Christiane-Zimmer-Debütanten, wie ich einer bin, zu irritieren, und ich lasse es mir gern gefallen – mit ebensolchem Genuß. Ich brauche also nicht davor zu zittern, auf meine Sattelfestigkeit in Sachen Hofmannsthal geprüft zu werden, muß mich nicht demutsvoll dem hehren Thema nähern, kann ungeniert im Alltäglichsten des Dichteralltags wühlen, und gerade weil ich dabei allen Weihrauch aus dem Spiel lasse, erhalte ich auf jede meiner Fragen präzis Antwort. Und zu jeder zweiten, als Draufgabe, eine Anekdote. Die väterlichen Vorlesungen in Rodaun – aber nicht etwa Hofmannsthal-Texte, sondern Grillparzer und die Odyssee. Die strengen Ruhebestimmungen, wenn »Papa« am Schreiben war: von der Unterdrückung geschwisterlichen Raufhandels bis zu vorsorglichem Abfangen unangenehmer Poststücke. Oder der erklärte Unwille des Dichters, mit seinen Gästen immerfort über »Dichterisches« zu sprechen – etwa mit jenem befreundeten Bankdirektor, dessen Goethe-Tick Hofmannsthal so enervierte, daß er darüber bei Tisch seine Gabel verbog ... »Papa sprach mit seinen Gästen viel lieber über *deren* Berufe, er bereitete sich regelrecht darauf vor. Gerade die einfachen Leute interessierten ihn am meisten: der Kohlenmann, der Bettler, die Bäuerin.«

Das Fuchs-Schlössl in Rodaun, bis zu seinem Tod im Sommer 1929 Hofmannsthals Residenz, ist als Hort der Geselligkeit in die Literaturgeschichte eingegangen. Aber Tochter Christiane weiß nur zu genau, wieviel Überwindung dabei auch mit im

Spiel war. »Ich fürchte, wir müssen die X. und Y. wieder einmal hereinlassen ...« lautete eines der geflügelten Worte im Hause.

Die Gelehrten, die Christiane Zimmer im vergangenen Jahr zur Jahrestagung der Hugo-von-Hofmannsthal-Gesellschaft nach Marbach geholt und um einen Beitrag gebeten hatten, jubelten vor Entzücken, als sie, unvorbereitet und auf ihre despektierlich amüsante Art, ihre Kindheitserinnerungen zum besten gab: ein Labsal nach all dem germanistisch-philologischen Fachkram. Rudolf Pannwitz, der sich über Nietzsche ereifert und keine Käsetorte mag; Rilke, der mit seiner exzentrischen Malerfreundin Lou Albert-Lasard, im Gartenhaus vis-à-vis einquartiert, den auf schlampige Verhältnisse allergisch reagierenden Hofmannsthal nervt (»Ob verheiratet oder allein oder homosexuell – alles war Papa recht, nur ungeordnet durfte es nicht sein«); Willy Haas, der Hofmannsthal, nur vom Großvater her jüdischer Abstammung und ansonsten katholisch erzogen, für die jüdische Literatur vereinnahmt und sich dafür strengen brieflichen Verweis einhandelt. Tochter Christiane wird über diesen Punkt eines Tages sogar eine eigene Korrespondenz mit Golo Mann abwickeln. Denn jede diesbezügliche Überbetonung liegt ihr fern. Nur die Porzellanstatuette des Urahnen, jenes Isaak Löw Hofmann, den Kaiser Ferdinand I. 1835 um seines philantropischen Wirkens willen als »Edlen von Hofmannsthal« in den erbländischen Adelsstand erhob, hat ihren festen Platz auf dem Kaminsims der New Yorker Wohnung. Als er in jungen Jahren aus seinem böhmischen Heimatdorf nach Prag zog, legte er die gesamte Strecke zu Fuß und bloßfüßig zurück – das einzige Paar Schuhe, um es zu schonen, im Rucksack. Er wurde später einer der größten Seidenfabrikanten der österreichisch-ungarischen Monarchie und Begründer eines damals völlig neuen Industriezweiges: der Pottasche-Herstellung.

Christiane Zimmer ist als Auskunftsperson in Sachen Hofmannsthal für jede Überraschung gut. Erregt nicht schon das Kind mit seinen freimütigen Antworten Aufsehen? Einmal ist das Ehepaar Richard Strauss in Rodaun zu Gast. »Das Christianerl ist aber recht selbstbewußt und schnippisch«, bemerkt Pauline Strauss zur Frau des Hauses. Gerty von Hofmannsthal ersucht um Aufklärung. Und was stellt sich heraus? Pauline Strauss hatte die Kleine gefragt: »Nach wem heißt du denn, Christiane?« Und Christiane hatte geantwortet: »Nach Goethe.«

Als Hofmannsthal seine kleine Tochter für einige Zeit zur Gräfin Degenfeld aufs Land schickt, trägt er der Freundin angelegentlich auf, Christiane Manieren beizubringen: für ein kleines Mädchen wie sie rede sie zuviel und blicke zu wenig in den Spiegel.

Wie es zum Stil der aristokratischen Häuser im alten Österreich gehört, geht es auch bei Hofmannsthals durchaus nicht üppig zu: Ein Frühstücksei bekommt nur Papa, auch am Tischwein darf nur er nippen. (Weisung ans Dienstmädchen: »Mizzi, hol *die* Flasche!«)

Das Anwesen aus maria-theresianischer Zeit ist zwar wunderschön, aber aus heutiger Sicht denkbar unpraktisch – auch hat man zunächst noch Petroleumlicht, und das Heizen der Kachelöfen ist so mühsam, daß man ohne Personal mit alledem gar nicht zurechtkäme. Man hat zwar Telephon, aber das Fräulein vom Amt, das zu jener Zeit noch die Verbindungen herstellt, hat nur bis fünf Uhr nachmittags Dienst – da heißt es also beizeiten seine Verabredungen treffen. Eine wichtige Rolle kommt – vor allem wenn Besuch ins Haus steht – den gemeinsamen Spaziergängen zu: Schon beim Frühstück werden die entsprechenden Arrangements getroffen, und kommt es zu unerwünschten Begegnungen der einzelnen Gruppen, so schlägt man, sowie man einander ansichtig wird, eilends die Gegenrichtung ein, damit nur ja keiner den anderen in seiner Unterhaltung stört. Verabredungen zu gemeinsamen Radpartien werden brieflich festgehalten und gehen somit in die Literatur ein.

Christiane von Hofmannsthal besucht in Hietzing das Lyzeum – das bedeutet eine Dreiviertelstunde mit der Elektrischen, um sieben muß sie schon bei der Haltestelle sein. Noch heute kommt es ihr wie ein Alptraum vor: »Da mußte aus mir ja eine Spätaufsteherin werden.«

Die Ausbildung der Kinder wurde eher lässig gehandhabt: »Die Buben waren schwach in der Schule, Raimund hat mit Müh und Not maturiert, Franz, zwischen Bankwesen und Hotellerie schwankend, fand sich beruflich nicht zurecht.«

Christiane geht mit 21 weg aus Österreich – es ist mit einer der Gründe, weshalb sie später niemals ernstlich eine Rückkehr in die Heimat erwägen wird: »Ich habe meine Freunde überall, nur nicht in Wien.«

In Paris, wo sie im Frühjahr 1925 einige Monate an einer Übersetzung der ›Princesse de Clèves‹ arbeitet, eines aus dem Jahr 1678 stammenden Romans der Comtesse Marie-Madeleine de La Fayette, wohnt sie durch Zufall im selben Hotel wie Rilke: in dem später auch als Joseph-Roth-Zufluchtsstätte bekannt gewordenen Foyot beim Jardin de Luxembourg. Billets gehen zwischen den beiden Appartements hin und her, Rilke führt die außerordentlich lebhafte Tochter des verehrten Kollegen in eine Reihe befreundeter Salons ein; unter den vielen Bekanntschaften, die die Dreiundzwanzigjährige ihm verdankt, ist auch die des Dichters Paul Valéry. »Wenn Sie so lieb sind, mich auch weiterhin mitzunehmen, bin ich Ihnen sehr dankbar«, ermuntert sie ihn zur Fortsetzung der Kontakte, und er schickt ihr durchs Stubenmädchen Einladungen, meist mit der Formel »Ein kleines Wort, bitte« um Bestätigung ersuchend.

In Heidelberg, wo sie Vorlesungen in Romanistik hört, lernt Christiane von Hofmannsthal den jungen Gelehrten Heinrich Zimmer kennen, der sie dazu überredet, das Fach zu wechseln. Er ist Indologe – eine »reichsdeutsche Mischung, die sich für einen Kelten hält«. Zimmer ist zwölf Jahre älter als sie. Französische Romane, so findet er, kann man auch daheim auf der Chaiselongue lesen – dafür braucht man kein Hochschulstudium. Er redet Christiane also zu, bei ihm Sanskrit zu lernen. Da er aber außer ihr nur noch einen Hörer hat, der obendrein selten zur Vorlesung erscheint, muß diese (*»tres faciunt collegium«* heißt die alte Regel) sehr oft ausfallen, und der Herr Privatdozent und seine Studentin gehen statt dessen miteinander spazieren.

Im Juni 1928 wird geheiratet. Hofmannsthal rühmt an seinem Schwiegersohn dessen »unverlegene, nie beengte noch beschwerte, auf einem schönen Selbstgefühl ruhende, heitere Bescheidenheit«.

Der Mutterrechtler Johann Jakob Bachofen und der Kulturpsychologe C. G. Jung sind, als Zimmer darangeht, die Welt der indischen Mythen zu erforschen, seine Lehrmeister. Aber seine Bücher, berichtet Dolf Sternberger, seien nur »wie ein Schatten seiner vollen Gestalt, wie ein Nachhall seiner lebendigen Stimmkraft im genialischen Erzählen und Deuten« – sie sind heute übrigens in größerer Zahl zugänglich als zu seinen Lebzeiten. Als er 1938 im Eranos-Jahrbuch über die Mythe von der indischen Weltmutter referiert, zieht Thomas Mann im fernen Princeton nach und läßt sich von dem faszinierenden Stoff zu seinem Capriccio ›Die vertauschten Köpfe‹ anregen.

Hugo von Hofmannsthals Gattin Gerty stammt aus jüdischem Haus, ihr Vater ist Generalsekretär der Anglo-öster-

Christiane Zimmer-Hofmannsthal 1977 an ihrem Hauptwohnsitz New York © Burton Pike, New York

reichischen Bank. Tochter Christiane gilt also nach den NS-Rassengesetzen als Halbjüdin – die Zimmers müssen das Feld räumen. 1937 verliert der Gatte seinen Heidelberger Lehrstuhl; nach einem Provisorium in Oxford emigriert die Familie nach Amerika, an der Columbia University in New York erhält der inzwischen Fünfzigjährige eine Gastprofessur. Drei Jahre später, 1943, stirbt Heinrich Zimmer an den Folgen einer Lungenentzündung. Indien und dessen Kultur aus eigenem Erleben kennenzulernen, bleibt ihm versagt: Zuerst halten ihn die Kriegsereignisse, später Geldmangel, zuletzt die Willkür der Nazis davon ab.

Christiane, inzwischen Mutter mehrerer Söhne, steht mit den

Kindern allein da. Obwohl ihr nun schon seit vielen Jahren ihr Anteil an den Hofmannsthal-Tantiemen zufließt, unternimmt sie einen mutigen Schritt: Sie sucht die eigene berufliche Bewährung, macht an der Columbia University den »Master of Social Work« und geht für die Dauer von fünfundzwanzig Jahren in die praktische Sozialarbeit: zunächst als Beraterin in einer family agency, hernach in einer psychiatrischen Klinik, auch für die Stadt New York ist sie eine Zeitlang tätig, schließlich gibt sie ihr Wissen in Vorlesungen an der katholischen Fordham University an den Nachwuchs weiter.

»Man konnte in Christianes Erscheinung nicht die geringste Spur von jenem Elfenbeinturm bemerken, als den man das Haus ihrer Herkunft und Kindheit sich vorzustellen geneigt ist«, urteilt ein Freund aus den Emigrationsjahren, der Architekt Felix Augenfeld. »Das Gebäude ihrer Persönlichkeit schien vielmehr ein fest fundiertes, solid gebautes, sturmsicheres und wetterbeständiges Gebilde zu sein. Man suchte vergeblich nach der feingliedrigen Zartheit, die man in Gedanken an ihre Abstammung hätte erwarten können. Ihr Wesen war sofort auffallend und überaus einnehmend durch die offene Zugänglichkeit und die ungekünstelte Direktheit ihrer Umgangsformen. Es lag überdies auch etwas Aristokratisches in dem Freimut ihrer Mitteilungen.«

Ob man zusammen mit Rudolf Bing in Christianes Haus Weihnachten feiert oder sich in der Direktionsloge der Metropolitan Opera trifft – was immer sich um Christiane schart, profitiert von ihrer ausgeprägten »Bereitwilligkeit zur Freundesteilung«. Und Freunde – wahrlich, die hat sie! Und nicht etwa nur prominente, erfolgreiche, bürgerlich respektable: »Ihre Auswahl ist frei von jedem Vorurteil.« Denn im Gegensatz zum dichtenden Vater, dem seine Ruhe über alles ging, liebt sie den Wirbel. Felix Augenfeld: »Wenn sie ihrer Zufriedenheit über den guten Ablauf eines Lebensabschnitts Ausdruck geben will, so drückt sie das gerne mit den Worten aus: ›Es war viel los.‹ Das macht der pädagogische Zug in ihr: Menschen zu helfen und ihr Leben mitzuformen.

Das Haus im »Village«, wo sie die Wintermonate über ihren Clan um sich versammelt, vielgeliebte »extra mother« einer bunten Schar junger Künstler und Nichtkünstler, hat inzwischen manch einer besungen: als »Fluchtpunkt europäischer Kultur in New York« (Christoph Graf Schwerin), als »Oase in der Hektik dieser Weltstadt« (Siegfried Unseld), als »das kleine

Landhaus an der Seventh Avenue« (Hans Magnus Enzensberger), in dem sie, »beschützt von ihren Engeln, die alle mit N angehen«, dem Engel der Nüchternheit, dem Engel der Naivität und dem Engel der Neugier, fern von Rodaun Hof hält:

Sie lacht.
Sie hat ein gutes Gedächtnis.
Sie sagt nicht alles, was sie sich denkt.

Wie könnte sie auch – bei so komplizierten Gästen! Max Frisch ist an ihrem Schreibtisch gesessen, Ingeborg Bachmann hat das Telephon abgehoben, wer mag der nächste sein?

Ein solches Haus zu führen, verschlingt Geld – überhaupt im teuren New York. Darf man also – o diese schrecklichen Vereinfachungen! – die freundliche Bilanz ziehen, daß ein Teil des Hofmannsthal-Erbes mäzenatischen Zwecken zufließt, der Beherbergung und Verköstigung jungen Künstlervolks? Wahrlich, keine schlechte Kapitalanlage.

Die Hofmannsthal-Tantiemen, von der Basler »Zentrale« verteilt, strömen reichlich: vor allem von den Opern-Libretti und vom ›Jedermann‹. So wenig das Buchgeschäft abwirft, so lukrativ sind die Nebenrechte für Schallplatte und Funkauswertung. Seit dem Tod der Witwe im Jahr 1959, mit der Christiane vor allem auf dem alten Familienbesitz in Zell am See wiederholt zusammentraf, gehen die Gelder zu gleichen Teilen an die Kinder: an Raimund in London (inzwischen, da auch er verstorben, an die vier Enkel) und an Christiane in New York. Sie könnte sich also ein Leben in Saus und Braus leisten. Nur wäre das ganz gegen ihre Natur. »Die mageren Anfangsjahre, so scheint es, haben Dich geprägt«, schreibt Vera Graaf in ihrem Geburtstagsbeitrag für die Christiane-Festschrift. »Noch heute lebst Du in vielem so, wie Du es damals gelernt hast. Die U-Bahn hast Du nie zugunsten des Taxis aufgegeben ... Daß Du langsam recht wohlhabend wurdest, hast Du kaum gemerkt. Spät abends haben wir Dich kürzlich noch auf einen Subway-Schlund zusteuern sehen, im Regenmantel, die Wollmütze fest auf dem Kopf. ›Da geht die Mutter!‹ sagte Dein Sohn staunend.«

Dabei ist es eigentlich eher sie, die über ihre Söhne staunt: über Andreas, den älteren, den arrivierten Rechtsanwalt, und seine Eheprobleme, und über Michael, den Architekten, den es als Aussteiger in die karibische Inselwildnis gezogen (und den sie dort natürlich besucht) hat. Sie in ihrer unnachahmlichen

Mischung aus Belustigung, Lebensneugier und Liebe über ihre »alten« Kinder erzählen zu hören, ist, wie Dolf Sternberger sehr treffend formuliert, »poetisch wie von Hofmannsthal, humoristisch wie von Thomas Mann und phantastisch wie eine Szene von Gerhart Hauptmann«.

Christiane Zimmer-Hofmannsthal hat mit der gewiß objektiv erfreulichen, aber doch auch nicht von Tragik freien Tatsache fertigzuwerden, daß sowohl das Werk ihres Vaters wie das Werk ihres Mannes heute, fünfeinhalb Jahrzehnte nach dem Tod des einen und vier nach dem Tod des anderen, ungleich stärker präsent sind als zu deren Lebzeiten. Sie wird nicht müde zu betonen, wieviel wohler ihr wäre, hätten sie es beide selber noch erlebt: Heinrich Zimmer das Wiedererscheinen seiner Bücher, Hugo von Hofmannsthal das große Geld. Der frühe Picasso, den Hofmannsthal – aus einer Münchner Ausstellung heraus! – vom Uraufführungshonorar des ›Rosenkavalier‹ erwarb, hat kürzlich (schon lange nicht mehr im Besitz der Familie) um stattliche fünfeinhalb Millionen Dollar den Eigentümer gewechselt. Hofmannsthal hatte dafür – zusammen mit einem Hodler – elftausend Mark hingelegt, und der Hodler war dabei sogar das teurere der beiden Stücke gewesen ...

Vor kurzem ist ein anderer Schatz aufgetaucht: vergleichsweise geringfügig und doch auf seine Weise kostbar. Eine in Washington lebende Nachkommin jener Barone Oppenheimer, die Hugo von Hofmannsthal während der alljährlichen Sommerfrische in Aussee oft auf ihrem Besitz, dem Ramgut, zu Gast hatten, hütet das Besucherbuch aus jener Zeit. Es gibt genaue Auskunft über die Werke, die Hofmannsthal (das allzu enge Bauernhaus auf dem Obertressen gegen das großzügige Arbeitszimmer bei den Oppenheimers tauschend) jeweils in Arbeit hatte und aus denen er seinem Freundeskreis um Wassermann und Andrian vorlas. Da wird der Doktor Hirsch in Frankfurt, der große Hofmannsthal-Kenner, der unermüdliche Herausgeber und Kommentator, bestimmt gejubelt haben. »Wenn er doch nur endlich dazu käme, sein immenses Wissen niederzuschreiben! Die Zeit drängt ...«

Drängt die Zeit? Zumindest rund um Christiane Zimmer, diesen ruhenden Pol, scheint sich jede Hektik zu verbieten. Mit der Gelassenheit einer Katia Mann gibt sie Auskunft, als hätte sie gerade die Mitte des Lebens erreicht. Nichts kann ihren Redefluß hemmen – auch nicht der pfeifende Teekessel auf dem Küchenherd. »Dauernd brennt mir etwas an.«

Dabei geht es bei den Fragen derer, die sie umdrängen, längst nicht mehr bloß um Hofmannsthal. Für einen der nächsten Tage ist ein Broch-Spezialist angesagt, auch hierfür ist sie eine wichtige Quelle – wie oft ist sie dem Dichter in Amerika begegnet!

Momentan hat sie einen deutschen Studenten im Haus, er kümmert sich um den Besitz, solange sie von New York weg ist. Er ist Germanist und sitzt über seiner Doktorarbeit. Ein Hofmannsthal-Thema?

Unsinn, wer wird denn so kleinlich sein. Etwas mit Handke.

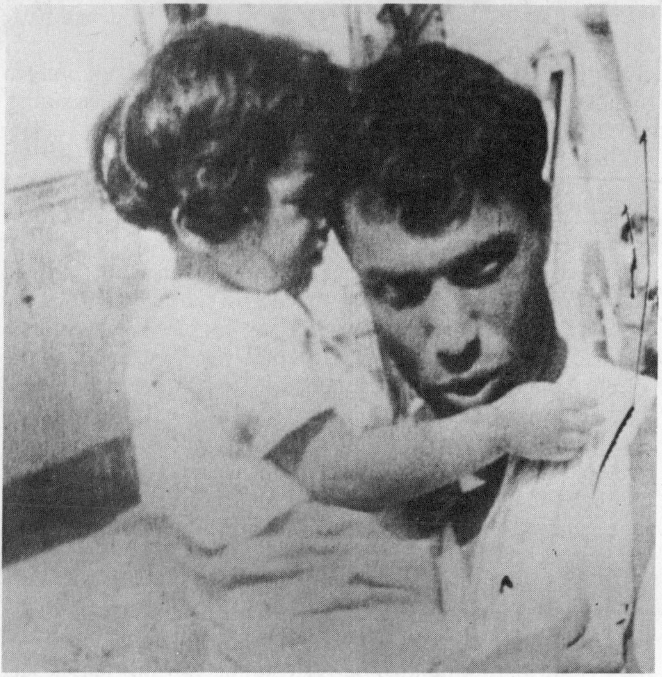

Boris Pasternak und Jewgenij, der ältere seiner beiden Söhne

Zum Lara-Walzer tanzen die Russen auf dem Eis
Bei den Pasternaks in Moskau und Peredélkino

Die beiden Männer auf der Sitzbank vor der Dorfkirche von Peredélkino mustern mich gleichgültig: Man ist an Taxi-Ankömmlinge gewöhnt. Obwohl mir der Weg zum Pasternak-Grab genau beschrieben worden ist, habe ich Mühe, es zu finden: Der Friedhof ist weitläufig, hat mehrere Zugänge und gleicht in seinem Inneren einem Labyrinth. Eine junge Frau, im Begriff, in ihr Auto zu steigen, weist mir in tadellosem Französisch den Weg: Drei hochaufragende Kiefern – an denen hätte ich mich zu orientieren.

Am Feldrand suche ich mir einen Durchschlupf, im übrigen folge ich den Stimmen der Friedhofsbesucher. Der Pensionist, der hinter einer der Einfriedungen die Blumen gießt, deutet stumm auf den Grabstein zu seinen Füßen: Boris Pasternak im Relief, darunter sein Namenszug. Zu seiner Rechten der frühverstorbene jüngere Sohn, zu seiner Linken die zweite Frau, etwas weiter abseits die erste.

Der selbsternannte Grabhüter spricht gebrochen deutsch: Ich sei um einige Tage zu früh dran, in einer Woche sei der Todestag des Dichters, da müsse ich wiederkommen, ich würde staunen, was sich dann hier abspielte! Zu Hunderten kämen dann seine Verehrer angereist und deklamierten Pasternak-Gedichte. Manches einzeln, manches im Chor. Pasternak-Gedichte und auch eigene. Die Bahnstation ist nicht weit, und die Züge verkehren häufig: ein Kommen und Gehen den ganzen Tag. »Alle sind wir nur in dem Maße Menschen geworden, in dem wir die Menschen geliebt haben«, hat Pasternak einmal geschrieben. Kein Zweifel: Seine Liebe wird erwidert. Und nicht nur an seinem Todestag, nicht nur an seinem Grab.

Ich steige wieder ins Taxi ein, der Chauffeur soll mich in das Dorf bringen, das keines ist: Die Datschas in der Künstlerkolonie Peredélkino, eine knappe Autostunde von Moskau an der Straße nach Minsk, liegen weit verstreut, immer reichlich Wald dazwischen, Einsamkeit als Siedlungsprinzip. Niemand auf der Straße, niemand vor den Häusern – es braucht seine Zeit, bis wir eine Passantin nach der Adresse fragen können.

Das Vorgartentor steht offen, ich trete ein. Das zweistöckige braune Holzhaus mit der verandaartigen Fensterfront kehrt dem Besucher jene hufeisenförmige Schauseite zu, die er von unzähligen Pressephotos her kennt. Mein Gott, wie lange das alles nun schon wieder her ist: 27 Jahre, seitdem die Redaktion der Zeitschrift ›Nowyj mir‹ das Manuskript des ›Doktor Schiwago‹ abgelehnt, 26 Jahre, seitdem der Roman von Italien aus seinen Triumphzug durch die westliche Welt angetreten, 25 Jahre, seitdem sein Autor den Nobelpreis erhalten (und nolens volens abgelehnt), 23 Jahre, seitdem er seinen letzten Atemzug getan hat.

Die Datscha in Peredélkino. Hier hat Boris Pasternak die letzten zweieinhalb Jahrzehnte gelebt, hier hat er seinen großen Roman geschrieben, hier hat er an den Sonntagen die Besuche seiner Verehrer empfangen. Als in den späten fünfziger Jahren Wolfgang Koeppen die Sowjetunion bereiste, drängten ihm seine offiziellen Begleiter unter Hinweis auf Pasternaks perfektes Deutsch die Visite in der Dichterklause förmlich auf. Doch der scheue Kollege winkte ab: »Ich wagte es nicht, ihn in seiner selbstgewählten Einsamkeit zu stören.«

Heute steht das Haus zu jeder Zeit den Pasternak-Pilgern offen, an manchen Sommersonntagen sind es weit über hundert. Natalya Pasternak, die Witwe des vor sieben Jahren verstorbenen zweiten Sohnes, hütet den Besitz; im kleineren Nebenhaus, dem ehemaligen Wärterlogis, hat sich einer der Enkel, Maler wie Boris Pasternaks Vater Leonid, installiert.

Zwei Hunde kommen mir kläffend entgegengelaufen und melden den Besuch; eine Frau in mittleren Jahren, die sich als Vertraute der Hausherrin zu erkennen gibt, lädt mich freundlich ins Innere ein. Jedes Wort der Erklärung von meiner Seite erübrigt sich: Auch Ausländerbesuche gehören in der Pasternak-Datscha zur Routine. Die drei Zimmer, die so erhalten geblieben sind, wie der Dichter sie zurückgelassen hat: »le bureau« (wie die »Führerin« sich ausdrückt), die Veranda, die er während der Sommermonate bevorzugte, das Klavierzimmer mit den Chopin-Etüden auf dem Notenbrett. Das spartanische Inventar des Arbeitszimmers: der blanke Tisch mit Sessel, die einfache Couch, das Pult mit der Gipshand und den getrockneten Blumen, auf einer Konsole neben dem Fenster die Totenmaske, im Bücherregal unter anderem die verschiedensprachigen ›Schiwago‹-Ausgaben, in Pasternaks Handbibliothek auch etliches Deutsche. Auf der Tischplatte Brille, Tintenzeug, Taschenuhr.

Ein Musentempel, dessen Zukunft ungewiß ist. Der sowjetische Schriftstellerverband hat den Besitz seinerzeit Pasternak zur Verfügung gestellt, nun fordert er ihn von der Familie zurück. Will ihn ausbauen, andere Autoren darin ansiedeln. Den Pasternak-Erben, die deswegen mit dem Verband prozessieren, ist weniger an ihrem eigenen Wohnrecht als an der Erhaltung der Gedenkstätte gelegen. Wird ihnen dies zugesichert, so wollen sie gern das Feld räumen und auch sämtliches Erinnerungsgut zur Verfügung stellen: Pasternaks Möbel, die Bücher, die Bilder. Aber eben dies ist der strittige Punkt: Der Schriftstellerverband fürchtet, daß Peredélkino, wenn einmal ein solcher Präzedenzfall geschaffen ist, mit der Zeit zum Museumsdorf wird. So ist abzuwarten, welcher Seite das Gericht recht geben wird: der Interessenvertretung der lebenden Autoren oder der Interessenvertretung eines toten.

Pasternaks Sohn Leonid, der nach dem Tod des Dichters zunächst über den Besitz wachte (bis zu deren eigenem Ableben im Jahr 1966 an der Seite seiner Mutter Sinaída), kann zu dem schwebenden Verfahren nichts mehr beitragen: Er ist 1976 – mit nur 39 Jahren – gestorben. Am Herzinfarkt, mitten auf der Straße. Am Manegeplatz hinterm Kreml. Am Steuer seines Wagens – zum Glück war die Verkehrsampel auf Rot geschaltet. Ursache, Alter und Ort: ganz genau der Schiwago-Tod. Makaber.

Leonid Pasternaks Witwe Natalya, die mit ihrer Tochter das Haupthaus in Peredélkino bewohnt, steht also nun Jewgenij, der ältere Sohn des Dichters, zur Seite. Ich treffe ihn in seiner Wohnung im Zentrum von Moskau: Puschkinstraße 20, wenige Schritte vom Karl-Marx-Prospekt, ist seit Jahren die wichtigste Adresse der Pasternak-Nachlaßpflege im heutigen Rußland. Durch den Hausflur in den Hinterhof, von dort über eine der vielen Stiegen in den ersten Stock. Kein Name neben dem Klingelknopf, nur die Türnummer: 70.

Jewgenij Pasternak, um die Sechzig, schlank und grauhaarig, ein ebenso liebenswürdiger wie geduldiger Gastgeber, geleitet mich in die Wohnung. Wie immer mit gebildeten Russen gibt es auch hier keinerlei Verständigungsproblem: Der Sohn des Dichters spricht französisch, englisch und deutsch. Und zwar seit seiner Kindheit – in Familien wie den seinen noch immer eine Selbstverständlichkeit. Die ersten Englischlektionen wurden sogar noch vom Dichter persönlich erteilt. Komplimente wehrt er bescheiden ab: »Vater konnte es viel besser.«

Als Boris Pasternak am 30. Mai 1960 an Lungenkrebs stirbt, ist Sohn Jewgenij 37 Jahre alt. Die Familie ist seit langem zerrissen – und dennoch miteinander in ständigem Kontakt. 1922 heiratet der Dichter das erste Mal: die um neun Jahre jüngere Kunststudentin und Malerin Jewgenija Lourier. Man lebt bescheiden bis ärmlich: fünf Haushalte in nur einer Wohnung, pro Haushalt ein Zimmer, gemeinsames Bad. In diesem einen Zimmer also soll Boris dichten, Jewgenija malen und ihr gemeinsamer kleiner Sohn, der 1923 zur Welt kommt, spielen. Boris muß warten, bis es Nacht wird oder bis sein Bruder ins Büro geht; Jewgenija, ihrerseits kränkelnd, verliert immer öfter die Nerven. Niemand wünscht sich einen solchen Zustand weniger als der Dichter: »Du bist ein kühner Mensch mit weitgespanntem

Willen«, schreibt er an seine junge Frau, die auf einer Reise in Deutschland weilt – jenem Deutschland, dem sich die Pasternaks seit je so sehr verbunden fühlen, daß Boris 1912 für ein Semester an die Universität Marburg geht (woran im heutigen Marburg unter anderem eine Pasternak-Straße erinnert) und seine Eltern 1921 mit den beiden Töchtern nach Berlin übersiedeln (später nach München, noch später nach England).

Als Jewgenija sich zu einer Tbc-Kur im Schwarzwald entschließt, ist die Ehe schon ziemlich angeschlagen, und als sie, wider allgemeines Erwarten geheilt, nach Rußland zurückkehrt, lebt Boris bereits mit einer anderen zusammen: Sinaída Neuhaus. Auch sie, eine stärker hausfraulich orientierte Gefährtin als Jewgenija und daher dem Dichter die besseren Arbeitsbedingungen bietend, kommt aus einer zerrütteten Verbindung (mit dem Pianisten Heinrich Neuhaus). 1931 erfolgt die Trennung von Boris Pasternak und seiner ersten Frau, drei Jahre darauf wird die Scheidung ausgesprochen.

Sohn Jewgenij wächst dennoch nicht ohne Vater auf: Der Dichter kommt getreulich jede Woche zu Besuch, auch seine Alimentationsverpflichtungen erfüllt er sorgsam. Jewgenij Pasternak, heute ein Mann von sechzig, kann also ohne alle Ressentiments über seine Kindheit und Jugend sprechen. Abwehr merke ich ihm nur an, wenn er auf Boris Pasternaks Gefährtin der letzten Lebensjahre zu sprechen kommt: Olga Iwinskaja. Ob sie wirklich immer den besten Einfluß auf seinen Vater ausgeübt hat? Jewgenij tut sich jedenfalls schwer, wenn sie von Zeit zu Zeit bei ihm anruft – auch sie lebt ja in Moskau, inzwischen eine kranke alte Frau. Ob er ihr bis heute nicht verzeihen kann, daß sie sich in ihren Memoiren angemaßt hat, sich als das Urbild der Lara auszugeben; genauer gesagt: als das *alleinige* Urbild? »Literarische Prototypen«, stellt Jewgenij Pasternak richtig, »setzen sich, wenn es sie überhaupt gibt, immer aus den Zügen vieler zusammen, sind unentzifferbare Mischungen.«

Aber werden nicht auch Pasternak selbst solche Zuordnungen zugeschrieben?

»Er wollte Olga Iwinskaja eben seine menschliche Wertschätzung bezeugen. Mit literarischer Interpretation hat das nichts zu tun.«

Mein Gespräch mit dem Sohn Boris Pasternaks findet in dessen Arbeitszimmer statt. Es ist wie die ganze Wohnung behaglich eingerichtet, hübsch altmodisch möbliert – man sieht ihm den immensen Fleiß an, mit dem hier das Werk eines Dichters von Weltgeltung betreut wird. Der Schreibtisch voller Poststücke, der Bücherschrank vom steten Gebrauch derangiert, das heftig wuchernde Pflanzengrün der Fensterbänke ein willkommener Kontrapunkt zu dem vielen Papier. An den Wänden Bilder von Leonid Pasternak: Der Vater des Dichters war ein berühmter Maler und Kunstlehrer im vorrevolutionären Moskau; die Schule für Malerei, Plastik und Architektur war seit Boris' drittem Lebensjahr dessen Elternhaus.

Leonid Pasternaks Werke schmücken heute viele bedeutende Sammlungen, auch den Louvre. Besonders reich daran ist das Moskauer Tolstoj-Museum: Tolstoj und Leonid Pasternak waren enge Freunde, die besten Tolstoj-Illustrationen stammen von seiner Hand. Ich sehe die bekannte Lithographie, die eine Zeitlang als Leihgabe in München gewesen ist: Tolstoj in Jasnaja Poljana, über ein Manuskript gebeugt. An der Wand gegenüber ein Ölbild von den Pasternak-Söhnen Boris und Alexander – es zeigt den Siebenjährigen und den Fünfjährigen beim Hausunterricht mit der Gouvernante in Odessa. Früher hing es in der Tretjakow-Galerie – dort will man Leonid Pasternak, sobald der Umbau abgeschlossen ist, einen eigenen Raum widmen. Mein Favorit ist eine Ölminiatur, eine schlafende junge Frau darstellend – es ist Rosa Kaufmann, die hochbegabte Pianistin, die ihrem Gatten, dem Maler Leonid Pasternak zuliebe, die eigene Karriere geopfert hat. Daneben ein weiteres Kleinformat von beträchtlichem Zauber: Rosa als junge Mutter, den einjährigen Boris auf dem Arm – es ist sein frühestes Konterfei. Pasternaks Rilke-Porträt, nach dem ich mich erkundige, hängt in Weimar: Josepha, die Enkelin des Dichters, ist dort mit dem bekannten Lichtbildner Klaus Beyer verheiratet – Jewgenij Pasternak hat ihn bei der Arbeit am jüngst erschienenen Briefwechsel Rilkes mit Marina Zwetajewa und Boris Pasternak kennengelernt. Beyer hat auch hier in Moskau einen guten Namen: Seine Bildbände über russische Kirchen, russisches Spielzeug und russische Malerei haben hohes Niveau.

Doch zurück zu Boris Pasternak: Ich bin hier, um zu erfahren, wie es um die Betreuung des Nachlasses des ›Schiwago‹-Autors steht. Aus gelegentlichen Zeitungsmeldungen weiß man, daß die Rehabilitierung des verhinderten Nobelpreisträgers in der Sowjetunion zügig voranschreitet: Lyrikbände in Massenauflagen, letzten Winter auch die Prosasammlung ›Luftwege‹, deren 100000 Stück innerhalb weniger Tage vergriffen gewesen sind. Sohn Jewgenij, der zusammen mit seiner Frau

Sohn und Erbe Jewgenij, der Motor der russischen Pasternak-Pflege

Jelena, einer studierten Philologin (die unter anderem mit einer Plutarch-Übersetzung hervorgetreten ist), die weitere Edition betreibt, hat, um dafür beide Hände frei zu haben, sogar seinen Beruf aufgegeben: Von Haus aus Ingenieur und zuletzt Dozent für Kybernetik in Moskau, nimmt ihn, der nach dem Tod des Vaters zunächst nur beim Korrekturlesen mithilft, seit 1975 die Nachlaßarbeit voll in Anspruch. Er wechselt also ans Moskauer Gorki-Institut für Weltliteratur. Lydia, die eine der beiden hochbetagt in England lebenden Schwestern des Dichters (die in Oxford ein privates Pasternak-Museum unterhält), kann nur noch einen Teil der Arbeit abwickeln, auch ihre jährlichen Reisen in die Sowjetunion hat sie altersbedingt einstellen müssen, der Neffe in Moskau hofft nun auf ein Ausreisevisum für den überfälligen Gegenbesuch.

»Sie waren also bis jetzt noch nie im Westen?« frage ich ihn.

»Auch nicht im Osten«, erwidert er.

»Aber Sie sind im Osten!« gebe ich mich erstaunt.

»Ich bin in Rußland.«

Jewgenij nimmt's mit seinen Antworten sehr genau.

Genau nimmt er es auch mit der Arbeit am Nachlaß: nichts, das er ohne die Zustimmung seiner Frau für den Druck freigeben würde. Eine zweibändige Lyrik-Prosa-Auswahl ist als nächstes angekündigt, eine kritische Werkmonographie im Werden. Seine beharrlichen Bemühungen, endlich auch den ›Doktor Schiwago‹ in der Sowjetunion herauszubringen (»Ich schreibe in dieser Angelegenheit Jahr für Jahr an die dafür in Frage kommenden Verlage!«), haben bis jetzt nicht zum Erfolg geführt. Ob sich vielleicht dennoch eines Tages Pasternaks berühmtes Wort durchsetzen wird? »Man kann von einem Schriftsteller nichts fordern, weder was den Inhalt noch was die Form angeht. Man kann zu einer werdenden Mutter nicht sagen: bring ein Mädchen zur Welt und nicht einen Jungen.«

Im übrigen ist die Freigabe des ›Doktor Schiwago‹ nur eines von mehreren Zielen – da ist im Zusammenhang mit der Nobelpreisaffäre im Westen sicherlich übertrieben worden. So liegt Jewgenij Pasternak ganz besonders die Veröffentlichung der diversen Korrespondenzen am Herzen – und durchaus nicht nur, weil sein Vater ein so begnadeter Briefschreiber gewesen ist: »Es ist so viel über ihn geschrieben worden, was reine Phantasie ist.« Hier also sollen die Brieftexte richtigstellen, was richtigzustellen ist. Jewgenij Pasternak mag dabei sehr wohl auch an mancherlei denken, was außerhalb der Sowjetunion publiziert worden ist. Am zufriedensten zeigt er sich noch mit Jugoslawien: Die dortige fünfbändige Gesamtausgabe ist das Beste an Pasternak-Präsenz, das er kennt.

Ich frage ihn, wo sich die Manuskripte seines Vaters befinden.

»Ein Teil in Oxford, ein Teil in Moskau – entweder im Staatsarchiv oder in anderen, kleineren Archiven. Manches auch hier bei mir. In Peredélkino wäre es nicht sicher genug – vergessen Sie nicht, das Haus ist aus Holz.«

Man weiß, daß Boris Pasternak sich in schwierigen Zeiten mit Übersetzerarbeiten über Wasser gehalten hat – auch Goethe, Schiller und Kleist verdanken ihm vielgerühmte Übertragungen ins Russische. Was hat sich davon erhalten?

Jewgenij Pasternak zeigt mir einen ›Faust‹, den erst jüngst ein Leningrader Verlag in Massenauflage herausgebracht hat. Auch in des Dichters Handexemplar des ›Faust‹ darf ich blättern: Mit Bleistift hat er darin seine letzten Korrekturwünsche eingetragen. Von der Billigausgabe der Shakespeare-Tragödien sind 400000 Exemplare gedruckt worden – wen wundert es da noch, wenn man hört, daß die Höhe der sowjetischen Pasternak-Tantiemen die der westlichen deutlich übersteigt (wobei letztere allerdings konvertiert und versteuert werden müssen und sich zudem auf vier Empfänger aufteilen: Sohn Jewgenij, die Witwe und die Tochter des zweiten Sohnes Leonid und die Lebensgefährtin der letzten Jahre, Olga Iwinskaja).

Aber ist denn dies alles überhaupt so wichtig? Nie verfiele Jewgenij Pasternak auf die Idee, die Länder, in denen die Werke seines Vaters erscheinen, nach den Verkaufsziffern zu reihen. Und im übrigen: Läuft nicht sowieso schon 1985 (in der Sowjetunion erlischt das Copyright bereits nach 25 Jahren!) die Schutzfrist für Pasternaks Werk ab? Man kann ihm also glauben, wenn er versichert, daß für ihn das geistige Erbe Vorrang hat vor dem materiellen: »Die Einkünfte sind nur insoweit wichtig, als sie uns in die Lage versetzen, an seinem Nachlaß zu arbeiten und immer wieder neue Ausgaben seiner Werke zu veranstalten.«

Keinem anderen Zweck dient auch Jewgenij Pasternaks Vortragstätigkeit: Letzten Monat hat er an nicht weniger als drei Orten über das Werk seines Vaters gesprochen. In der Regel bildet irgendeine Pasternak-Neuerscheinung den Anlaß, die Einladungen erfolgen von den verschiedensten Seiten – zum Beispiel von der Bibliophilen-Gesellschaft in Moskau. Aber auch in Leningrad und Kiew hat er schon gesprochen, und einmal waren es an die 600 Leute, die ihm dabei zugehört haben.

Hat Boris Pasternak ein Testament hinterlassen?

»Nein. Und das war auch nicht nötig. Er hat genau gewußt, daß auch so jedem seiner Wünsche voll entsprochen würde.«

Zeit zu einer kurzen Unterbrechung unseres Gesprächs, Frau Jelena bittet zu einem Imbiß in die Küche. Mit in der Tischrunde: eine junge Amerikanerin, die über einer größeren Pasternak-Arbeit sitzt – die Erben des Dichters unterstützen sie bei ihren Recherchen. Solche Besuche sind nicht selten: Der Name Pasternak (übrigens ein der Familie im vorigen Jahrhundert von Staats wegen zugeteilter Name, den als erster Urgroßvater Josef trug) zählt noch immer zu den klangvollsten im Lande.

Von Privilegien mag Sohn Jewgenij gleichwohl nichts wissen: »Im Gegenteil – es ist für uns erst recht eine Verpflichtung zu demokratischem Verhalten, zu betonter Einfachheit.« Nur eine einzige »Vergünstigung« läßt er, bedachtsam lächelnd, gelten: Die Pasternaks zählen zu jenen ganz wenigen Sowjetbürgern, die den ›Schiwago‹-Film gesehen haben – und zwar im eigenen Lande. Es war im Jahr 1972, die amerikanischen Verleiher unternahmen einen (vergeblichen) Versuch, David Leans Erfolgsfilm in die Sowjetunion zu exportieren, und veranstalteten für die zuständige staatliche Kommission eine Probevorführung. Bei dieser Gelegenheit kam, von der US-Botschaft in Moskau gemanagt, auch eine Privatvorführung in Jewgenij Pasternaks Wohnung zustande: für die engere Verwandtschaft. Ein denkwürdiger Tag – ich nehme an, es wird in dem für ein paar Stunden zum Kino umfunktionierten Wohnzimmer ein ziemliches Gedränge gegeben haben. Jewgenij Pasternaks Urteil: »Als Film sehr gut. Ein vorzügliches Melodrama mit vorzüglicher Musik. Nur etwas vollständig anderes als der Roman. Das muß man absolut getrennt sehen.«

Der Film ist also am Originalschauplatz der Handlung – mehr noch als das vereinzelt in illegalen Exemplaren kursierende Buch – bis heute unbekannt. Auch die Musik?

»Wieso die Musik? Es ist ein sehr hübscher Walzer. Die Leute hier tanzen dazu auf dem Eis.«

Federico García Lorca mit Neffe Manuel und Nichte Vicenta 1935 in Granada

Von Rache ist keine Rede
Begegnung mit der letzten noch lebenden Schwester von Federico García Lorca

Auf dem Weg zur Avenida de Alfonso XIII komme ich an einem Zeitungskiosk vorbei. Ich bin für zehn Uhr mit Doña Isabel García Lorca, dem letzten noch lebenden der drei Geschwister des Dichters, verabredet, habe also noch ein wenig Zeit, mich umzusehen. Das Angebot ist enorm, die Ordnung mustergültig: vorn, an der Schalterfront, die Tageszeitungen, links die Illustrierten und die Magazine, dazu ein bißchen Porno, Burda-Mode und Asterix, rechts die Bücher. Bücher in einem Allerwelts-Zeitungskiosk – was kann das schon sein: Dienstbotenliteratur, vielleicht ein paar Krimis. Ich trete näher, um mir Gewißheit zu verschaffen, und was sehe ich? Ich sehe die Namen Hesse und Heine, Stendhal und Chamisso, García Marquez und Dos Passos. Und mittendrin Federico García Lorca: die Taschenbuchausgabe von ›Yerma‹ und ›Poeta en Nueva York‹.

Wohlgemerkt: ein x-beliebiger Zeitungskiosk in einer x-beliebigen Wohnstraße am Stadtrand von Madrid. Ich brauche mir also für die bevorstehende Visite keine kunstvollen Begrüßungskomplimente zurechtzulegen – in Spanien liegen sie auf der Straße.

Nummer 75 ist ein mittelgroßes neueres Apartmenthaus. Im Gartentrakt, erster Stock, wohnt Doña Isabel. Am Klingelbrett steht kein Name – um Einlaß zu finden, muß man die Türnummer wissen. Ein Mann um die Fünfzig kommt mir bis ins Stiegenhaus entgegen: Es ist Neffe Manuel, der der »Hauptaktionärin« unter den Lorca-Erben einen Teil der Arbeit abnimmt. Er spricht ein vorzügliches Deutsch: Manuel Fernández Montesinos hat in Frankfurt studiert.

Aber auch mit Doña Isabel, die sich uns im Salon zugesellt, gibt es keinerlei Verständigungsprobleme: Die Dreiundsiebzigjährige – kultiviert ohne alle Exaltiertheit, gescheit ohne alle Aufdringlichkeit – spricht seit den Jahren im amerikanischen Exil perfekt Englisch. Wir können also bei unserem Gespräch rationell vorgehen: Meine Partner lösen einander ab. Beide sind nämlich ein bißchen in Eile, und daran wird sich, solange der Lorca-Boom anhält, wohl wenig ändern. Gestern abend, beim Staatsempfang fürs schwedische Königspaar im Pardo-Palast, ist es spät geworden, aber Doña Isabel bereut es nicht, der Einladung gefolgt zu sein: »Wer hätte gedacht, daß die junge Königin so Kluges zur ›Bluthochzeit‹ zu sagen wüßte? Sie ist eine vorzügliche Lorca-Kennerin.«

Jetzt ist die Schwester des Dichters beim Kofferpacken: Um eins geht der Zug nach Nerja, man trifft sich mit einer Reihe von Familienmitgliedern. Und Don Manuel ist mit dem Bürgermeister von Granada verabredet, um mit ihm die letzten Details der geplanten Lorca-Stiftung zu erörtern. Wie makaber: Sein Vater ist 1936, bei Ausbruch des Bürgerkriegs, selber Bürgermeister von Granada gewesen (und wie dessen Schwager, der Dichter Federico García Lorca, von den Falangisten umgebracht worden. Sechzehn Tage vor diesem: am 3. August). Übrigens habe auch er, der Sohn, für seine republikanische Gesinnung büßen müssen – sogar als Kind schon: etwa, wenn die verängstigte Mutter den unbeherrschten Knaben habe züchtigen müssen, weil er lauthals vom Balkon der elterlichen Wohnung die republikanische Hymne gesungen oder fürs Zinnsoldatenspiel mit dem Hausmädchen republikanische Fahnen gepinselt habe. Später wurde es dann ernster: Mitte der fünfziger Jahre, als man ihn wegen Beteiligung an Studentendemonstrationen und Mitgliedschaft bei linken Gruppierungen zu Gefängnishaft verurteilte – einmal zwölf, einmal sechs Monate.

Über die Ereignisse vom August 1936 sind Doña Isabel und Don Manuel, wie man sich denken kann, bis zum Überdruß ausgefragt worden. Erst seit der irische Hispanist Ian Gibson bis ins scheinbar nebensächlichste Detail ›Lorcas Tod‹ (so der Titel des daraus resultierenden Buchs) rekonstruiert, die Schuldfrage geklärt und Wirklichkeit von Legende geschieden hat, ist es ruhiger geworden – nun also kann man sich mit ganzer Kraft dem Dienst am Werk widmen. Meine Gesprächspartner wissen es zu schätzen, daß ihnen endlich einmal andere Auskünfte abverlangt werden: Auskünfte über Erbfolge, Nachlaßpflege, Heldenkult.

Fangen wir mit der Erbfolge an. Mit dem Tod der Eltern – Lorcas Vater starb 1945 im amerikanischen Exil, die Mutter 1959, acht Jahre nach der Rückkehr in die Heimat – gingen alle Ansprüche an die drei Geschwister des Dichters über: an seinen Bruder Francisco und seine Schwestern Concepción und Isabel. Als erste starb Concepción, die Witwe des Granadiner Arztes, Bürgermeisters und Gewerkschaftsführers Dr. Manuel Fernández Montesinos, dann Francisco, der aus der Diplomatie zur Philologie hinübergewechselt, an der Columbia University in New York spanische Literatur gelehrt und mit seinem Buch ›Federico y su mondo‹ Wichtiges zur Aufhellung des Frühwerks seines Bruders beigetragen hat. Letzte und einzige Dritterbin ist also Doña Isabel, die ledig gebliebene jüngste Schwester des Dichters. Der Rest verteilt sich auf die sechs Nachkommen der verstorbenen Geschwister. Doña Isabel lächelt: »Zum Glück sind wir sieben uns bis jetzt immer in allem einig gewesen. Haben Sie schon von Ramón del Valle-Inclán gehört? Dort ist das Erbe heillos aufgesplittert. Schrecklich, wie die einander fortwährend in den Haaren liegen. Stellen Sie sich vor, die eine Novelle gehört diesem, die andere jenem, und nun

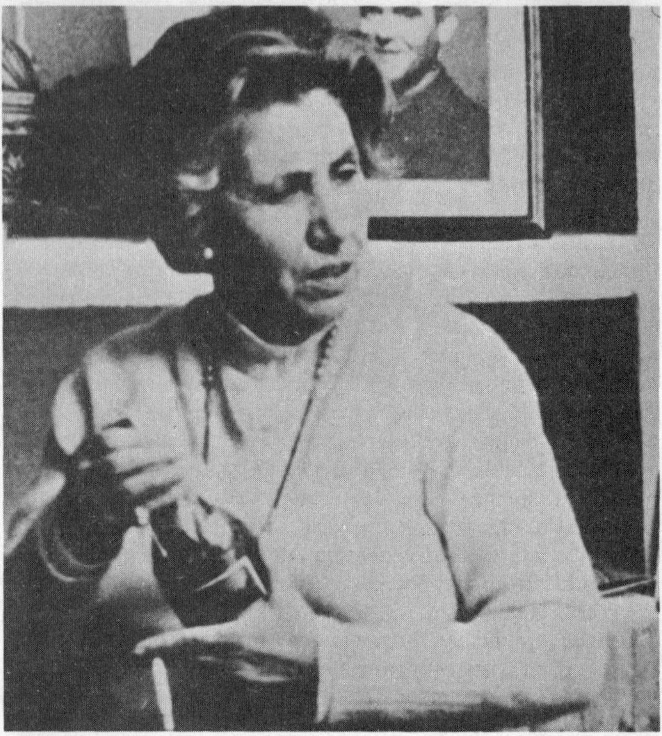

Isabel García Lorca, die letzte noch lebende Schwester des Dichters

sollen sie miteinander einen Band herausbringen. Also, das gibt es bei uns nicht. Bei uns geht's streng demokratisch zu.« Und Don Manuel sekundiert ihr – eine Spur forscher: »Im Kollektiv.«

Heute, im Nach-Franco-Spanien, wo alle Verbreitungsbeschränkungen aufgehoben sind, ist Lorca-Erbe zu sein ein full time job. Doña Isabel kümmert sich ums Inland, Neffe Manuel um Übersee und den deutschsprachigen Raum – längst hat sich der gelernte Jurist, um der Sache voll gewachsen zu sein, auch ins Literaturstudium gestürzt. Verlage, Theater und Übersetzer zählen zu ihrem ständigen Umgang, in Amerika und Skandinavien sind zudem Agenten tätig. Federico García Lorca hätte keine einzige weitere Zeile zu schreiben brauchen – auch von dem, was vorliegt, wäre er heute ein überaus wohlhabender Mann. ›Bernarda Albas Haus‹ ist das meistgespielte Stück, die Zigeunerromanzen und ›Dichter in New York‹ die meistgedruckten Texte. Spanien, Frankreich und Italien sind die Nr. 1 in punkto Buchveröffentlichungen, Deutschland in punkto Theater – und das, obwohl sich die Kritik an Enrique Becks deutschem Übersetzungsmonopol in letzter Zeit häuft. Don Manuel: »Wir wissen, daß manches an seinen Formulierungen anfechtbar ist. Ein bißchen zu – wie sagt man auf deutsch: lieblich? Dabei hat ihn seinerzeit sogar Thomas Mann empfohlen. Wir haben jedenfalls alles versucht, um aus dem Exklusivvertrag herauszukommen, aber die Beck-Stiftung will nichts davon wissen. Wir hätten den Erben sogar eine gewisse Beteiligung eingeräumt, wenn sie einer konkurrierenden Neuübersetzung zugestimmt hätten. Doch das spanische Urheberrecht bindet uns die Hände – und zwar länger als anderswo: achtzig Jahre.«

Während Doña Isabel das Kaffeewasser aufsetzt, lasse ich meinen Blick durch den Salon wandern. Eine der Wände voll mit Lorca-Zeichnungen – diesen merkwürdigen Gebilden aus Tuschfeder, Bleistift und Wachsfarben. Manches davon war schon in Ausstellungen zu sehen, auch im Ausland –, heute sehr gesuchte Raritäten. Zu meiner Linken der kostbare alte Flügel, auf dem Lorca, aber auch sein Lehrer und Freund Manuel de Falla sowie Arthur Rubinstein gespielt haben. Während der Bombenabwürfe über Granada sollen furchtsame Familienmitglieder unter dem Instrument Schutz gesucht haben. Ein Photo in einem Wechselrahmen zeigt den Jüngling Federico, wie er Isabel, der kleinen Schwester, am Klavier die Noten erklärt. Es war der beste Konzertflügel, der damals in Spanien aufzutreiben war – der Vater des Dichters ließ ihn eigens für Federico anschaffen.

Auch sonst legte Don Federico García Rodriguez der künstlerischen Entfaltung seines Erstgeborenen keine Hindernisse in den Weg. Im Gegenteil: Federico hatte in allen Buchhandlungen der Stadt Kredit, weil man wußte, daß sein Vater für die Rechnungen aufkommen würde, und sogar die Drucklegung der eigenen ersten Bücher wurde vom Elternhaus finanziert. Die Kinder ließ man von Hauslehrern unterrichten, und der väterliche Landbesitz – Hauptprodukt: Knoblauch – warf so hohen Gewinn ab, daß man sich sogar eines der ersten Automobile der Provinz Granada leisten konnte – Doña Isabel erinnert sich noch an die niedrige Nummer des elterlichen Fiat: 1027.

Schon sehr früh war Isabel García Lorca der Literatur aufgeschlossen: Noch bevor sie sich – mit dreizehn – den ›Canciones‹ ihres um zwölf Jahre älteren Bruders hingab, hatte sie schon Jiménez gelesen (der ihr später etliche seiner Gedichte widmete!) und natürlich die spanischen Klassiker. An den Universitäten Granada und Madrid studierte sie Philologie, und als Bruder Federico 1931 die Leitung des Madrider Theaters »La Barraca« übernahm und Stücke von Calderon, Lope de Vega und Cervantes inszenierte, war sie auch dort mit von der Partie: als Choristin.

1934 hatte Isabel García Lorca ihr Universitätsstudium abgeschlossen und trat ihre erste Stelle als Lehrerin an – für zwei Jahre. Um in den Staatsdienst übernommen werden zu können, wäre nur noch eine Zusatzprüfung erforderlich gewesen, und auf die bereitete sie sich gerade vor, als im Sommer 1936 in Spanien die Bürgerkriegsunruhen einsetzten. Sie war mitten im Büffeln, als sie plötzlich zum Telephon gerufen wurde und die Schreckensnachricht erfuhr: Federico war erschossen worden! Eine Heimkehr nach Granada war ausgeschlossen: Die Stadt war bereits in der Hand der Falangisten. Erst im Oktober gelang der Sechsundzwanzigjährigen, allein in Madrid, die Ausreise nach Brüssel, wo ihr Bruder Francisco als Sekretär an der spanischen Botschaft tätig war, und ihm (sowie dem Rest der Familie) folgte sie via London ins amerikanische Exil.

Voller Dankbarkeit erinnert sie sich an die elf Jahre in den USA. »Dabei war unser Leben denkbar unamerikanisch. Es war eigentlich wie ein einziger langer Besuch – mit spanischer Küche, mit spanischen Freunden. Man lebte von den Pachtzinsen der heimatlichen Ländereien; außerdem hatten Francisco und ich unseren Beruf: er als Universitätsprofessor, ich als Collegelehrerin für spanische Sprache und Literatur.«

1951 wagte man die Rückkehr ins frankistische Spanien, wo Lorca und sein Werk nach wie vor offiziell tabu waren. Nur südamerikanische Ausgaben seiner Bücher kursierten unter der Hand. »Aber auch wir selber, die Familie, waren an keinerlei Veröffentlichungen und Theateraufführungen interessiert. Am Ende hätte sich das Regime noch damit gebrüstet! Doch mit den Jahren wurde der Druck der Lorca-Verehrer und vor allem der Jugend, die endlich sein Werk kennenlernen wollte, stärker und stärker, und so kam es 1954 zur Herausgabe der Gesammelten Werke im Madrider Verlag Aguilar.

Es gab unter den damaligen politischen Verhältnissen eine Art ungeschriebenes Gesetz, nicht regimetreue Autoren in exklusiven, teuren, womöglich ledergebundenen Ausgaben zuzulassen, die fürs breite Publikum unerschwinglich waren. Damit war einerseits kein großer Schaden angerichtet, und andererseits konnte niemand sagen, es herrsche Zensur.«

Im Fall Lorca war das Interesse allerdings so groß, daß die obras completas eine Neuauflage nach der anderen erlebten, und das ist bis heute so geblieben, obwohl inzwischen, seit Mitte der sechziger Jahre, das meiste auch in wohlfeilen Taschenbuchausgaben auf dem Markt (und Lorca jetzt natürlich auch in den Schullesebüchern des Landes angemessen vertreten) ist.

Die erste Theateraufführung bewilligten die Erben 1960: ›Yerma‹ – als Gastspiel beim »Festival zweier Welten« in Spoleto. Als dann die Produktion auch auf spanischem Boden (in Madrid) gezeigt wurde, mußte sie zwar von der Presse totgeschwiegen werden, aber das Publikum ließ sich das Jubeln nicht verbieten. Heute hat Lorca auch auf den Spielplänen seines Landes längst wieder den ihm gebührenden festen Platz: Die jüngste Madrider Inszenierung von ›Doña Rosita bleibt ledig‹ hat's auf zwei Jahre Laufzeit gebracht.

Auch die ständig noch wachsende Lorca-Gemeinde, die sich mit Bücherlesen und Theaterbesuch nicht begnügen mag, ist vorzüglich bedient: Im Geburtsdorf Fuentevaqueros, zwölf Kilometer nordwestlich von Granada, ist man dabei, das Haus seiner frühen Kindheit zum Heimatmuseum umzugestalten; im nahen Viznar, in dem die tödlichen Schüsse gefallen sind, hat die Provinzregierung an der Stelle, an der man das Grab Federico García Lorcas vermutet, eine Gedenkstätte angelegt; und die Huerta de San Vicente, das Landgut am Stadtrand von Granada, in das die Familie 1925 umzog und wo der Dichter im Sommer 1936 wie gewöhnlich die Ferien verbringen wollte, haben seine Erben der Stadt Granada zum Geschenk gemacht, damit die geplante Lorca-Stiftung die rechte Heimstatt habe: »Wir wollen damit kein Geld verdienen; die Autorenrechte genügen uns vollauf.«

Hier also wird nicht nur die Lorca-Forschung in Zukunft ihr Zentrum haben, sondern auch für die Lorca-Pilger aus aller Welt gesorgt sein: Sie können durch die Räume gehen, in denen er gelebt, und den Schreibtisch sehen, an dem er geschrieben hat. Sein dunkelblauer Overall mit dem »Barraca«-Abzeichen, sein Reisepaß – hier braucht sich keiner, ob greiser Generationsgenosse des Dichters oder noch halbwüchsiger Schüler, seiner Tränen zu schämen.

Auch sonst Lorca-Nachholbedarfsdeckung, wo das Auge hinblickt: Da fragen Schulen an, ob sie sich mit dem Namen des Dichters schmücken dürfen, da werden Straßen, ja ganze Stadtviertel nach ihm benannt, Büchereien und Theater, und manches davon erfahren die Erben, wenn überhaupt, bloß durch Zufall: etwa, wenn eines Tages in den Fernsehnachrichten von einer Schiffskollision die Rede ist, an der ein Frachter namens »Federico García Lorca« beteiligt gewesen sei ...

Keine Erbschaft ohne Sorge: Als zu Weihnachten 1982 die Sensationsmeldung um die Welt ging, eine Einbrecherbande habe die Schließfächer einer Bank im südspanischen Nobelbad Marbella aufgebrochen und Millionenbeute gemacht, werden die Lorca-Nachlaßverwalter gewiß mit gemischten Gefühlen an die Banksafes gedacht haben, in denen die in Familienbesitz befindlichen Originalmanuskripte Federico García Lorcas deponiert sind (vieles hat er allerdings hergeschenkt, der Kreis der Besitzer reicht heute bis zur Regierung von Kuba!), und als sie kürzlich, selber nur etwa ein Zwanzigstel der von Experten auf dreihundert Exemplare geschätzten Lorca-Graphiken hütend, bei einer Auktion drei zurückkaufen wollten, mußten sie feststellen, daß es sich bei allen dreien um Fälschungen handelte.

Um so gelassener denkt Doña Isabel über das Trauma von 1936. Noch immer, so weiß man, sind ja nicht alle Schuldigen von damals tot, leben ein, zwei unbehelligt im Spanien von heute. Könnte sie sich deren strafrechtliche Verfolgung vorstellen, liegt ihr an später Sühne, an Rache? Sie verneint vehement: »Nicht nur, daß dies nach spanischem Recht unmöglich wäre, hätte auch unsere Familie keinerlei Interesse daran. Für diejenigen, die klar sehen wollen, ist sowieso alles klar, und die anderen *wollen* nicht klar sehen.«

Knut Hamsun

Bildnisse eines Dichters
Tore Hamsun, Kunstmaler

An die Wand gelehnt, noch nicht gerahmt und sichtlich unvollendet: ein Altersporträt von Knut Hamsun. Der Dichter in einem Sessel ruhend, den Blick starr geradeaus – das Ganze im Profil. Dunkle Farben, Lebensabend. Tore Hamsun, der Sohn, läßt es mich nur ganz kurz betrachten, dann langt er nach der Leinwand, dreht sie, als handelte es sich bei ihrem Anblick um etwas Verbotenes, um und lehnt sie wieder an die Wand: Die Vorstellung ist beendet.

»Ich bin noch nicht restlos zufrieden«, sagt er. »Ich glaube, dem Bild fehlt noch was. Ich sollte es mir noch einmal vornehmen.«

Tore Hamsun ist keiner von denen, die sich's leichtmachen. Er könnte von den Bildnissen seines Vaters leben – wie oft hat man denn schon den Glücksfall, daß Maler und Modell unter einem Dach leben, viele Jahre lang? Er brauchte nichts sonst zu malen – die Leute rissen es ihm aus der Hand. Knut Hamsun von Tore Hamsun – im Dutzend billiger. Bildnis eines Dichters – seriell. Doch schon der bloße Gedanke würde ihn beleidigen, ich versage mir jede etwaige Anspielung.

In einem Ausstellungskatalog von 1965 taucht der Bildtitel ›Knut Hamsun‹ noch zweifach auf: einmal bei den Aquarellen, einmal beim Öl. Zehn Jahre später nichts mehr dergleichen. Vinterlandskap, Sommerlandskap, Min Mor – so heißen jetzt die Motive. Tore Hamsun will auf eigenen Beinen stehen, will nicht der Sohn seines berühmten Vaters sein – es ist Belastung genug, daß auch die Verwaltung des schriftstellerischen Nachlasses ihm aufgetragen ist. Da soll doch wenigstens auf seinen Bildern etwas anderes zu sehen sein als ewig nur Knut Hamsun.

Tore Hamsun weiß es zu schätzen, daß ich unser Gespräch immer wieder auf seinen eigentlichen Beruf lenke: auf die Malerei. Irgendwann sagt er es auch selber, wie froh er darüber sei, daß das elterliche Erbe nicht durchgeschlagen und aus ihm einen Schriftsteller gemacht habe. Die Gefahr war ja nicht gerade gering: Auch Mutter hat geschrieben und auch sie mit beträchtlichem Erfolg. Wir kommen auf die dichtenden Dichtersöhne zu sprechen: auf die Tragik der untalentierten und auf die noch größere Tragik der talentierten. Es fällt der Name Klaus Mann.

Knut Hamsuns Ältester war klug genug, dem Schreiben immer nur den Rang einer Episode zuzuweisen: ein Vorwort hier, ein Nachwort dort, ein bißchen Bearbeitung, eine Zeitungsreplik, schließlich die große Hamsun-Biographie. Er hat auch das gern gemacht – gern und absolut professionell. Aber es fiel doch immer unter das Rubrum »Pflicht«. Die »Kür« blieb die Malerei.

Noch einer war darüber sehr glücklich, daß Tore Hamsun seinen eigenen Weg fand: sein Vater. Er unterließ nichts, den Erstgeborenen schon im Kindesalter bei der Entfaltung seines Talents zu ermutigen. »Siehst Du, ich schreibe mit Absicht nur auf der einen Seite des Papiers, damit Du auf der anderen Seite zeichnen kannst«, lese ich in einem der Briefe des Vaters an den kleinen Sohn. Und einige Jahre später – Tore besuchte nun schon die Mittelschule – wurde er noch deutlicher: »Die Zeichnungen, die Du mir da geschickt hast, waren wirklich gut, vor allem das Selbstbildnis. Du kannst bestimmt eines Tages noch ein großer Porträtist werden.«

Als Tore Hamsun im Frühjahr 1912 zur Welt kam, war sein Vater bereits ein Mann von zweiundfünfzig Jahren – da braucht man gar keine grüblerische Dichternatur zu sein, um um das Gedeihen seiner Nachkömmlinge besorgt zu sein.

Norwegen, April 1982. Tore Hamsun hat gerade den siebzigsten Geburtstag gefeiert. Normalerweise hält er sich um diese Zeit des Jahres noch im Süden auf: Auf Gran Canaria steht das Haus, in dem die Hamsuns überwintern. Seine Frau, Malerin wie er, hat er noch für ein paar Wochen dort zurückgelassen – ihr tut das milde Klima auch gesundheitlich gut. Ihn hingegen haben Geschäfte in die Heimat zurückgerufen, so treffen wir uns in der kleinen Dorfgemeinde Høn außerhalb von Oslo, die seit vielen Jahren sein Hauptsitz ist.

Komplizierte Umleitungen erschweren dem Besucher die Anreise – Tore Hamsun bietet sich an, mich mit dem Wagen vom Hotel abzuholen und zu seinem Haus nach Høn zu fahren. Es ist eine halbe Stunde Weg – er ist ein Mann von so vollendeter Höflichkeit, daß er sich sogar für den Spätwinterschmutz entschuldigt, der in diesen Tagen über Südnorwegens Landschaft gebreitet liegt.

Der tadellos sitzende Anzug, die sorgfältig darauf abgestimmte Krawatte, der Burberry frisch aus der Reinigung – um Tore Hamsun ist nicht der leiseste Hauch von Bohème. Gediegene Eleganz eines erstaunlich jugendlich gebliebenen Siebzigers, schlank und hochgewachsen – die vom Vater ererbte Hörschwäche, auf die er mich vorsorglich gleich bei Besteigen des Wagens aufmerksam macht, ist das einzige merkbare Gebrechen des alten Herrn.

Je mehr wir uns von Oslo entfernen, desto stärker steigt die Straße an; das Haus, ein geräumiger Neubau im ländlichen Stil der Gegend, liegt an einem bewaldeten Hang oberhalb der Bahnstation. Viel Holz, viel Glas – und im Inneren viel Kunst. Zum Großteil Bilder von fremder Hand: Auch hierin ist Tore Hamsun erstaunlich uneitel. Die berühmte Radierung, die sein

Landsmann Edvard Munch von Knut Hamsun, die Bleistiftzeichnung, die sein Lehrer Olaf Gulbransson von Sohn Tore angefertigt hat. Im Erdgeschoß das Atelier: Was an Tageslichteinfall fehlt, besorgt das vom Spezialisten installierte Kunstlicht. Die vielen Kleinformate, die er von der jüngsten Überwinterung auf Gran Canaria mitgebracht hat, harren noch der Vollendung: Zu Tore Hamsuns Arbeitsweise gehört es, aus Naturskizze und Farbnotiz erst im häuslichen Atelier das eigentliche Werk zu formen. Auf der Staffelei das halbfertige Bild einer bekannten Osloer Schauspielerin: Die Leute vom Reichstheater haben es bei ihm für ihre Porträtgalerie in Auftrag gegeben. Auch Ihre Königliche Hoheit Kronprinzessin Sonja hat ihm Modell gesessen – der Dichtersproß, der sichtlich stolz darauf ist, als Maler gefragt zu sein. Und der als Maler noch eine Menge vorhat: »Nordland – die Landschaft, aus der mein Vater kommt. Das will ich noch malen. Weiß ich denn, wieviel Zeit mir dafür noch bleibt? Gut, in unserer Familie wird man alt. Mutter wurde beinahe 87, Vater sogar beinahe 93. Aber vergessen Sie nicht: Er war zuletzt blind und taub.«

Noch diesen Sommer wird Tore Hamsun darangehen, sich von der Betreuung des väterlichen Erbes zurückzuziehen. Natürlich geht das nicht von einem Tag auf den anderen: Verträge aushandeln, Korrespondenzen abwickeln, Optionen vergeben, Studenten- und Professorenfragen beantworten – seine Nichte, die er für die Nachfolge ausersehen hat, wird wohl noch eine Menge zu lernen haben. Aber die ersten Lektionen sind erteilt, die Grundlage ist gelegt. Auch sprachlich: sie hat Englisch, Französisch und Deutsch studiert. »So bleibt das Ganze jedenfalls in der Hand der Familie. Irgendeine x-beliebige Anwaltskanzlei als Hüter des Nachlasses – nein, das wäre wohl nicht das Richtige.«

Erbschaftsstreitigkeiten kennen die Hamsuns nicht – sogar die beiden Söhne der vor einigen Jahren verstorbenen Hamsun-Tochter aus erster Ehe sind an den Tantiemen beteiligt. Dabei ist Victoria (der Knut Hamsun den Namen seiner berühmten, zwei Jahre zuvor kreierten Romanfigur gab) in späteren Jahren mit einer hohen Abfindung »ausgezahlt« worden. »Aber Vater war eben die Redlichkeit in Person.« Unlängst waren die beiden Stiefneffen in Norwegen zu Besuch, die Verständigung mit ihnen war mühsam, sie sind in Frankreich aufgewachsen, die Sprache ihres Großvaters ist ihnen fremd.

Was die heutigen Hamsun-Honorare der Familie einbringen?

»Wenn wir nicht alle unsere eigenen Berufe hätten: Leben könnten wir davon nicht. Höchstens existieren.«

In ein paar Tagen ist Ostern, da wird Tore Hamsun wieder einmal auf dem elterlichen Gut Nörholm zu Gast sein, wo sein Vater – von den Jahren der Internierung nach dem Zweiten Weltkrieg abgesehen – seinen Lebensabend zugebracht hat. Bruder Arild, der Zweitgeborene, bewirtschaftet heute den Hof, und dessen Tochter ist die künftige Hamsun-Nachlaßverwalterin. Schon jetzt ist der weitläufige Besitz in der Nähe der südnorwegischen Kreisstadt Grimstad Pilgerziel Nr. 1 aller Hamsun-Verehrer: Hier steht das Denkmal, das die Stadt Oslo dem Nobelpreisträger des Jahres 1920 noch immer vorenthält, hier sind Teile des Hauses als Hamsun-Museum eingerichtet, und wer auf engere Tuchfühlung mit seinem Lieblingsdichter aus ist, mag auf einem dem Besitz angeschlossenen Campingplatz sogar sein Zelt aufschlagen. Auf Nörholm liegt Knut Hamsun – obwohl Bestattungen auf Privatgrund auch in Norwegen gegen das Gesetz sind – begraben, hier wird das einzige Manuskript, das nicht ins Eigentum der Osloer Universitätsbibliothek übergegangen ist, aufbewahrt: sein Spätwerk ›Der Ring schließt sich‹, und hier hat Sohn Tore, um dem Geist des Vaters nahe zu sein, auch seine bekannte Hamsun-Biographie geschrieben:

»Ich sitze an Vaters Tisch im Dichterhaus und schreibe an diesem Buch. Ich sitze an dem selben Fenster, an dem auch er gesessen hat und wo ich so manches Mal als Junge seinen Kopf über eine Arbeit gebeugt sah. Ich habe die selbe Aussicht über den Gänseteich und die Straße wie er auch, aber sonst sehe ich wohl nichts von dem, was er gesehen hat.«

Auch als Tore Hamsun sich später selbständig macht und in der näheren Umgebung von Oslo niederläßt, bedeutet das keinen vollständigen Bruch mit Nörholm: Nur wenige hundert Meter vom Elternhaus entfernt, einsam im Fjord, legt er sich seinen Sommersitz an.

Dort wird er allerdings in nächster Zeit nicht allzu häufig anzutreffen sein. Es zieht ihn in den Norden und ebenso wie Vater, der immer wieder von daheim ausriß und sich, sooft er die Arbeit an einem neuen Buch aufnahm, einmal hier, einmal dort eine Schreiberemitage suchte, ohne jeden Anhang, allein. Er wird sich ans Steuer des Wagens setzen und nordwärts fahren, die Landschaft seiner Vorväter durchstreifen, vielleicht auch das kleine Nest Lom, wo die Schwiegertochter von Sigrid

Undset, mit den Hamsuns befreundet, das Geburtshaus des Dichters hütet, sich in billigen Quartieren einnisten, sich vorwiegend selber verköstigen und im übrigen malen, malen, malen. Höre ich recht, wenn ich der Stimme dieses sonst so ruhigen und gelassenen Mannes einen Anflug von Bangnis anmerke, er könnte, was er vorhat, gar nicht mehr zur Gänze schaffen, und einen Anflug von Aufbegehren, er habe in früheren Jahren wegen der starken Inanspruchnahme durchs väterliche Erbe die eigene Selbstverwirklichung als Maler vernachlässigt?

Wir lassen uns in der Sitzecke des Obergeschosses nieder, bei besserer Sicht kann man von hier bis aufs Meer blicken, heute aber ist es dunstig – das ideale Gesprächsklima. Wir trinken Instant-Kaffee und Cognac – letzteren nur in kleinsten Dosen, der Hausherr will mich nachher zum Rentier-Essen im Theatercaféen mit dem Wagen nach Oslo zurückbringen, und die norwegischen Alkoholkontrollen sind streng.

Vorgestern war ein Abiturient aus der Provinz zu Besuch hier, er hat ein Knut-Hamsun-Referat in Arbeit, ob der Sohn des Dichters wohl bereit wäre, ihm ein paar Fragen zu beantworten – auf Tonband? Gestern ein Amerikaner, der das Frühwerk ›Mysterien‹ verfilmen will – wie wär's mit einer Option? Und heute ich – so geht das Schlag auf Schlag, dreißig Jahre nach Knut Hamsuns Tod. Ja, neuerdings sogar mehr als zuvor: Eine Hamsun-Welle geht durch den angelsächsischen Raum. Ein kleiner Teil der alternativen Jugend hat in den Außenseitergestalten der Werke ›Hunger‹, ›Mysterien‹ und ›Pan‹ ihre neuen Idole gefunden. »Mein Vater hat ja lauter absolute Individualisten gezeichnet, die außerhalb der bürgerlichen Gesellschaft stehen. Anarchisten – freilich Anarchisten ohne Schußwaffen und Bomben. Menschen, denen Materialismus und Industrialismus nichts bedeuten. Der Roman ›Segen der Erde‹ ist die Bibel der Grünen.«

Auch in Rußland, das schon immer – neben Deutschland – eine der wichtigsten Hamsun-Bastionen war, hat man vor einigen Jahren wieder eine Auswahl seiner Romane herausgebracht. Innerhalb von zwei Tagen war die Riesenauflage vergriffen – die Leute standen Schlange. Geld gab's dafür keines, statt dessen eine Einladung in die Sowjetunion. Doch Tore Hamsun lehnte dankend ab: Gerade eben waren die Russen in der Tschechoslowakei einmarschiert ...

Jetzt ist Brasilien drauf und dran, Knut Hamsun zu entdekken – da heißt es aufpassen und die richtigen Verträge aushan-

Tore Hamsun, bekannter norwegischer Kunstmaler

deln. Sohn Tore hat es beizeiten gelernt – noch zu des Dichters Lebzeiten. Einiges hat er sich auch selber aneignen müssen – mit fremder Hilfe: etwa das Handwerk der Rundfunkbearbeitung. Von drei der Hauptwerke gibt es Dramatisierungen von seiner Hand: ›Mysterien‹, ›Pan‹, ›Victoria‹. Als der österreichische Dramatiker Richard Billinger Mitte der fünfziger Jahre eine Bühnenfassung der ›Victoria‹ schrieb, reiste Tore Hamsun nach Wien und sah sich das Ergebnis aus der Nähe an: ein Burgtheatererfolg, der an vielen Orten nachgespielt wurde – Käthe Gold in der Titelrolle.

Tore Hamsun ist kein Typ für Hausaltäre. Nur die goldene Taschenuhr, die ihm sein Vater einmal geschenkt hat, hütet er sorgfältig. Und die frühe Gesamtausgabe mit dem handschriftlichen Vermächtnis des Vaters an seinen Sohn: »Vergiß niemals, daß nur eines im Leben wirklich glücklich macht – die Arbeit.«

Daran hat Tore Hamsun sich gehalten. Ob es die bitteren Nachkriegsjahre waren, als die Familie, nach der Enteignung des deutschfreundlichen »Landesverräters«, plötzlich vor einem gigantischen Schuldenberg stand, den abzutragen es volle zehn Jahre brauchte, oder ob es der nicht endenwollende Rehabilitierungskampf war, der ihn immer wieder – zuletzt erst vor einem Jahr, als es darum ging, Knut Hamsun gegen den verleumderischen Antisemitismus-Vorwurf zu verteidigen – zur Feder greifen ließ.

Neben die Betreuung von Vaters Werk trat außerdem die Betreuung des Werks der Mutter: Marie Hamsuns ›Langerud-Kinder‹ sind eine noch immer erfolgreiche Jugendbuchserie, die zudem gute Fernsehchancen hat. Während Tore in Vaters Werk, von dem der jungen Mutter gewidmeten Gelegenheitsgedicht ›Der Knabe‹ abgesehen, nicht vorkommt (»Realitätsabklatsch ist schlechte Literatur«), sind die ›Langerudkinder‹ Mutter Hamsuns schriftstellerische Aufarbeitung ihres eigenen Alltags als mater familiae.

Als Tore, Arild, Ellinor und Cecilia aufwuchsen, gab es noch nicht den Müdmacher Fernsehen: Mutter setzte sich zu den Kindern an den Bettrand und erzählte ihnen norwegische Volksmärchen. Aber irgendwann war sie mit ihrem Repertoire am Ende, es mehrten sich die Wiederholungen, manches kannten die Kleinen schon auswendig, Langeweile kam auf – da bestürmten sie die Kinder, es doch mit eigenen Geschichten zu versuchen, und so fing Marie Hamsun an, Selbsterlebtes niederzuschreiben, und vom Niederschreiben für den Hausgebrauch bis zum Bücherdrucken war es dann, von Knut Hamsun selber dazu ermutigt, nur mehr ein Schritt: Die Langerud-Serie war geboren.

Er, Tore, ist darin der böse Ola, der seinen jüngeren Bruder Einar immer so hart anfaßt – als heutiger »Chef« der Erbengemeinschaft, dem nichts so unangenehm ist, wie als »Papas Liebling« dazustehen, genießt er es sehr, wenigstens bei seiner Mutter schlecht wegzukommen, und auf meine diesbezügliche Frage antwortet er diplomatisch-demokratisch: »Nein, da gab's keine Unterschiede – wir vier Kinder standen unseren Eltern alle gleich nahe.« Ist diese Scheu, hervorzutreten, aufzufallen, »etwas Besseres« zu sein, vielleicht eine Spätfolge jener Kindheitsjahre, da er sich – zumal nach der Nobelpreis-Publicity um den Vater – von seinen Mitschülern als »Dichtersohn« necken lassen mußte? Kinder wollen Kinder wie alle anderen sein – gerade das aber war den Hamsun-Sprößlingen verwehrt, die noch dazu, als die Familie aus Hamaröy ins südnorwegische Larvik übersiedelte, ihren schweren Nordlanddialekt mitbrachten. Da floß so manche Träne, da gab's so manche Keilerei.

Erst in der Volksschule der kleinen Ortschaft Eide – die Hamsuns waren inzwischen, der ewigen Herumzieherei müde, auf Gut Nörholm seßhaft geworden – hatte es endlich mit der notorischen Spöttelei ein Ende. Lehrer Markussen, der wohl mit angesehen hatte, wie seine Schüler den »Neuen« dafür büßen ließen, ganz gegen dessen eigenen Willen etwas Besonderes zu sein, redete den Bauernlümmeln ins Gewissen und setzte ihnen auseinander, daß Dichter ein so lächerlicher Beruf nicht sei. Von da an war Tore Hamsun von seinen Mitschülern akzeptiert.

Er dankte es seinem alten Lehrer Markussen auf seine Weise: indem er begeistert dessen Steckenpferd teilte, und dieses Steckenpferd hieß Zeichnen. Schreiben, Rechnen, Lesen – dessen war der gute Mann in all den Jahren wohl schon etwas überdrüssig geworden, und so legte er weit übers zulässige Maß hinaus Zeichenstunden ein, und Tore Hamsun war dabei sein eifrigster Adept.

Noch ein weiteres Erlebnis jener Kindertage mag entscheidend dazu beigetragen haben, daß Tore Hamsun sich später dem Künstlerberuf zuwandte: Besuch aus Deutschland. Es war ein alter Freund von Vater – nie war den Hamsun-Kindern ein lustigerer Mann untergekommen. Er verschlang bei Tisch unvorstellbare Mengen Grütze und zermalmte Knochen wie ein Hund, er rasierte sich den Kopf, lief splitternackt herum, immer nur eine Art Schürze um die Lenden, erfüllte das ganze Haus mit seinem dröhnenden Lachen und zeichnete für die Kinder, da er gerade von seiner Hochzeitsreise nach Ägypten zurückgekehrt war, unermüdlich Arabergestalten, Palmen und Kamele.

Es war der Zeichner Olaf Gulbransson.

»Als er abgereist war, wurde es elend still im Hause. Wir vermißten sein Lachen und sein Zeichnen. Und doch hatte er Spuren hinterlassen: Bei uns Kindern brach eine Zeichenepidemie aus.«

Am stärksten war Stammhalter Tore davon infiziert. Er ruhte nicht eher, als bis er seinen Vater aufs Papier gebannt hatte – aus der Erinnerung. Den gelungensten seiner Versuche – Knut Hamsun mit Bart und Brille – schickte Mutter an einen ihr bekannten Redakteur bei der Zeitung ›Aftenposten‹, und die druckten die kindliche Bleistiftzeichnung tatsächlich ab – Tore Hamsuns Debüt in der Öffentlichkeit!

Es sollte nur das erste aus einer langen Reihe von Knut-Hamsun-Porträts sein. Denn Sohn Tore wurde Maler. Das Gymnasium in Oslo schloß er ohne Prüfung ab, statt dessen wechselte er auf die Malschule, und mit einundzwanzig ging er (wie gerade jetzt auch seine jüngste Tochter) nach München – es sind jene Jahre in der Zeichenklasse von Olaf Gulbransson, auf die sein noch heute makelloses Deutsch zurückgeht.

Knut Hamsun, dessen eigene zeichnerische Versuche sich – etwa beim Umbau von Nörholm – auf Bauskizzen beschränkten, hieß den Entschluß seines Ältesten gut und saß ihm selber, sooft dieser deswegen an ihn herantrat, willig Modell. Tore Hamsun erinnert sich:

»Sechs oder sieben Mal habe ich ihn gemalt. Er war so geduldig. Einziges Problem: Er schlief mitunter dabei ein. Er wollte mit mir reden, aber das ging natürlich nicht: Beim Malen muß man sich voll auf seine Arbeit konzentrieren.«

Deshalb ging auch die Sache mit Gerhart Hauptmann schief. »Ich wollte ihn porträtieren, während er seine Autobiographie diktierte. Er ging dabei ständig im Zimmer auf und ab – wie hätte das ein gutes Bild werden sollen?«

Tores Knut-Hamsun-Porträts sind heute in alle Winde verstreut: Eines, wohl das schönste, hängt bei Gyldendal, Hamsuns Osloer Stammverlag, drei sind im Besitz seiner eigenen Kinder, eines, noch unvollendet, wartet nun schon viele Jahre im Atelier des Künstlers auf den letzten Schliff. Scheut er nur deshalb davor zurück, weil er mehr als früher alles unterläßt, was den Verdacht nähren könnte, er profitiere vom Namen des berühmten Vaters? Fast vierzig Jahre ist es nun schon her, daß er zum letztenmal einen Hamsun illustriert hat: den Roman ›Hunger‹. In Bleistift und Kohle. Ich versuche ihn mit Komplimenten aus der Reserve zu locken. Doch Tore Hamsun winkt ab: »Ich bin vom Graphischen ganz abgekommen. Heute würde ich das völlig anders machen.«

Warum aber macht er's dann nicht? Abnabelung, Emanzipation, der begreifliche Wunsch nach dem eigenen Weg. Ein um so begreiflicherer Wunsch, wenn man sich vor Augen hält, wie stark auch Sohn Tore in den mühsamen Rehabilitierungsprozeß um den nicht nur in seiner Heimat Norwegen verfemten ehemaligen Nazi-Kollaborateur Knut Hamsun eingespannt war. Was half's, daß es – nach Tore Hamsuns heutigen Worten – nichts als »sentimentale Dankbarkeit gegenüber der deutschen Sprachwelt« war: Knut Hamsun, einsichtig genug, seinen Irrtum im engsten Familienkreis einzugestehen, doch zu stolz, dies auch vor der Öffentlichkeit zu tun, blieb in den Augen vieler Norweger ein Landesverräter. Dazu die Mutter während des Krieges in Hitler-Deutschland auf Vorlesetournee, der Bruder, auf der Seite der Deutschen Wehrmacht freiwillig an der

Ostfront kämpfend und mit dem Eisernen Kreuz ausgezeichnet, er selber von der deutschen Besatzung als kommissarischer Leiter im Osloer Verlag Gyldendal eingesetzt – klar, daß da den Hamsuns nach 1945 die Rechnung dafür präsentiert wurde. (Gnade genug, daß das norwegische Widerstandsmuseum in der Akershus-Festung, das ich mit den schlimmsten Befürchtungen durchwandere, den Dichter schont und das heikle Thema Hamsun einfach ausspart.) Der Vater zu hoher Geldstrafe verurteilt, die Mutter drei Jahre im Gefängnis, der Bruder anderthalb. Tore, der immerhin verhindern konnte, daß irgendein wilder Nazi aus dem Haus Gyldendal einen reinen Propagandaverlag machte, war keine Schuld nachzuweisen – seiner Internierung folgte also auch kein Prozeß.

Nach Übergangsjahren, in denen er sich – zusammen mit einem des Töpferhandwerks kundigen Freund – mit Keramikdekoration durchbrachte, gelang es ihm schon 1948, bei der großen Osloer Herbstausstellung mit einem Bild vertreten zu sein. Auch seine beiden Schwestern erreichte der lange Arm der Sippenhaftung nicht: sie waren in Dänemark verheiratet.

Und doch: Reste von Ressentiments haben sich in Norwegen bis heute erhalten, man begegnet ihnen auf Schritt und Tritt. Oder sollte es ein Zufall sein, daß es im denkmalsübersäten Oslo nirgendwo die kleinste Hamsun-Büste gibt, nirgendwo die schäbigste Hamsun-Straße? Im herrlichen Edvard-Munch-Museet im Vorort Tøyen sind nur Porträts von Strindberg und Ibsen ausgestellt, und das berühmte Haus in der Tomtegate, in dem der junge Hamsun jenen entbehrungsreichen Winter 1879/80 zubrachte, der ihn zu seinem Frühwerk ›Hunger‹ inspirierte, fiel einer Sanierungsaktion zum Opfer, die zwar keinerlei politischen Hintergrund hatte, aber de facto ebenfalls dazu beitrug, daß der heutige Hamsun-Spurensucher in der norwegischen Hauptstadt praktisch vor dem Nichts steht.

Scholem Alejchem und Enkelin Bella. Bel Kaufman ist heute selbst eine namhafte amerikanische Bestsellerautorin.

Sein letzter Wille: Lachen
Scholem Alejchems Erzählkunst hat sich weitervererbt

Park Avenue in Höhe der 85. Straße – feinstes Manhattan. Meine New Yorker Freunde, ihrerseits im eher schäbigen Battery-Park-Viertel wohnhaft, hatten schon beim »Übersetzen« der Telefonnummer Haltung angenommen. Es gibt in New York einen eigenen, im Anhang des phone directory verzeichneten Schlüssel, mit dessen Hilfe man aus der Telephonnummer auf die Adresse schließen kann, auf den Block genau. Es ist eine ziemlich komplizierte Rechnerei, aber das Ergebnis stimmt immer. Während Gary mir ein Taxi bestellt, legt Loretta wortlos eine passende Krawatte bereit.

Gary und Loretta behalten recht: 1020 Park Avenue ist eines jener noblen Apartmenthäuser in Upper Manhattan, die so sehr nach Reichtum riechen, daß es schon nicht mehr riecht. Breites Trottoir, markisenüberdachtes Portal, die gläserne Haustür fest verschlossen. Der Portier in der dunkelblauen Livree überprüft übers Haustelephon die Stichhaltigkeit meiner Angaben: Welcome, Miss Kaufman erwartet Sie, 20. Stock.

Lobby mit Sitzecke, dann rasch zum Lift. Ein junger Mann vom Hauspersonal verteilt die Post des Tages. Ein eigenes Sortierregal fährt zu diesem Zweck im Aufzug mit – für jede Partei ein Fach. Das Fach »Kaufman« ist besonders reichlich angefüllt.

Bel Kaufman kommt mir über den Flur entgegen: Die Nummer 1 unter den Scholem-Alejchem-Erben ist eine attraktive, sehr lebendige und ausgesprochen umgängliche Frau – der Typ von Amerikanerin, deren Herzlichkeit auch Erfolg und Weltläufigkeit nichts haben anhaben können. Als der berühmte »Papa« (der in Wirklichkeit der Großpapa war, aber wegen seines jugendlichen Naturells auch von den Enkeln nie anders als »Papa« gerufen wurde) während des Ersten Weltkriegs starb, war die kleine Bella fünf, ich komme also beim Nachrechnen ihres heutigen Alters auf um die Siebzig – nicht zu glauben.

Im Wohnzimmer, gleich rechts vom Eingang, hängt ein riesiges Photo an der Wand: Scholem Alejchem, auf einer Bank sitzend, die zwei einzigen Enkel, die er noch selber erlebt hat, auf dem Schoß. Bella, ein Jahr alt, daneben ihre Cousine Tamara, sechs. Bei einem ihrer Auftritte vor einigen Jahren irgendwo in Amerika haben sich die Veranstalter dies zu ihrem Empfang ausgedacht: eine Vergrößerung des Drei-Personen-Porträts auf Plakatwandformat. Und da es tatsächlich unter den Tausenden Photos, die im Lauf ihres Lebens von ihr angefertigt worden sind, ihr liebstes ist, hat es diesen exponierten Platz in ihrer Wohnung erhalten. Die Tagesikone – für alle Tage des Jahres.

Es ist bis heute ihr Standardkonterfei geblieben: Kein Zeitungsartikel über Bel Kaufman, der nicht mit dieser Kindheitserinnerung illustriert wäre, und als ich sie später, vor der Verabschiedung, meinerseits um die Überlassung von etwas Passendem bitte, wird es auch da eine Kopie des bewußten Gruppenbildes sein. Ich habe sie im Verdacht, daß sie es stoßweise und in allen Formaten auf Vorrat hat.

Es ist allerdings auch eine erstklassige Atelierarbeit – nicht der heutige Schnellbildschund. Der Dichter knapp nach seinem fünfzigsten Geburtstag: Künstlermähne und Bärtchen, Seidenkrawatte, Samtweste und Pincenez. Und die kleine Bella: kugelrundes baby face, eine kecke Masche im Haar, irgendein unidentifizierbares Spielzeug in der Hand, das buntbestickte russische Kittelkleid, das der Großvater selber im Wäscheladen für sie ausgesucht hat. Kein Wunder, daß das erinnerungsträchtige Stück in ihrer Familie zum Kultgegenstand geworden ist – weitergegeben von Generation zu Generation. Die Tochter trug es, das Enkelkind trug es – jetzt ist es wohlverwahrt für die Urenkel.

Bel Kaufmans Scholem-Alejchem-Kult ist echt, frei von jeglichem Schielen nach Tantiemen-Millionen: Sie hat aus eigener Kraft ihren Weg gemacht. Allein ›Up the Down Staircase‹, der Bestsellerroman, in dem sie ihre Jahre als College- und High-School-Lehrerin verarbeitet hat, ist in über vier Millionen verkauften Exemplaren verbreitet. Und da kommt Scholem Alejchem weder im Text noch auf dem Schutzumschlag vor, weder als handelnde Person noch als Promotor. Aber ich greife vor.

Bel Kaufman serviert das Frühstück; ihr Mann verabschiedet sich, er wird schon im Studio erwartet. Er sieht mir an, daß ich gern wüßte, welche Art Studio es ist, und so deutet er lächelnd auf das kühne Muster seiner betont modischen Krawatte: Mister Gluck ist Textildesigner. »Mister Gluck«? Bel Kaufman hat also für die eigene Karriere an ihrem Mädchennamen festgehalten.

Ihr Vater hat an ihrem Geburtsort Berlin Medizin studiert, aber auch als Arzt hat er stets seinen künstlerischen Neigungen nachgegeben: In einem der offenen Regale steht eine Reihe von Kleinskulpturen: Köpfe, Figuren – aus russischem Brot modelliert und mit einem eigenen Verfahren haltbar gemacht.

Mutters Spuren sind literarischer Natur: Lala Kaufman, des Dichters zweitältestes Kind, hat Scholem Alejchems Werke ins Russische übersetzt – im Bücherschrank steht die Gesamtausgabe. Außerdem war sie eine erfolgreiche jiddische Kurzgeschichtenautorin: Der ›Jewish Daily Forward‹ hat an die zweitausend Stück davon gedruckt. Die Schreibtradition des »jüdischen Mark Twain« ist also ungebrochen auf Tochter und Enkelkind übergegangen. Und nicht nur das – auch charakteristische Züge seines Wesens: »Sein ausgeprägter Sinn für Pomp zum Beispiel. All seine Extravaganz, seine Großzügigkeit, sein Humor.« Bel Kaufman beginnt zu erzählen ...

Dieses kunstvolle Geschenkeverpacken, wenn eines der Kinder Geburtstag hatte. Und dann mitten in der Nacht das Hineinschleichen ins Kinderzimmer und das heimliche Errichten von Geschenkpyramiden neben dem Bett. Oder dieser drastische Schönheitssinn – etwa wenn er einen Hut seiner Frau, dessen Fasson ihm mißfiel, aus dem Verkehr zog, indem er ihn kurzerhand in zwei Teile zerschnitt.

Oder diese konsequente Liebe zur Natur: Nie hätte er es zugelassen, daß die Kinder, die ihn bei seinen Spaziergängen begleiteten, Blumen gepflückt hätten. »Finger weg, laß sie leben!«

Oder diese Phantasie des Schenkens: »Siehst du diesen Berg da drüben, Bellochka, diesen See? Ich schenk sie dir ...«

Bel Kaufmans Erinnerungen an ihren Großvater sind natürlich nur zum Teil Erinnerungen aus erster Hand: Sie war fünf, als er starb, und sie war drei, als sie ihn zum letztenmal sah: Ferien an der Baltischen See. Scholem Alejchem ging das zweite Mal und nunmehr für immer nach Amerika, die Kaufmans blieben in Rußland. Odessa, später Moskau – erst, als Bella zwölf Jahre alt und der Großvater nicht mehr am Leben war, folgten sie ihm in die Neue Welt nach. Und erst hier, in Sprachkursen in New York, machte sich Bella Kaufman die Sprache zu eigen, in der Scholem Alejchem geschrieben, die er – zusammen mit dem Kollegen Mendele Mocher Sforim – vom Küchenidiom zum literarischen Instrument erhoben und zu deren Überleben er dadurch so entscheidend beigetragen hatte. Wäre ein Nobelpreisträger Isaac Bashevis Singer denn denkbar ohne die »Vorarbeit« eines Scholem Rabinowitz, der sich Scholem Alejchem nannte? Ohne solche Perlen der jiddischen Dichtung wie ›Menachem Mendel‹, ohne solche Welterfolge wie ›Tewje, der Milchmann‹?

Die Umsetzung des Tewje-Stoffes (den übrigens Scholem Alejchem selber noch dramatisiert hat, ohne daß daraus allerdings – mit Ausnahme einer frühen Verfilmung durch Maurice Schwartz – etwas geworden wäre) in ein modernes Musical, das vom Broadway aus die Bühnen der westlichen Welt eroberte (teils als ›Fiddler on the Roof‹, teils als ›Anatevka‹), hat den Namen Scholem Alejchem auch außerhalb des jüdischen Milieus bekannt gemacht – ja, sogar vor allem dort. Denn unter

Kennern bestand nie ein Zweifel darüber, daß Sheldon Harnicks Libretto und Jerry Bocks Musik bei aller Genialität doch einen sehr amerikanischen Verschnitt von Scholem Alejchems authentischer Beschreibung der ostjüdischen Welt im zaristischen Rußland darstellen. Und auch das ganze große Geld haben damit nicht die Scholem-Alejchem-Erben gemacht (Bel Kaufman ist eine von sieben; in New York lebt, hochbetagt in einem Heim, sogar noch eine der Töchter des Dichters), sondern die Broadway-Leute. Es ist daher begreiflich, daß Bel Kaufman lieber von ihren eigenen Aktivitäten berichtet, und an denen ist in der Tat kein Mangel.

Da ist zunächst einmal die alljährliche Erfüllung von Scholem Alejchems testamentarisch festgehaltenem Wunsch, seine Familie und seine Freunde mögen sich regelmäßig an seinem Todestag zusammenfinden – und zwar nicht in Trauer, sondern ganz im Gegenteil so ausgelassen wie möglich: seinen Geschichten lauschend, über seine Geschichten lachend. Bel Kaufman wikkelt die Sache für den in Amerika ansässigen Teil ab, die in Tel Aviv lebende Cousine Tamara (die das Werk des Großvaters ins Englische übersetzt hat) simultan für den israelischen. Es sind jedesmal an die hundert Personen, die sich dann in dem Apartment an der New Yorker Park Avenue versammeln, man engagiert befreundete Schauspieler als Vorleser, trinkt Tee und tauscht Scholem-Alejchem-Anekdoten aus – etwa die von den Handschuhen, die der Dichter beim Schreiben trug, weil er die leidige Angewohnheit hatte, sich bei besonders angestrengtem Nachdenken die Finger blutig zu beißen, oder die von seiner krankhaft abergläubischen Furcht vor der Zahl 13, die ihn bei der Paginierung seiner Manuskripte stets auf die 12a ausweichen ließ. Wird unter Kennern nicht bis heute sein Todesdatum – das tatsächlich auf einen 13. Mai fiel! – beharrlich mit 12a angegeben?

Scholem Alejchems Grab befindet sich auf dem Mount Carmel Friedhof im Stadtteil Brooklyn und, da er in seinem von der ›New York Times‹ abgedruckten letzten Willen ausdrücklich verfügte, »not among the rich and famous, but among the common people« ruhen zu wollen, im sogenannten Workmen's Circle. So populär war er bei seinem Tod, daß am Tag des Begräbnisses ihm zu Ehren alle jüdischen Geschäfte von New York geschlossen hielten und die Chronik von 150000 Trauernden in den Straßen von New York berichtet! Als vor einigen Jahren sein Sterbehaus in der Kelly Street abgerissen wurde, brachten es die Arbeiter nicht über sich, die Mesusa, also die traditionelle Kapsel mit dem Moses-Pergament vom Türpfosten seiner Wohnung, dem allgemeinen Schutt einzuverleiben: Enkelin Bel Kaufman hütet sie seither wie ein heiliges Gut.

Wir wechseln vom Wohnzimmer ins Arbeitszimmer und damit von der Scholem-Alejchem-Erbin Bel Kaufman zur selbständigen Autorin gleichen Namens: Ihr Roman ›Up the Down Staircase‹ (der Titel ist ein Paradoxon, das auf das Treppensystem in den amerikanischen Schulen anspielt: Die eine darf nur hinauf, die andere nur hinunter benützt werden) war nach seinem Erscheinen im Jahr 1964 fünf Monate hindurch die Nummer 1 auf den amerikanischen Bestsellerlisten und ist in neunzehn Sprachen übersetzt (erstaunlicherweise nicht in die deutsche). Kein Autor und kein Verlag, der auf einen solchen Erfolg nicht schleunigst einen weiteren folgen ließe. Bel Kaufman ließ sich dafür fünfzehn Jahre Zeit. Wieso das? Fiel ihr nichts Neues ein? War mit dem Debüt auch schon alles Pulver verschossen? Wieso erst 1979 ›Love etc.‹? Sie werden den Grund nicht erraten; er heißt: Scholem Alejchem. Bei allem eigenen Ehrgeiz: Das Andenken an Person und Werk des über alles geliebten Großvaters behielt für Bel Kaufman – auch nun, wo sie selber zum Star geworden war, gelobt und gelesen, vermarktet und verfilmt, mit Preisen überschüttet und mit Ehren – den Vorrang.

›Survival through humour‹ heißt ihr Standardvortrag über Scholem Alejchem. ›Mit Humor überleben‹ – mit diesem Thema reist sie durch die Lande, oft und gern. »Ich bin außerordentlich anfällig für Einladungen.« Einmal ist es ein Frauenverein, ein andermal ein Lehrerkongreß – da kann es ohne weiteres sein, daß sie zwei-, dreitausend Zuhörer vor sich hat. Bei einer Veranstaltung in Montreal ließ sich ein Taubblinder an ihr Vortragspult führen – es genügte ihm, der Enkelin seines Lieblingsdichters die Hand zu reichen, sie hören oder sehen konnte er nicht. Einige Tage vor meinem Besuch gab's eine Scholem-Alejchem-Feier in der Park Avenue Synagoge – Bel Kaufman hielt die Festrede. Und klar, daß auch auf den Plakaten, mit denen für ihre Veranstaltungen geworben wird, fast immer das berühmte Kinderphoto zu sehen ist: die Einjährige auf Großvaters Schoß.

Es ist eine Besessenheit, die nur wenig mit finanziellem Ertrag zu tun hat: Für das meiste von Scholem Alejchems Œuvre ist das Copyright abgelaufen, vor allem in seiner Urheimat Israel.

Es ist wohl eher eine Kombination aus Familienstolz und jüdischer Überlebensstrategie. Wenn sie nicht über ihn spricht, schreibt sie über ihn. Die Zahl ihrer Artikel ist Legion – ich blättere in dem vom Smithsonian Institute in Washington herausgegebenen Standardwerk über den Einfluß der Einwanderer auf die Geschichte der Vereinigten Staaten, Bel Kaufman hat darin Scholem Alejchems Anteil dargestellt. Ihre nächste Arbeit wird ein Theatertext für eine One-man-show sein, es schwebt ihr eine Art »Digest« vor, die Scholem Alejchems abenteuerliche Lebensgeschichte mit einer Revue seiner Hauptfiguren verbindet, der Verlag drängt schon. Ja, und dann liegt da noch das 300-Seiten-Typoskript ›Oral Memoir‹, Resultat eines fünfzigstündigen Tonbandinterviews, das in zahlreichen Sitzungen eine New Yorker Journalistin mit ihr angefertigt hat: Daraus soll eines Tages die große authentische Scholem-Alejchem-Biographie werden. Auch über ein neues Broadway-Musical wird verhandelt, obwohl sich kaum jemand vorstellen kann, daß ein Erfolg vom Ausmaß des ›Fiddler‹ wiederholbar ist. Schon das Nachfolgestück ›The World of Sholom Aleichem‹ war eine eher fragwürdige Angelegenheit. Eines freilich hat es bewirkt: daß heute immer mehr amerikanische Juden – auch auf der durch die Fernsehserie ›Roots‹ ausgelösten Ahnenwelle – Interesse am jiddischen Idiom zeigen: Die einschlägigen Sprachkurse sind überfüllt.

Wenn Bel Kaufman sich als Scholem-Alejchem-Lobby in Szene setzt, tut sie dies in zwei Sprachen, die sie sich beide erst in der neuen Heimat Amerika hat aneignen müssen: Englisch und Jiddisch. »Sie dürfen nicht vergessen, wir waren Russen.«

Es freut sie daher, daß Scholem Alejchems Geschichten auch in der Sowjetunion verbreitet sind – bei einer Reise, eingeladen vom dortigen Schriftstellerverband, konnte sie sich persönlich davon überzeugen. Sein Geburtshaus in dem ukrainischen Städtchen Perejeslaw-Chmielnitzky ist in ein Museum umgewandelt, die sowjetische Post hat den großen Humoristen aus zaristischer Zeit mit der Herausgabe einer Gedächtnisbriefmarke geehrt – nur seine Zugehörigkeit zur mosaischen Glaubensgemeinschaft läßt Moskau gern unter den Tisch fallen.

Natürlich hat sich Bel Kaufman auch in Kiew umgesehen – hier steht noch das Haus, in dem er und »seine Republik« (wie Scholem Alejchem seine umfangreiche Familie zu nennen pflegte) viele Jahre gelebt haben, hier ist – in einem der Neubauviertel an der Peripherie der Stadt – eine Straße nach ihm benannt, und von hier aus zog er Sommer für Sommer in jene Feriendatscha im nahen Bojarka, in der ihm das lebende Urbild seines Tewje die Milch und den Rahm, die Butter und den Käse ins Haus geliefert hat – zusammen mit jenem unnachahmlichen Schnurren, die den Dichter später zu seinem populärsten Roman inspiriert haben: ›Tewje, der Milchmann‹.

Jetzt endlich wird aus meinem Interview ein Dialog: Ich kann die Scholem-Alejchem-Enkelin davon unterrichten, wie es mir auf einer meiner eigenen Rußlandreisen gelungen ist, dem Original-Tewje auf die Spur zu kommen: mit Hilfe des hochbetagten Lehrers Wladimir Nikolajewitsch aus dem Nachbardorf Sabirja, der den frommen jüdischen Wanderhändler Tobias aus Ignatovka (der Dichter machte daraus Tewje und Anatevka), noch selber gekannt hat und in dessen Haus ein und aus gegangen ist.

Jetzt ist es an Bel Kaufman, mich zu bewundern – sie kann sich nicht vorstellen, wie ein nichtjüdischer Spurensucher sich bei einem Gegenstand wie diesem so sehr ins Zeug legt. Ich kriege also von ihr, bevor wir uns voneinander verabschieden, eine besonders hübsche Widmung in ihr Buch.

Übrigens hat sich – auch nachdem aus dem Tewje-Roman das Broadway-Musical ›Fiddler on the Roof‹ und damit ein Welterfolg geworden war – niemals einer der Nachkommen des Prototyps bei den Scholem-Alejchem-Erben gemeldet. Das kann die verschiedensten Gründe haben: Das Stück ist im Ostblock unbekannt. Schlimm genug. Aber noch schlimmer: Die Familie des jüdischen Milchhändlers Tobias alias Tewje könnte – sei es durch eines der Pogrome der spätzaristischen Zeit, sei es durch den Holocaust der Nazis – ausgelöscht sein.

Man weiß, mit welch gemischten Gefühlen Schriftsteller Menschen gegenübertreten, die sich in deren Werken wiedererkennen. Verstimmung ist noch das mindeste, was eintritt, Schadenersatzanspruch und Ehrenbeleidigungsprozeß keine Seltenheit. Und oft ist das Verhalten der Hinterbliebenen noch törichter, noch indolenter als das der direkt »Betroffenen«. Nikos Kazantzakis, Thomas Mann und Tennessee Williams könnten ein Lied davon singen. Was also, wenn sich plötzlich einer aus der Tewje-Sippe bei den Scholem-Alejchem-Erben meldete, noch dazu vielleicht ein armer Teufel, der es nicht verwinden kann, wieviel Geld andere mit seiner life story gemacht haben? Würde man ihn über die Haltlosigkeit seiner Ansprüche aufklären? Würde man ihn an die dicken Brieftaschen der Broadway-

Producer verweisen? Oder würde man sich der legendären Großzügigkeit des Dichters entsinnen, der eines Tages, von einem Spaziergang heimkehrend, von seiner Frau gefragt wurde:

»Wo ist dein Mantel?«

»Welcher Mantel?«

»Na, den du angehabt hast, als du fortgingst.«

»Ach den. Den hab ich einem armen Schlucker geschenkt, der keinen gehabt hat.«

Scholem Alejchems Großzügigkeit lebt in seinen Nachkommen fort: Wo andere jeden Notizzettel verhökern, sind die Bestände des »Beth Scholem Alejchem«, das seit 1966 in Tel Aviv den Nachlaß des Dichters verwaltet, fast zur Gänze aus freiwilligen Spenden hervorgegangen. Ein Spazierstock des Großvaters, ein Rarissimum schon seiner jiddischen Inschrift wegen, ist das einzige an Erinnerungsstücken, das Bel Kaufman für sich zurückbehalten hat. Und natürlich das bewußte Kinderbild – im Russenkittel auf »Papochkas« Schoß. Alles andere ist immaterieller Natur, hat sie im Kopf: Erinnerung. Erinnerung an einen geschichtenerzählenden Großvater, der so voller Witz war, daß er mitunter sogar beim Schreiben laut auflachte, so voller Intuition, daß er in jeglicher Lebenslage zu fabulieren imstande war: im Sitzen wie im Liegen, im Stehen wie im Gehen, so voller Sprachdisziplin, daß er den schon beim Verlag abgelieferten Manuskripten oft nur um einer einzigen Wortkorrektur willen aufwendige Telegramme nachschickte.

Und doch: Bel Kaufman, ganz die moderne Amerikanerin von heute, mag sich nicht mit der Erinnerung allein begnügen. Selber ein Profi des schreibenden Metiers, ertappt sie sich zuweilen dabei, wie sie in ihrer Phantasie den berühmten Großvater von seinem Schreibtisch im alten Kiew oder Odessa ins heutige Manhattan verpflanzt: »Ich bin ganz sicher, er würde alle Möglichkeiten, die ihm das schriftstellerische Instrumentarium unserer Zeit bietet, mit Genuß ausschöpfen. Er wäre begeistert von Kugelschreiber und Paperback, von Bestsellerliste und Fernsehinterview.«

Jura Soyfer (links) und Freund Hugo Ebner im Alter von sechzehn

»Du bist hier fremd ...«
Das späte Comeback des Jura Soyfer

»No, geben Se mir doch a Stickl a Zigarett'!« Mit Verschwörermiene, darin das trotzige Auftrumpfen des ungehorsamen Kindes, flüstert mir die alte Dame im Lehnstuhl ihren verbotenen Wunsch zu. Seit dem jüngsten Schlaganfall ist die rechte Hand gelähmt, das Kaffeewasser muß ihr Mann aufsetzen, den Guglhupf hat eine Bekannte gebacken. Hastig macht sie ihre zwei, drei Züge – dann drückt sie die filterlose Pall Mall aus. Das Spiel wird sich während meines Besuchs noch zweimal wiederholen, der Aschenbecher ist voller angerauchter Zigaretten, ihr Mann schäumt vor Wut.

»Luitschka«, holt sie zärtlich zu seiner Besänftigung aus. »Luitschka, so beruhige dich doch. Du wirst sehen, jetzt bin ich auch bestimmt wieder ein volles Jahr lang brav.«

Ist das so schwer zu begreifen? Tamara Hutton, 77, ist nervös. Ein Ereignis, mit dem kein Mensch rechnete, hat in ihren eintönigen Pensionistenalltag im New Yorker Stadtteil Queens Unruhe gebracht. Unruhe und Freude. Tamara Hutton ist Erbin geworden. Und das, obwohl der Mann, um dessen Hinterlassenschaft es sich dreht, nun schon dreiundvierzig Jahre tot ist: Jura Soyfer, der ultralinke Barde des bürgerkriegserschütterten Österreich vor und um 1934. »Entweder waren sie Berufsrevolutionäre und Amateurdichter, oder sie waren Amateurrevolutionäre und Berufsdichter«, sagt Leon Askin, der damals bei etlichen Kleinbühnenproduktionen mit Jura Soyfer zusammengearbeitet hat. »Nur Soyfer war ein wahrer Revolutionär *und* ein wahrer Dichter.«

Seit einigen Jahren ist in Österreich sein postumes Comeback im Gange, in den Nachbarländern bahnt es sich an. Hans Weigel, einer der Weggefährten von damals, hat der Literaturgeschichtsschreibung ein für allemal die Maße abgesteckt: »Wir anderen waren mehr oder weniger begabt. Er war genial. Ein legitimer Nachfahre Nestroys.«

Tamara Hutton ist seine Schwester. Sieben Jahre älter als er, die einzige Hinterbliebene. »Teddy« nennt er sie in den wenigen Briefen an die Familie, die sich erhalten haben. »Teddy« oder »Teddylein«. Er ist froh, schreibt er, daß sie Arbeit hat, und er dankt ihr für das ihm übermittelte Taschengeld. Seine Absenderadresse: Block 20, Stube 1, Dachau 3 K. Spätsommer 1938. Bei einem Fluchtversuch hat die SS ihn, als Alpinisten getarnt, zusammen mit einem Freund in den Vorarlberger Grenzbergen gefaßt. Die Papiere waren in Ordnung, nur das »staatsfeindliche« Zeitungsblatt, in das unglückseligerweise irgend etwas vom Proviant, eine Konservendose oder ein Stück Wurst, eingewickelt war, hatte das Mißtrauen der »Sicherheitsorgane« geweckt ... Einige Tage später, von der Verhaftungsnachricht bestürzt, meldet sich einer von Juras Genossen in dessen Elternhaus, Tamara hebt den Telephonhörer ab: »Warum hat er mir denn nichts davon gesagt, daß er sich ins Ausland absetzen will? Ich bin Eisenbahner – wie leicht hätte ich ihm über die Grenze helfen können ...«

Also KZ. Zuerst Dachau, dann Buchenwald. Jura Soyfer arbeitet im Lager als Krankenpfleger, daneben schreibt er. Das

›Dachaulied‹ wird von den Mithäftlingen gesungen – es ist Soyfers letztes literarisches Lebenszeichen. Daß auch die Melodie erhalten blieb, ist seinem Lagergenossen Herbert Zipper zu verdanken: Er hat die acht Strophen ›Stacheldraht, mit Tod geladen‹ vertont und sich für die Zeit nach seiner Entlassung eingeprägt ...

Aber noch sieht es ja so aus, als würde alles gut ausgehen: Auch Jura Soyfers Entlassung steht in Aussicht, seine Familie, selber bereits nach Amerika emigriert, hält die Auswanderungspapiere für ihn bereit, da erkrankt er an Typhus, und am 15. Februar 1939 meldet das Weimarer Hospital, in das er eingeliefert worden ist, seinen Tod. Zwei Monate nach seinem 26. Geburtstag. Er könnte heute, rechne ich nach, im besten Pensionistenalter sein ...

»Kleist, Büchner, Horváth, Hugo Wolf waren Frühvollendete«, resümiert Hans Weigel. »Jura Soyfer war ein Unvollendeter.«

Vier, fünf Theaterstücke, ein paar Kabarettszenen, ein angefangener Roman, dazu ein Haufen meist von den Tagesaktualitäten bestimmte politische Lyrik und kleine Prosa, manches unter seinem richtigen Namen, manches unter den Pseudonymen Norbert Noll, Fritz Feder, Walter West – für mehr reichte es in so wenigen Jahren auch bei größter Anstrengung nicht. Und doch ist es genug, um der jungen Linken an der Schwelle der siebziger zu den achtziger Jahren eine neue Leitfigur zu verschaffen – im gemeinsamen, immer noch nicht Wirklichkeit gewordenen Traum von einer menschlicheren Gesellschaft.

Eine Qualtinger-Lesung im Auditorium maximum der Wiener Universität macht 1975 den Anfang. Es folgt eine szenische Collage der Gruppe »Schmetterlinge«: ›Verdrängte Jahre‹. Jura Soyfer, der jahrzehntelang Vergessene, wird über Nacht wieder einem größeren Publikum zum Begriff: Kleinbühnen bemühen sich um die alten Stücke, Neuvertonungen seiner Lieder werden auf Schallplatten gepreßt, ein Wiener Hinterhoftheater Marke radical chic ist mit dem Arbeitslosendrama ›Der Lechner Edi schaut ins Paradies‹ so erfolgreich, daß man sich zu totaler Identifizierung entschließt: Die Sommerbühne am Spittelberg soll fortan »Jura-Soyfer-Theater« heißen und jedes Jahr eines seiner Stücke spielen – solange der Vorrat reicht. Er reicht nicht lange ...

In den Briefen, die der KZ-Häftling Jura Soyfer an seine Leute in Wien schreibt (alle zwei Monate einen, mehr ist nicht erlaubt), taucht wiederholt ein Mädchenname auf: Helli. Es ist seine letzte Freundin. »Ich denke sehr viel an Dich. Ich frage mich, in welchen Beruf, in welche Gegend, zu welchem Mann der Sturm Dich in diesen letzten Monaten geblasen haben mag. Ich trage von Dir ein inzwischen wohl unähnlich gewordenes Bild im Herzen und küsse es hie und da nachdenklich.«

Auch in den Briefen an seine Familie, mag das zugeteilte Papier noch so knapp sein, gedenkt er ihrer: »Grüßt meine Freunde und mein Mädel, für die ich diesmal keinen Platz im Brief habe.« Als sie die Nachricht von seinem Tod erhält, scheint für sie zunächst alles aus zu sein: »Ich bin vorläufig noch am Leben, hoffe es aber ebensoschnell abzuschütteln.« Doch schließlich ringt Helli Ultmann, den Soyfers via England ins amerikanische Exil nachfolgend, sich zu dem Entschluß durch, ihrem Freund auf andere Weise die Treue zu halten: Sie beginnt seine verstreuten Werke zu sammeln – vom fernen Amerika aus eine Kraftanstrengung ohnegleichen. Die über 900 Seiten starke Gesamtausgabe, die der aus Österreich stammende Germanist Horst Jarka, Professor an der Universität Montana, von den beträchtlichen Manuskriptverlusten so wenig zu beirren wie von der Überholtheit mancher Texte, 1980 im Wiener Europaverlag herausbringt, stützt sich in wesentlichen Teilen auf die besessen-unermüdliche Vorarbeit dieser Frau.

Ihre Adresse ist dieselbe wie die von Jura Soyfers Schwester: 64. Straße, Rego Park. Helli Andis und Tamara Hutton wohnen in ein und demselben Haus, nur fünf Stockwerke voneinander getrennt. Und doch: Tamara Hutton unternimmt nichts, während meines Besuchs bei der rechtmäßigen Erbin auch die selbsternannte Nachlaßverwalterin hinzuzuziehen. Ich mag zwar nicht an Eifersucht denken, aber ein bißchen merkwürdig bleibt es schon ...

Andererseits: Wäre es denn so neu, daß geistiges und materielles Erbe nicht notwendig zusammenfallen müssen? Im Erbrecht entscheidet nun einmal, wo kein anderslautendes Testament vorliegt, der Verwandtschaftsgrad. Juras Eltern (der Vater betrieb in Amerika einen gutgehenden Handel mit Wursthäuten) sind tot, weitere Geschwister gibt's keine, desgleichen weder Witwe noch Kinder, Tamara ist die einzige Hinterbliebene. Die letzte Freundin – das zählt da nicht. Aber vielleicht haben sich die beiden Frauen sowieso längst intern geeinigt – auch für den Fall, daß die Freundin die Schwester überlebt? Mein Gott, es ist ja alles so plötzlich gekommen, die Sache mit dem späten

Ruhm: Bücherbelege und Programmhefte, Zeitungskritiken und Verlagsabrechnungen ...

Eigentlich kann Tamara Hutton – genauer: die russische Jüdin Tamara Soyfer, die im New Yorker Exil den Wiener Juden Alois Hüttner geheiratet hat (dessen Name für amerikanische Ohren so sehr nach Hitler klang, daß eine Namensänderung dringend geboten schien), – noch immer nicht recht glauben, daß auf den Theaterplakaten in Wien und anderswo wieder der Name Jura Soyfer steht. Der Gedenkabend, den im Jahr 1946 die nach New York emigrierten Wiener Kollegen in einem kleinen Theater an Manhattans West Side für den Frühverstorbenen veranstaltet haben, Berthold Viertel als Conférencier, war wohl mehr etwas Intern-Jüdisches; die Verbreitung der englischen Buchausgabe ›The Legacy of Jura Soyfer‹ blieb im wesentlichen auf die Bibliotheks-Pflichtexemplare beschränkt; und ein Versuch, Soyfer als Broadway-Autor zu lancieren, endete als Debakel: Trotz aller Brillanz der Übersetzung war für den spezifischen Wortwitz des Wiener Russen in Amerika kein Verständnis zu wecken, die Kritik war vernichtend. Zudem war die urheberrechtliche Situation ungeklärt: Eventuelle Tantiemen flossen dem Dokumentationsarchiv des österreichischen Widerstandes in Wien zu, dem die Eltern Soyfer in mündlicher Absprache die Werknutzung überlassen hatten. Kein einziger Dollar für Tamara Soyfer.

Jimmy Berg, der in New York lebende Komponist, gleichfalls Wiener Emigrant und während Jura Soyfers kurzen Jahren als Kleinbühnenautor dessen Songschreiber und Theaterpianist, ist die Schlüsselfigur, die den Stein ins Rollen bringt. 1978 macht Traugott Krischke, der schon so viel zur Horváth-Renaissance beigetragen hat, seinen Verleger, Ulrich Schulenburg, auf einen Namen aufmerksam, der zu diesem Zeitpunkt höchstens als Geheimtip unter den Überlebenden von »damals« kursiert: Jura Soyfer. Schulenburg, das erwachende Interesse der Jugend für die literarische Erhellung der Zwischenkriegszeit witternd, macht sich auf die Suche. Einer der Wege führt ihn zu Jimmy Berg – schließlich braucht man nicht nur Stücktexte, sondern auch die Liednoten. Und natürlich kommt man bei dieser Gelegenheit auch auf die Biographie Jura Soyfers zu sprechen: dieses kämpferischen Austromarxisten aus russisch-jüdischem Großbürgerhaus, dessen Vater, Fabrikant in Charkow und nach der Oktoberrevolution von den Bolschewisten enteignet, via Istanbul nach Wien flüchtet und sich hier als

»Unverhoffte« Erbin: Tamara Hutton, die Schwester Jura Soyfers (in jüngeren Jahren)

Kaufmann eine neue Existenz aufbaut, der selber die »Gegenrichtung« einschlägt, sich der österreichischen Arbeiterjugend anschließt, bei einem Ferienlager des Bundes sozialistischer Mittelschüler in der Steiermark als satirisches Talent entdeckt wird, in einer Sonntagsrubrik der Arbeiterzeitung ›Zwischenrufe links‹ und für die linken Kleinbühnen »ABC«, »Theater der 49« und »Literatur am Naschmarkt« Stücke schreibt, vom Versagen der sozialdemokratischen Führung im Bürgerkriegsjahr 1934 enttäuscht, zu den Kommunisten überläuft, von da an ständiger Verfolgung ausgesetzt ist, in KZ-Haft genommen wird und schließlich, schon die Entlassung vor Augen, sechsundzwanzigjährig stirbt.

Schulenburg, von der Idee fasziniert, das Werk Jura Soyfers der Vergessenheit zu entreißen, und also darauf erpicht, für den Sessler-Verlag die Aufführungsrechte zu erwerben, forscht weiter. Er weiß zu diesem Zeitpunkt nur: Von der Familie des Dichters ist keiner mehr am Leben – so lautet jedenfalls die allgemeine Auskunft in Wien. Jimmy Berg korrigiert ihn: Juras Schwester lebt! Hier in New York. Wenn Sie wollen, fahren wir gleich hin. Eine halbe Stunde später hält ein Taxi im jüdischen Wohnviertel Rego Park im Stadtteil Queens, 64. Straße. Ein bescheidenes Apartment im 2. Stock, zwei kränkliche alte Leute: Tamara Hutton, die Schwester des Dichters, die sich in ihrer neuen Heimat als Übersetzerin bei einer amerikanischen Schiffahrtsgesellschaft und mit diversen anderen office jobs durchgebracht hat, und ihr Mann Louis Hutton, der ehemalige Alois Hüttner, der noch immer von der (gescheiterten) Karriere als Schlagersänger träumt und seine spätere Gattin beim Tanzen in einer New Yorker Cafeteria kennengelernt hat ...

Verleger Schulenburg, fest entschlossen, der Jura-Soyfer-Schwester zu ihrem Recht zu verhelfen, bringt eine Einigung zwischen Tamara Hutton in New York und dem Dokumentationsarchiv des österreichischen Widerstandes in Wien zustande: Tantiementeilung im Verhältnis 60:40. Die 3000 Dollar im Jahr sind für die alte US-Neubürgerin, die niemals mit derlei gerechnet hat, eine beträchtliche Aufbesserung ihres Lebensstandards. Oder besser gesagt: ihrer ärztlichen Betreuung. Denn Tamara Hutton ist eine kranke Frau. Zu schwach und zu resigniert, um sich etwa auf ihre alten Tage noch in der Rolle der literarischen Nachlaßverwalterin zurechtzufinden: Die Bücherecke neben dem Fenster enthält nur das Allerunumgänglichste; schon gar nicht ist an eine eigene Manuskript-Schublade zu denken (»Wie hätten wir denn aus Wien etwas mitnehmen sollen – das wäre bei einem Autor wie ihm damals lebensgefährlich gewesen!«); selbst bei der Frage, wo Jura Soyfer begraben liegt, muß sie passen. Die Urne mit seiner Asche – soviel Pietät hat die Lagerleitung des KZ Buchenwald immerhin aufgebracht – ist nach New York transferiert worden, aber auf welchem Friedhof die Eltern ihren einzigen Sohn haben bestatten lassen, weiß sie nicht. Und sie will es auch gar nicht wissen: »Tot ist tot – was hätte er davon?« Das gleiche ist es mit seinem 70. Geburtstag, der unmittelbar bevorsteht: Es wird für sie ein Tag sein wie jeder andere.

Entweder ist sie ganz und gar nicht vom sentimentalen Typ,

oder das Leben hat ihr die Sentimentalität gründlich ausgetrieben. Tamara Hutton hat Mühe, unter den Familienphotos, die sie in einem großen Briefumschlag verwahrt, die zwei, drei von ihrem Bruder zu finden, und daß es in einem Neubauviertel des Wiener Stadtteils Favoriten, wie man ihr in Wort und Bild berichtet hat, neuerdings eine Jura-Soyfer-Straße gibt, macht auf ihren Mann sichtlich mehr Eindruck als auf sie. Gewiß, sie erinnert sich – war es im Café Arkade? – an Juras Theaterpremieren im Wien der frühen dreißiger Jahre: Auch wenn man politisch nicht mit ihm übereinstimmte, war die betont tolerante Familie doch stolz auf seine schriftstellerischen Erfolge. Und hat nicht auch sie selber einen Spritzer vom mütterlichen Erbe abbekommen und wie diese eine Zeitlang Gedichte verfaßt? Aber das ist auch schon alles, mehr an Gemeinsamkeit mag sie nicht zugeben. »Jura hat sein Leben gelebt, ich das meine.«

Als sie vor einigen Jahren in Wien zu Besuch war, zog es sie nicht einmal blickweise an die alte Wohnadresse: Das Haus Gärtnergasse 10, in dem die Soyfers die längste Zeit gelebt haben, steht noch. Und noch weniger zieht es sie, die gebürtige Russin, »heim« nach Rußland. Dabei haben ihr Wohnungsnachbarn in New York, die erst vor kurzem aus der Sowjetunion ausgewandert sind, von einem Träger ihres Mädchennamens berichtet, der es in Odessa zu höchsten Parteiämtern gebracht hat. Kein Zweifel, es ist einer ihrer Cousins. Aber besser, sie schreibt ihm nicht: Ein KP-Funktionär, der aus Amerika Post bekommt – das würde ihm bestimmt, sagt sie, nur schaden. Vergißt sie, daß Jura Soyfer ein auch im Osten hochgeschätzter Autor ist?

Die Huttons haben keine Kinder – ob Helli Andis, das »Fräulein Braut«, das man vor mir so sorgsam versteckt hält, im Testament als Jura-Soyfer-Erbe vorgesehen sein mag? Sie wäre – im Fall des Überlebens – wohl die einzig legitime Wahl. Noch heute, noch als alte Frau »zerfranst« sie sich (um es im Idiom ihrer österreichischen Heimat auszudrücken) um das Fortleben seines Namens, seiner Botschaft, seines Werks. Dankbar für jede Initiative, aber auch kritisch im Urteil und streng. Als man ihr kürzlich die Jura-Soyfer-Schallplatte der »Schmetterlinge« nach Amerika schickte und die Neuvertonung des ›Wanderlieds‹ aus der Polit-Posse ›Astoria‹ vorspielte, gab sie unverblümt ihrer Enttäuschung Ausdruck: Wie gern würde sie irgend jemandem, solange sie noch am Leben sei, die ursprüngliche

Melodie vorsingen! Sie habe sie noch genau in Erinnerung, so wunderschön sei sie gewesen, viel schöner als die neue:

> Die Erde liegt im Leichenhemd
> Und war einst jung und bunt.
> Was suchst du noch, du bist hier fremd,
> Mein Bruder Vagabund.

Einige Monate nach meiner Begegnung mit ihr ist Tamara Hutton gestorben. Der Erbe Jura Soyfers ist nun Louis Hutton, ihr Mann.

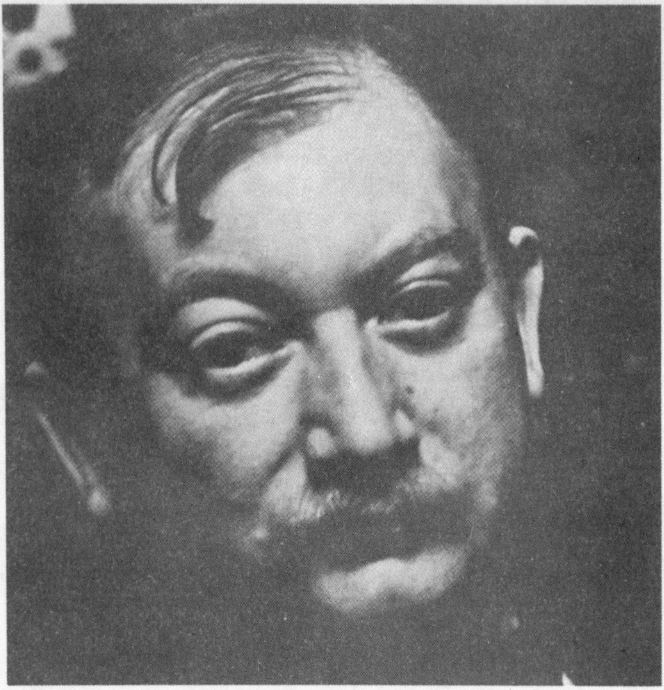

Joseph Roth Ende der dreißiger Jahre

»Sei ruhig und geduldig . . .«
Sechs Anwälte verteidigen das Joseph-Roth-Erbe

Rechts neben dem Fenster hängt ein großes Ölbild – es ist der beste Platz im Zimmer, gleich überm Fernseher. Wer je in einer der Joseph-Roth-Biographien geblättert hat, kennt die zarte junge Gestalt mit dem hochgeschlossen-ärmellosen Crêpe-de-Chine-Kleid und dem dunklen Pagenhaarschnitt: Es ist Friedl, die Frau des Dichters. Im siebenten Jahr ihrer Ehe beginnt die Schizophrenie, sie ihrer Umwelt zu entfremden, 1940 (ein Jahr nach Roths Tod im Pariser Exil) bringen die Nationalsozialisten die Vierzigjährige in der Heil- und Pflegeanstalt für Geisteskranke in Niedernhart bei Linz nach den Bestimmungen des Gesetzes »zur Verhütung erbkranken Nachwuchses« um.

Friedls jüngere Schwester Hedy, die sich vor der Judenverfolgung des Dritten Reichs nach England retten kann, läßt das Bild hier in London anfertigen – nach der bekannten Photographie aus dem Jahr 1922. Sie drückt einem der Gelegenheitskünstler, die am Hyde Park ihre Produkte anpreisen, das Photo in die Hand und gibt aus der Erinnerung die Farben an, und nach nur einer Woche kann sie das fertige Produkt abholen. Sie ist sehr zufrieden damit, nun hat sie also ein »naturgetreues« Porträt der geliebten Schwester an der Wand.

Der Platz an der anderen Seite des Fensters ist frei: kein Joseph Roth. Weder Ölbild noch Paßphoto – nicht einmal der dürftigste Zeitungsausschnitt. Hedy Davis, deren gute Stube dies ist, und ihre in einem israelischen Kibbuz lebende Schwester Erna Avri sind die Nutznießer der Erträgnisse aus dem Werk Joseph Roths. »Noch 1948«, blickt die Mittsiebzigerin zurück, »waren es nicht viel mehr als ein paar Pfund im Jahr.« Seit den fünfziger Jahren, da die Roth-Rezeption aufs neue in Gang kam, und den sechzigern, da sie durch das Medium Fernsehen Massenwirkung erhielt, stiegen sie kontinuierlich an. Um die Ansprüche auch weiterhin zu sichern, beschäftigt Mrs. Davis, die in jungen Jahren selber eine Zeitlang in einer Anwaltskanzlei gearbeitet hat, sechs Anwälte. Erst unlängst ist sie mit ihnen zu einer Round-table-Konferenz in London zusammengetroffen – aus Amsterdam und Wien, aus Köln und Berlin kamen die Herren angereist. Es gibt da nämlich einen Konkurrenten, der den Joseph-Roth-Erben etliche ihrer lukrativen Rechte streitig machen will – schon mehrmals kam die Sache vor Gericht.

Es paßt zur schmerzlich-tragischen Biographie dieses Dichters, daß seiner Haupterbin nicht einmal geläufig ist, wo er begraben liegt. »Auf dem Père Lachaise«, sagt sie, wo doch jeder Proseminarist in neuerer österreichischer Literatur weiß, daß es der Friedhof von Thiais ist – im Südosten von Paris, auf dem Weg nach Orly. Auch Paul Celan hat dort sein Grab.

Ein weiteres Mal also gilt es, sich damit abzufinden, daß das Beerben eines Dichters absolut nichts mit Kennerschaft zu tun haben muß. Mag freilich sein, daß Mrs. Davis den späten Geldsegen, der da über sie und ihre Schwester niedergeht, ganz anders sieht: als eine Art gerechter Sühneleistung für all das Unglück, das der Frau des Dichters an dessen Seite widerfahren ist. Hat nicht Joseph Roth selber sich mit Vorwürfen gepeinigt, er trage Schuld am Schicksal seiner Frau, und deshalb im Alkohol Vergessen gesucht (der ihn schließlich seinerseits zugrunde gerichtet hat)? Während sein Biograph Helmuth Nürnberger unter den möglichen »Schuldigen« Roths Eifersucht, seine Treulosigkeit und seinen »grausamen Intellekt« nennt, wird Hedy Davis deutlicher: »Es könnte auch sein, daß Friedl sich ein Kind hat abtreiben lassen und sich auf diese Weise ihren Knacks geholt hat.«

Aber natürlich hat auch Hedy Davis selber genug mitgemacht – vielleicht ändern sich da irgendwann die Perspektiven. Auch muß ich gerechterweise sagen, daß sie mich freundlich empfangen und mir offen und geduldig Auskunft gegeben hat – in ihrem kuriosen Sprachgemisch aus Deutsch und Englisch mit dem teils jiddischen, teils wienerischen Tonfall.

Die Reichlers, galizische Juden wie auch Joseph Roths Eltern, wohnen, als der Fünfundzwanzigjährige im Wiener Café Herrenhof auf deren älteste Tochter aufmerksam wird und um sie wirbt, im 2. Wiener Gemeindebezirk: Am Tabor 15. Der Vater ist Ratenhändler für Kleider und Schuhe, später Handelsreisender in Papierwaren. Roth, noch ganz am Beginn seiner Karriere als Zeitungsfeuilletonist, die ersten Buchveröffentlichungen in weiter Ferne, verkehrt nahezu täglich im Hause der künftigen Schwiegereltern; für Hedy und Erna, die jüngeren Schwestern der Braut, ist er so etwas wie der große Bruder. Man ruft ihn »Muh« – das ist von Munjo abgeleitet, dem Kosenamen seiner galizischen Kindheit.

Die Hochzeit im März 1922, die Übersiedlung nach Berlin, die ersten Romanerfolge, die Reisen und das häufig wechselnde Hotelleben, schließlich Friedls Erkrankung und die verzweifelten Bemühungen um ihre Genesung, ihre Internierung in geschlossenen Anstalten und Joseph Roths Emigration nach Paris – man ist miteinander all die Jahre hindurch in Verbindung. Manchmal hilft Hedy dem Schwager auch bei der Arbeit, tippt, da ihr seine Handschrift geläufig ist, seine Manuskripte in die Maschine, liest für ihn Korrektur. Aus Paris empfängt sie von Zeit zu Zeit Anweisungen, wie der unglücklichen Friedl zu helfen, welche weitere Behandlungsmethode zu erproben, welcher neue Arzt einzuspannen sei. Wenn er – wie etwa im Spätjahr 1936, begleitet von seiner damaligen Lebensgefährtin, der

Schriftstellerkollegin Irmgard Keun – nach Wien auf Besuch kommt und Hedy sich mit ihm im Hotel trifft, nicht ohne seinen exzessiven Schnapskonsum mit ein paar biederen Mohnstriezeln zu neutralisieren, ist er die Großzügigkeit in Person. »Es genügte, daß ich einen besonders schönen Bleistift bewunderte, mit dem er schrieb – schon machte er ihn mir zum Geschenk. Einmal, als ich an einem Regentag mit nassen Füßen nach Hause kam, sprang er sofort auf und lief mit mir ins nächste Geschäft Schuhe kaufen.«

Auch in punkto Lebensart profitiert das Arme-Leute-Kind von dem weitgereisten Mann: »Merk dir – man steigt im besten Hotel ab, aber man verlangt das billigste Zimmer. Und wenn man mit einem 2. Klasse-Billet in der Eisenbahn fährt, steigt man nicht in irgendeinen x-beliebigen Waggon ein, sondern in einen gemischten, der halb erste, halb zweite Klasse hat. Er hat die Federung der ersten.«

Im Februar 1938, kurz vor dem »Anschluß« Österreichs ans Deutsche Reich, sieht Hedy (frisch geschieden von ihrem ersten Mann, dem Chemiker Alexander Pompan) ihren Schwager zum letztenmal. Es ist jener legendäre Versuch des Neomonarchisten Joseph Roth, über eine Inthronisierung Otto von Habsburgs die Machtübernahme durch die Nationalsozialisten abzuwenden. Unter falschem Namen steigt der Dichter im Hotel Bristol ab. Als er unverrichteterdinge nach Paris zurückkehrt, ist Hedy es, die ihn zum Zug bringt. »Pack deinen Koffer und komm mit!« fordert er sie auf. Aber so rasch mag sie sich nicht von Wien losreißen, obwohl auch die übrige Familie längst außer Landes ist: Schon 1935 sind die Eltern, glühende Zionisten, nach Palästina ausgewandert, und Schwester Erna ist ihnen gefolgt. Und obwohl es nun langsam auch für sie in Wien gefährlich wird, denn sie ist im Besitz einer Postvollmacht für einen Schriftsteller, der auf der schwarzen Liste steht. Aus lauter Angst entledigt sie sich seiner Briefe und Papiere: Manches wirft sie ins WC, die Bücher einer kommunistischen Wohnungsnachbarin aus der Oberen Donaustraße 67 landen im Fluß.

Im August 1938 schlägt auch für Hedy die Stunde des Abschieds. Aber Paris ist ihr zu unsicher, sie will näher ans Wasser – vielleicht kann sie mit dem Schiff nach Amerika oder zu den Eltern nach Palästina. Also entscheidet sie sich für England, Bekannte schicken ihr das für die Einreise erforderliche »Permit«.

Zwei der »Reichler-Mädel« (1926 auf dem Semmering). Friedl (rechts) wurde Joseph Roths Frau, Hedy (links) eine seiner Erbinnen.

In London kommt sie zunächst als Haustochter unter. Ein Posten bei der BBC wäre das Ideale – vielleicht kann Joseph Roths Freund Stefan Zweig ihr bei der Jobsuche behilflich sein. Aber so einfach ist das nicht, und so folgt sie Zweigs Rat, sich lieber einen Engländer zu suchen und wieder zu heiraten: Noch während des Krieges, der die junge Frau in einer Fabrik für Militärmäntel sieht, wird aus Hedy Pompan geb. Reichler eine Mrs. Davis.

Jede Art von Blutvergießen ist dem Dichter der ›Beichte eines Mörders‹ so sehr ein Greuel, daß er, um nicht an Blut erinnert zu werden, seiner Schwägerin sogar verbietet, rote Kleider zu tragen oder sich die Fingernägel zu lackieren. »Ein Glück, daß er nicht mehr den Ausbruch des Zweiten Weltkrieges erlebt hat«, sagt sie. Am 27. Mai 1939 stirbt Joseph Roth im Hospital Necker in Paris, gut ein Jahr später, von den Nazis euthanasiert, seine Frau. Da keine Kinder vorhanden sind und offenbar auch kein Testament, fällt das Erbe den Schwiegereltern des Dichters zu und in weiterer Folge – als Jenny und Selig Reichler 1953 beziehungsweise 1956 in Israel sterben – den beiden hinterbliebenen Töchtern Erna und Hedy. Allerdings muß erst Friedl Roths amtliche Todeserklärung herbeigeschafft werden, und das ist keine leichte Sache: Der Leiter der Anstalt in Oberösterreich, in der man Joseph Roths Frau umgebracht hat, hat bei Kriegsende sämtliche Aufzeichnungen vernichtet und sich das Leben genommen. Auch hat der Dichter, der in Situationen finanzieller Bedrängnis dazu neigte, die Verlagsrechte seiner Werke mehrfach zu vergeben, Schulden hinterlassen – die gilt es abzuzahlen. Bis das große Geld zu fließen beginnt, vergehen also erst noch etliche Jahre.

»Ist es mehr, als Joseph Roth zu Lebzeiten eingenommen hat?« frage ich Hedy Davis, die die Verlassenschaftsangelegenheiten abgewickelt hat.

»Es ist insofern mehr, als *wir* nicht davon *leben* müssen.«

Hedy Davis, im mährischen Nikolsburg (heute Mikulov) geboren, bezieht Wiedergutmachung aus Österreich, ihr Mann, zuletzt Fachmann für telephonische Anrufbeantworter, ist Pensionist, und die Avnis, die Familie ihrer Schwester Erna in Israel, leben vom Waffengeschäft. Ihr Tantiemenanteil, jährlich einmal vom Amsterdamer Stammverlag Allert de Lange abgerechnet, wandert – in Guldenwährung – auf die Bank. In der Landeswährung, die ständig im Kurs sinkt, wäre es verlorenes Geld . . .

Mein Gespräch mit Joseph Roths Schwägerin Hedy Davis findet in deren Londoner Wohnung statt. Die Southwold Mansions in der unscheinbaren Widley Road im Nordwesten der Stadt (U-Bahn-Station Maida Vale) sind kleine Mittelstandsmietwohnungen ohne jeden Glanz: zwei Parteien auf jeder Etage, kein Lift, der elektrische Heizstrahler täuscht Kohlenglut vor. Eine komfortable Eigentumswohnung kommt für Mrs. Davis dennoch nicht in Frage: »Man müßte für zwanzig Jahre im voraus bezahlen, und so lange habe ich nicht mehr zu leben.«

Und auch an eine Heimkehr nach Österreich hat sie nie gedacht?

»Wozu? Ich hab' niemand mehr in Wien – nur die Gräber der Großeltern.« Aber vielleicht wird sie einen Teil des Nachlasses Wien vermachen – das schon. Roths Briefe an die Schwiegereltern, die Photos, die Zeitungsartikelsammlung.

Obwohl sie seit vielen Jahren englische Staatsbürgerin ist: Ihren alten österreichischen Paß besitzt sie noch immer, auch den Wiener Heimatschein. Aber der Guglhupf, den sie zu meinem Besuch auftischt, ist dänische Fabriksware, und mein Versprechen, gleich nach meiner Rückkehr nach Wien Nachschau halten zu wollen, was aus ihrem letzten Wiener Quartier (und

Joseph Roths letzter Wiener Postanschrift) geworden ist, berührt sie kaum. Nach allem, was ihr und ihresgleichen in der ehemaligen Heimat zugefügt worden ist, wohl zu begreifen. Und wenn ich jenen Trost-Brief an die verängstigte Emigrantin lese, den Hedy Davis unter ihren spärlichen Roth-Souvenirs hütet, »expédié par M. Joseph Roth, Paris, Rue de Tournon 18« im September 1938, bin ich sogar geneigt, ihr ihr Erbe zu gönnen: den Ertrag eines Werks, mit dessen Entstehung sie doch so gut wie nichts zu schaffen hat. »Liebste Hedy«, schreibt Roth der gerade eben aus Wien Geflüchteten, »sei ruhig und geduldig ...«

Ruhig und geduldig – bestimmt nicht leicht für eine frischgeschiedene junge Frau in einem fremden Land an der Schwelle des Zweiten Weltkrieges: die Eltern in weiter Ferne, die Schwester im Irrenhaus, der Schwager selber in tiefster Verzweiflung. Als er ein halbes Jahr später stirbt, kann sie nicht einmal zu seinem Begräbnis reisen: Der Brief mit der Todesnachricht trifft erst am Beerdigungstag bei ihr ein.

Natürlich geht heute ihr kleines Bücherregal – vom holländischen ›Hiob‹ über den hebräischen ›Radetzkymarsch‹ bis zur japanischen ›Flucht ohne Ende‹ – von Joseph-Roth-Ausgaben über, natürlich hütet sie – vom Studentenausweis über die Visitkarte bis zur silbernen Schnupftabaksdose – jegliches erhalten gebliebene Erinnerungsstück, und natürlich dreht sie das Radio auf, wenn die BBC den dramatisierten ›Radetzkymarsch‹ in Fortsetzungen sendet. Aber schon vom Verbleib der Joseph-Roth-Cousins, die nach Amerika ausgewandert sind, weiß sie nichts: Die Verankerung in der eigenen Familie ist nun einmal die stärkere, und wie zu ihrer Entschuldigung führt sie das Beispiel Stefan Zweig an: Auch bei ihm sei das Erbe einen ähnlichen Weg gegangen – an den Bruder seiner zweiten Frau ...

Also auch keine Begegnungen mit alten Joseph-Roth-Freunden?

»Es gibt ja kaum noch welche. Sie sterben einer nach dem andern weg. Als ich in Amsterdam den Generalvertrag unterschrieben habe, holte man den alten Verlagsbuchhalter herbei, der Roth noch gekannt hatte – er war damals schon außer Dienst. Inzwischen ist auch er tot.«

Hedy Davis ist kinderlos, die künftigen Roth-Erben sind also der Sohn und die Tochter ihrer in Israel lebenden Schwester Erna. Deren Sprachen sind freilich nur noch Hebräisch und Englisch: Sie können Joseph Roth nicht mehr im Original lesen.

Ich lenke das Gespräch auf die zahlreichen Roth-Verfilmungen der letzten Jahre. Hedy Davis kennt sie nicht, nach England kommt kaum etwas davon, hier ist der Dichter des ›Hiob‹ also nach wie vor höchstens ein Geheimtip unter Kennern.

Da ist die jährliche Reise nach Israel für sie um so wichtiger – übrigens fast der einzige Luxus, den sie sich gönnt. Auch in den Erinnerungen ihrer Schwester lebt Joseph Roth als eine Art Familienmitglied weiter – eine Vertrautheit, die bekanntlich leicht dazu führt, das Genie zu entzaubern:

»Er war für uns zwei immer so sehr der große Bruder, daß keine von uns je auf den Gedanken gekommen wäre, das könnte einmal eine größere Sache werden ...«

Die Joseph-Roth-Erben mögen also zwar ein Schulbeispiel für die Problematik der leiblichen Erbfolge bei geistiger Hinterlassenschaft sein, aber eines wird man ihnen nicht absprechen können: Sie sind jedenfalls ehrlich.

Josef Weinheber und Freundin Gerda Janota vor der Wiener Universität 1941

Schneckenrennen
Ein Weinheber namens Janota

Kirchstetten an der Westbahn, eine Stunde mit dem Bummelzug von Wien. Stilles Dorf in der Ebene, sanft ansteigende Waldhänge – nur wo man sich der Autobahn nähert, schlägt's jäh ins Rabiate um. Die Ortsübersicht am Bahnhofsvorplatz unterrichtet auf einen Blick – und drängt zugleich auf Entscheidung: Welchem der beiden Dichter willst du deine Aufwartung machen? Am Ende beiden? Auf der Karte nehmen sie sich beinahe wie Nachbarn aus: Weinheber und Auden. Beide haben hier ihren Lebensabend zugebracht, haben hier ihre Häuser gehabt, liegen hier begraben. Weit überm Landesdurchschnitt: ein literarisch hochprozentiger Ort.

Die Kirchstettener wissen das, und so machen sie es dem Besucher leicht. Ein stafettenartiges Wegweisersystem sorgt für sicheres Geleit: Pfeile an den Straßengabelungen, Gedenktafeln und Gedenksteine, mitten im Feld ein Baum mit der Aufschrift Weinheber. Sogar die Autobahnbrücke, die zum Haus führt, trägt seinen Namen – es ist die einzige im Lande, bei deren Taufe man sich auf Persönliches eingelassen hat, da stecken wohl die rührigen Männer der Josef-Weinheber-Gesellschaft dahinter.

Das Haus als solches spricht für sich: Die Lärchen und Pappeln und Weiden, noch von ihm selber gepflanzt, verraten die Handschrift des Dichters – in der ›Sinfonia domestica‹ hat er sie verewigt. Sie sind im Lauf der Jahrzehnte allesamt zu stattlichen Kerlen herangewachsen – aus ist's mit dem freien Blick ins Tal. Am Tor ein schmiedeeisernes Buch mit aufschlagbaren Seiten – auch ohne die Initialen JW wüßte der Besucher, daß nur dies das Weinheberhaus sein kann.

1978, dreiunddreißig Jahre nach dem Tod Josef Weinhebers, hat dessen Sohn und Universalerbe sich auf dem weitläufigen Besitz eingerichtet: Christian Janota. Die Ehe des Dichters ist kinderlos geblieben, Christian ist Sproß aus einer anderen Beziehung, den Namen Weinheber anzunehmen, verwehrt ihm das Gesetz. Das einzige, was in dieser Hinsicht denkbar wäre, ist ein Doppelname, aber auch das ist ein langwieriges und kostspieliges Verfahren. »Höchstens, wenn unsere Tochter einmal groß ist und Wert darauf legt ...« Bis dahin aber bleiben die Janotas die Janotas, und nur wenn ein besonders hartnäckiger »aficionado« anklopft und um Signierung seiner Weinheber-Sammlung bittet, mag es dazu kommen, daß der Sohn und Erbe sich überreden läßt und den väterlichen Namen dazusetzt. Bei seinem Briefpapier hat er eine andere kluge Lösung gefunden, nicht zu viel zu sagen und gleichwohl nicht zu wenig: Die Adressenangabe »Weinheberhaus« ersetzt Straßenname und Hausnummer.

Christian Janota ist 1941 zur Welt gekommen – fünf Jahre, nachdem Josef Weinheber das autobiographische Gedicht ›Das Landhaus‹ schrieb, dem er diesen seinen Wunschtraum anvertraut hat:

> . . . und weiter drüben, an der Ziegeltreppe
> zum Rosengarten, schau doch, spielt mein Junge
> mit drei, vier Weinbergschnecken Pferderennen.

Ein paar Strophen weiter klärt er den Leser in milder Klage darüber auf, daß ihm die Erfüllung seines Herzenswunsches versagt geblieben ist:

> . . . und habe keinen Sohn, ihm meinen Traum
> von Haus und Grund und Glück zu übergeben.

Er weiß zu dieser Zeit nicht, daß er sehr wohl noch Vater werden wird – und wahrhaftig Vater eines Sohnes. Nur wird dieser Sohn, da außerehelich geboren, nicht zu seinem täglichen Umgang gehören, werden dessen Schneckenrennen sich nicht vor seinen Augen abspielen können. Und auch bis ihm »Haus und Grund und Glück« übergeben werden, wird so manches Jahr verstreichen, werden unsägliche Ärgernisse aus dem Weg geräumt, langwierige Prozesse durchgestanden werden müssen . . .

In einem seiner heimlichen Briefe an den Dreijährigen, wohl mehr für die Mutter als für ihn selbst bestimmt, schreibt der Dichter:

»Diese Taler schicke ich Dir, damit Du Dir später ein Haus und einen schönen Garten dafür kaufen kannst . . .«

Weinheber ahnt also, daß es mit der Übereignung seiner Hinterlassenschaft an den Sohn Schwierigkeiten geben wird. Heute ist die Sache ausgestanden, und Christian Janota ist nicht nur Hausherr auf dem Kirchstettener Weinheber-Besitz, sondern er hütet obendrein auch – als besonderes Kleinod – jene Weihnachts-Taler aus dem Kriegsjahr 1944. Immer noch. Mag ihr materieller Wert auch gering sein, um so mehr zählt der symbolische: Weinheber muß seinen Sohn zwar vor der Welt verstekken, aber mit seinen Gedanken und Gefühlen ist er ihm sichtlich nahe. Bis zuletzt. Bis zu jenem Abschiedsbrief vom 3. April 1945 also, für dessen Übermittlung ihm, fünf Tage vor seinem Tod, schon nicht mehr der direkte, sondern nur noch der Umweg über seine Wiener Ziehmutter bleibt:

»Über unsere Lage hier wirst Du aus den Drahtfunk- bzw. Zeitungsberichten ja einigermaßen orientiert sein. Es ist hier jetzt grimmiger Ernst geworden. Wir sind Frontgebiet . . . Wir werden uns in diesem Leben nicht mehr sehen.«

Dem Lebewohl für die Pflegemutter Marianne Grill (Weinheber war seit seinem zwölften Lebensjahr Vollwaise) geht ein weiteres, vielleicht noch erschütternderes Lebewohl voraus:

»Ich werde Gerda wohl keine Nachricht mehr geben können. Wenn Dich dieser Brief noch erreicht, so teil Du ihr mit, daß ich in diesen entscheidenden Stunden an sie und an den Buben gedacht habe mit allem Abschiedsschmerz.«

Weinhebers Biograph Josef Nadler, der in seiner Lebensgeschichte des Dichters auch auf diesen Brief zu sprechen kommt, mogelt sich über Weinhebers Abschied von seinem Sohn und dessen Mutter mit dem Kommentar hinweg: »Dann kommen Mitteilungen über Bekannte.« Tat er es, um die Witwe zu schonen? Oder tat er es, von dieser irregeführt, tatsächlich in blanker Unkenntnis? Daß an dem Originaldokument manipuliert, ja der betreffende Satz wahrhaftig herausgeschnitten worden ist und für spätere Faksimilierungen erst wieder eingefügt werden mußte, sagt ja genug.

Wer auch immer dafür verantwortlich sein mag: Hier liegt ein Fall von literaturgeschichtlicher Unredlichkeit vor, der um so schwerer wiegt, als Nadlers noch immer erhältliches »Standardwerk« bis zum heutigen Tag ohne die fällige Korrektur geblieben ist. Über 500 Namen enthält das Personenregister, nur einen nicht: Christian Janota. Den Namen des Sohnes und Universalerben. Weil Hedwig Weinheber, die Witwe des Dichters, es so gewollt hat? Ihre Rolle an der Seite Josef Weinhebers in Ehren und ihre Verdienste um die postume Verbreitung seines Werks, aber das ist Lebenslüge, Fälschung, Mißbrauch, Narretei. Und lächerlich obendrein, denn natürlich war abzusehen, daß spätestens mit ihrem eigenen Ableben (Hedwig Weinheber starb im September 1958) das sorgsam gehütete Geheimnis gelüftet würde. Als die Herren der Josef-Weinheber-Gesellschaft im April 1960 antraten, zum 15. Todestag des Dichters einen Kranz an dessen Grab im Garten des Kirchstettener Landsitzes niederzulegen, waren sie nicht wenig verblüfft, als plötzlich die Nachricht die Runde machte, der knapp zwanzigjährige fremde Bursche, der sich da mitten unter ihnen bewegte, sei niemand anderer als der Sohn des Verewigten. »All die Männer, die mich da auf einmal wie ein Naturwunder anstarrten – das war schon ganz schön komisch.« Aber natürlich muß man auch sie verstehen: Da sind sie seit Jahr und Tag an den Gedanken gewöhnt, daß das Objekt ihrer Verehrung ohne Nachkommen geblieben ist, und dann steht auf einmal dessen eigen Fleisch und Blut vor

Weinheber-Erbe Christian Janota, von seinem Vater Gigi genannt

ihnen! Weitere fünf Jahre später, und die Sache wurde auch offiziell publik. In Fritz Feldners Weinheber-Dokumentation zum 20. Todestag des Dichters sah man diesen Christian Janota nun also zum erstenmal im Bild: als Baby auf dem Arm seiner Mutter, als Schulbuben an der Seite von Weinhebers Ziehmutter, als jungen Mann. Man sah Weinheber mit der Mutter seines Sohnes, man bekam Einblick in die Briefe des Dichters an den kleinen »Gigi«, und man erfuhr überhaupt endlich die ganze Geschichte, die ja für das weitere Schicksal des Weinheber-Nachlasses noch so bedeutsam werden sollte ...

November 1937, Josef Weinheber ist fünfundvierzig. Vor sieben Monaten sind er und Frau Hedwig, seine zweite Gattin, in das Landhaus am Waldrand von Kirchstetten eingezogen, das er im Jahr davor, gerade eben mit dem Mozartpreis bedacht, bei einer Auktion im nahen Neulengbach ersteigert hat. Vor drei Jahren ist seine Gedichtsammlung ›Adel und Untergang‹ erschienen, vor zwei das populäre ›Wien wörtlich‹. Er ist sehr oft zu Vorlesungen unterwegs – jetzt tritt er in Linz auf. Unter den Hörern ist die zweiundzwanzigjährige Gerda Janota. Sie studiert Germanistik an der Universität Wien, momentan ist sie zu Besuch daheim, ihre Eltern haben in Linz eine kleine Spirituosenfabrik. Aus dem flüchtigen Autor-Leser-Kontakt wird eine tiefe Liebesbeziehung, man begegnet einander immer öfter. Gerda reist Weinheber sogar zu etlichen seiner Vorträge nach Deutschland nach.

Am 5. Dezember 1941 bringt Gerda Janota in Wien einen Buben zur Welt. Der Dichter bekennt sich vor Gericht zu ihm und gibt ihm den Namen seiner Ahnen: Johann, wie sein Vater, und Christian, wie sein Großvater hieß; die Taufe erfolgt im Stephansdom. Das Kind wächst bei der Mutter auf, der Briefverkehr zwischen den heimlich Liebenden erfolgt über Postfachadressen und unter anderem Namen.

Als Weinheber kurz vor Kriegsschluß 1945 an einer Überdosis Morphium stirbt, bleibt Gerda Janota wohl nur dies als Vermächtnis: ein Bündel Korrespondenz. 81 Briefe und 22 Postkarten von Weinhebers Hand. Die Alimentationsverpflichtung, vom Dichter streng erfüllt, geht an die Witwe über: Hedwig Weinheber, die zu ihrem Mann ebenso hält wie er zu ihr, ist eingeweiht. Das Testament, das er drei Tage vor seinem Tod aufsetzt, bestimmt seinen Sohn zum Universalerben, räumt jedoch der Witwe ein lebenslanges Nutznießungsrecht ein. Erst, als Christian Janota nach Hedwig Weinhebers Tod im Jahr 1958 sein Erbe antreten will, kommt's zum Streit: Eine Verwandte der Toten, von dieser ihrerseits zur Erbin erklärt, ficht das Weinheber-Testament an. Ein schier endloser Prozeß kommt in Gang, unzählige Zeugen marschieren vor Gericht auf, Christian Janota darf nur einen Teil der Räume im Kirchstettener Weinheberhaus betreten, der Rest, gerichtlich versiegelt, bleibt vorderhand verschlossen. Erst viele Jahre später kommt's zum Vergleich: Dem Sohn des Dichters werden der schriftliche Nachlaß und die Bibliothek zugesprochen.

1978 zieht Christian Janota, von Beruf Reisender der Lebensmittelbranche, mit seiner Familie ins Kirchstettener Landhaus ein. Unter den künftigen regelmäßigen Besuchern: seine Mutter (obwohl promovierte Germanistin, hat sie auf die Ausübung des Lehramts verzichtet und ist in den elterlichen Betrieb eingetreten; ihre spätere Heirat führt zum Wegzug ins Mühlviertel). Der Weinheber-Besitz ist umfangreich genug, daß ihr Sohn leicht einen Teil des Hauses als Dichtergedenkstätte abzweigen kann: Diele, Arbeitsraum, Speisezimmer. Aber das Anwesen ist in beklagenswertem Zustand – so kann man's nicht herzeigen. Also veräußert Christian Janota den Weinheber-Nachlaß, 1,7 Millionen Schilling ist er – nach langwierigen Verhandlungen und rigoroser staatlicher Ausschaltung ausländischer Mehrbieter – der Österreichischen Nationalbibliothek wert, zahlbar in fünf Raten. Das komplette Material füllt einen Ford-Kombi mit umgelegten Rücksitzen. Es ist für den Besitzerwechsel im Detail aufgelistet – ein Beispiel: Die Handschrift des Waisenhaus-Romans figuriert mit zweitausend Schilling pro Seite.

Gleich von der ersten Abschlagszahlung nimmt Christian Janota die Generalrenovierung des Hauses in Angriff, am Ende bleibt von den Millionen kaum etwas übrig: ein neues Dach, ein neuer Keller, eine neue Lichtleitung. Aber dafür ist es nun ein Schmuckkästchen! Reif dafür, von Vater Staat unter Denkmalschutz gestellt zu werden, damit es dies auch weiterhin bleibe. Und mag Christian Janota von so viel Behördenschläue auch verbittert sein und die Gegenbeispiele jener Erben vor Augen haben, die sich von ihrer Pfründe Sportwagen und Weltreisen, Rennpferde und Mätressen leisten, so sollte ebendies ihm zur Genugtuung gereichen: daß er, was er seinem Vater verdankt, diesem aufs nobelste zurückerstattet hat.

Ohne Janotas Initiative stünde das Weinheberhaus in Kirchstetten heute nicht in den einschlägigen Reiseführern: Besucher sind willkommen. Auch solche, die sich – wie ich – nicht an die Öffnungszeiten halten. Ich sehe mich im Dichtertrakt um: In der Halle das dunkle alte Mobiliar, der schwere schmiedeeiserne Lampenkranz, eine vortreffliche Weinheber-Karikatur: Kollege Waggerl hat sie 1938 bei einer Begegnung in Berlin auf die Rückseite einer Zigarettenschachtel gekritzelt. In einem Glasschränkchen die Pfeifenutensilien des Dichters, an der Wand seine Laute. Im Arbeitszimmer der Schreibtisch mit allem, was dazugehört, die Bibliothek, einige der von ihm selbst gemalten Ölbilder. Besonders rührend jene Landschaftsminiatur, die er auf der Rückseite – samt Adresse! – seinem Sohn gewidmet hat. Rührend – und doch auch bitter: weil's den Empfänger daran erinnert, daß ein Weinheber-Gemälde (eine Venedig-Vedute) das einzige Stück aus der Hinterlassenschaft des Dichters ist, das die Witwe dem Sohn und Universalerben als Legat zugedacht hat ...

Nächste Station bei meinem Rundgang: die Werke Josef Weinhebers. Mich interessieren die frühen Ausgaben – das ist ja immer das Aufregende in der Kunst: Wie hat es angefangen, wie hat einer sich zum erstenmal Gehör verschafft? Aber auch: Wann ist es umgekippt, wann hat's zum erstenmal nachgelassen? Im Jänner 1943 schreibt Weinheber in einem Brief an seine Geliebte Gerda Janota: »Der Erlös aus dem Verkauf meiner Bücher, bisher das Rückgrat meiner Existenz, ist fast null geworden. Ich muß mich mit allerlei Gelegenheitsarbeit über Wasser halten.« Der Dichter, der sich williger als andere von den Nationalsozialisten hat einspannen lassen, im zehnten Jahr ihres Regimes von schwerem Mißerfolg zurückgeworfen? Kaum zu glauben. Da sind die zwei-, dreihundert Exemplare der Gesamtausgabe, die heute pro Jahr abgesetzt werden, ein so katastrophales Ergebnis nicht. Unter den Einzelausgaben rangiert ›Wien wörtlich‹ an der Spitze, gefolgt von ›Kammermusik‹. Eine »erfreuliche Zubuße« nennt der Erbe den Tantiemeneingang – gerade genug, um davon die anfallenden Hausreparaturen zu bezahlen: Fassaden ausbessern, Türen streichen.

Ein paar Vitrinen müssen her – das ist der nächste Schritt. Die Besucher wollen bei ihrem Rundgang durch die Weinheberräume etwas zu sehen bekommen: Handschriften, Photographien, persönliche Habseligkeiten. Ihre Zahl hängt von äußeren Anstößen ab, steigt also sofort an, wenn Oskar Werner einen seiner beliebten Rezitationsabende gibt, Heinz Conrads in seiner Fernsehsendung auf ein Weinheber-Gedicht zurückgreift oder eine der Wiener Massenzeitungen in ihrem Freizeitteil Kirchstetten als Ausflugsziel preist.

Vielleicht kommen – nun, wo der Sohn des Dichters sogar den Landeshauptmann darauf angesprochen hat – auch wieder mehr Schulklassen her; in den Lesebüchern ist Weinheber ja ohnehin gut vertreten, und dazu wird bestimmt sein Teil beigetragen haben, daß bei der Wiener Gedächtnisausstellung des Jahres 1965 kein Geringerer als der Präsident der Österreichischen Widerstandsbewegung grünes Licht für Weinhebers Rehabilitierung gegeben hat.

Spätpostumer Zuspruch kam inzwischen auch noch von ganz anderer Seite: aus Kirchstetten selbst. Aber nicht von einem der Alteingesessenen, sondern von einem Neubürger. Und Kollegen. Von Wystan Hugh Auden, dem Amerikaner aus England, der sich – welch holder Zufall! – auf seine alten Tage im selben Dorf angesiedelt hat wie Josef Weinheber zwei Jahrzehnte davor. Nur ein paar Gehminuten – und der Besucher des Weinheberhauses steht vorm Auden-Haus: der umgebauten Bauernkeusche mit Blumengarten und Teich, die dem Dichter des ›Zeitalters der Angst‹ die letzten fünfzehn Sommer vor seinem Tod Refugium und Kraftquell gewesen ist. »Wie ein uralter Patriarch in seinem heiligen Hain« – so traf ihn Karlheinz Roschitz, sein Porträtist der letzten Stunde, in Weinheberscher Nachbarschaft an: der »Dichter im milden Abendlicht«. Wie wahr! Audens ›Gedicht an Josef Weinheber‹ ist von diesem »milden Abendlicht« in einer Weise beseelt, daß der Kirchstettener Poetenkult durch diese (englisch geschriebenen!) Verse um eine Dimension bereichert ist, die neue Maßstäbe setzt: in der Einschätzung des einen wie des anderen. Dessen, dem sie gewidmet, und dessen, dem sie aus der Feder geflossen sind:

Ein schmaler Pfad, der aus dem
Dorf kommt, führt an meinem
Gartentor vorbei und weiter in den Wald:
Wenn ich diesen Weg gehe,
Fühle ich mich verpflichtet, anzuhalten
Und durch den Zaun deines Gartens
Zu blicken, wo man (unter
Den damaligen Umständen)
Dich wie einen geliebten
Alten Familienhund begrub.

Abgestempelte Feinde
Vor zwanzig Jahren,
Jetzt, Nachbarn Tür an Tür, wären
Wir vielleicht Freunde geworden,
Die eine gemeinsame Umwelt
Und die Liebe zum Wort teilten.
Bei einem goldfarbenen Kremser
Hätten wir lange Gespräche
Über Syntax, Kommas und
Versemachen geführt.

So beginnt Audens Verbeugung vor Josef Weinheber – zwölf Strophen sind es insgesamt. Ich kann mir keine heutige Weinheber-Würdigung vorstellen, die ohne dieses so noble wie meisterliche Gedicht auskäme:

Doch möchte auch dich ich ehren,
Kollege und Nachbar,
Denn selbst mein englisches Ohr
Entdeckt in deinem Deutsch
Die Meisterschaft und den Tonfall
Eines, dem es vergönnt war,
Das Spiel der Bratschen
Auf umzäuntem Rasen zu hören,
Und dem es später oblag, den
Abgrund zu nennen.

Ganghofer-Denkmal im Kurgarten von Berchtesgaden

Das Lufttorpedo
Wenn der »Ganghofer-Aufsichtsrat« tagt ...

Ich habe noch kaum die ersten Fragen gestellt, da werden wir auch schon unterbrochen: das Telephon. Zum Glück ist es ein kurzes Gespräch: Jost Ganghofer wimmelt ab. »Danke, sehr freundlich, aber ich habe wirklich kein Interesse, bitte unterlassen Sie weitere Anrufe dieser Art.« Leicht indigniert kehrt er zu unserer Sitzecke zurück und weiht mich ein: Irgend so ein Typ, der ihm Diamanten andrehen will. Anrufe, die es bei ihm häufig gibt – sehr lästig. Der Name Ganghofer hat eben nicht nur einen hervorragenden Klang, er nährt offenbar auch die abenteuerlichsten Vorstellungen von Reichtum und Macht. Das zieht die Geschäftemacher an wie die Motten das Licht.

Dabei reiche, was heute, 62 Jahre nach Ludwig Ganghofers Tod, an Autorentantiemen eingehe, gerade für ein kleines Zubrot, ernähren könnte sich davon keiner, aber das mache nichts, sie lebten ja zum Glück alle in guten Verhältnissen.

Sie alle – das ist die Erbengemeinschaft Dr. Ludwig Ganghoger: Auf elf Nachkommen teilt sich's auf. Es sind drei Stämme – nach den drei Ganghofer-Kindern Lolo, Sophie und Gustl. Jeder – so sieht es das Familienabkommen vom 20. Februar 1943 in seiner Neufassung vom 1. September 1975 vor – hat einen Vertreter zu benennen, Jost ist der aus der Gustl-Linie. So oft eine gemeinsame Entscheidung zu fällen ist, tun sich die drei zusammen: Der »Aufsichtsrat« tagt. Es klappt vorzüglich – mitunter genügt auch das Telephon.

Wieso kapriziere ich mich gerade auf ihn und nicht auf einen anderen? Natürlich steckt Absicht dahinter: Jost Ganghofer ist Flugkapitän – mal sehn, wie sich ein Supermann der Technik als literarischer Nachlaßverwalter anstellt. Ich wittere Neuland – zum Teufel mit den Rollenklischees. Kein Stubenhocker mit Ärmelschonern, kein Bilanzbuchhalter in Burlesken und Balladen und schon gar nicht einer, der selber schreibt. Frische Luft in der Nachlaßtruhe.

Jost Ganghofer, Jahrgang 1935, ein Hüne von einem Mann und auf manchen Photos seinem berühmten Großvater nicht unähnlich, wohnt erst seit einigen Jahren mit den Seinen im Ganghofer-Land: »Ich bin der Preuße der Familie.« Mein Besuch ist genau auf seinen Dienstplan abgestimmt: Morgen fliegt er nach Toronto, heute hat er also gerade noch Zeit. Er holt mich vom Bahnhof Gmund ab – dann in seinem Wagen die paar Kilometer nach Wiessee. »Schwimmweste unterm Sitz« lese ich auf einem der Aufkleber am Volant: Nicht nur Zuverlässigkeit und Präzision erwarten mich also, sondern auch Fröhlichkeit und Witz. Ich weiß von meinen eigenen Fernflügen in kritische Weltgegenden, daß Leute seines Schlages sehr viel mehr zu sein pflegen als bloß Steuermann und Chefingenieur: immer auch situationsgewandter Krisenmanager und inoffizieller Botschafter. Und nicht selten der bessere als der offizielle: Piloten kneifen nicht. Captain Ganghofer and his crew would like to welcome you on board of this Lufthansa DC 10 on the way to ...

Wiessee am Tegernsee, Ganghoferweg 5. Nur drei Häuser – eines davon ist das seine. Mit Abstand das schönste: behäbiger bayerischer Landhausstil, holzverkleidet, nur wo's drauf ankommt hochmodern. Wenn man gute Augen hat, kann man am anderen Seeufer Großvaters letzten Wohnsitz erkennen: die Villa Maria in Tegernsee. Sie ist schon lange nicht mehr im Besitz der Familie: »Verkauft – für'n Appel und für'n Ei.«

Das Heim des Dichterenkels Jost Ganghofer hat nichts von einem Ganghofer-Museum an sich: keine Martinsklause, kein Schweigen im Walde. Das Ganghofer-Porträt neben dem Schreibtisch ist ein dezenter Schattenriß, das große Ölbild hängt im Keller, irgendwo an der Wand Großvaters Jagdbesteck – das ist alles, bloß kein Protzen mit dem berühmten Namen. Und überhaupt wäre doch eigentlich Vetter Carl Ludwig die geeignetere Anlaufstelle, der versiertere Gesprächspartner für mich: er, dem die Ganghofer-Renaissance der siebziger Jahre zu verdanken sei und die Wiederverfilmungen auf der Nostalgiewelle, der in den fünfziger Jahren sogar die schöne Tradition der Ganghofer-Geburtstagsfeste wiederbelebt habe samt Ludwig-Schießen auf der Schafbergalm und der sich vom Verlag, als es um einen Schaufensterwettbewerb für Buchhändler ging, sogar als Gastgeber »Auf den Spuren von Ludwig Ganghofer« habe einspannen lassen. Und ein weiterer Ganghofer-Enkel – ob ich das überhaupt wisse? – sei sogar ein richtiger Schriftsteller: Bernhard Horstmann schreibe unter dem Pseudonym Stefan Murr Kriminalromane, ›Mord im September‹ sei der bekannteste. Er selber, Jost Ganghofer, sei garantiert gefeit vor schriftstellerischen Anwandlungen.

»Also kein zweiter Rudolf Braunburg?« locke ich ihn aus der Reserve und spiele auf jenen Lufthansa-Kollegen an, DC-10-Kapitän wie er, der in vorgerückten Jahren eine zweite Karriere als Unterhaltungsschriftsteller gestartet hat. ›Deutschlandflug‹ und ›Nachtstart‹ hießen seine Romane, ›Sidney mit Sekt‹ und ›Grüne Männchen im Radar‹ – die großen Illustrierten waren voll davon.

Nein, das wäre nichts für Jost Ganghofer. Er hat Mühe, mit seinem Unmut über die Art und Weise, wie Kollege Braunburg die Welt der Großraum-Jets verzeichne, zurückzuhalten. Wie wenn die Stewardessen lauter Flittchen wären – nein danke. Ich merke ihm an, wie gern er dem schriftstellernden Kollegen einmal seine Meinung sagen würde.

Denn mag er sich in Fragen der Schriftstellerei auch unzuständig und als Teilnehmer eines literarischen Kolloquiums mit Sicherheit unwohl fühlen, seine dezidierte Meinung hat er allemal. Besonders natürlich in Sachen Ganghofer. Ein Urteil, das klug differenziert ist und von sympathischer Ausgewogenheit: »Viel Schwarzweißmalerei – das gebe ich zu. Und auch gewisse Tricks sind nicht zu leugnen, etwa der berühmte deus ex machina: Lawine oder Felssturz – immer zur rechten Zeit. Aber auf der anderen Seite doch auch ernsthafte Sozialkritik: Lediges Kind und Priesterehe – vor keinem Thema scheut Ludwig Ganghofer zurück. Und immer ergreift er die Partei des sozial Schwächeren – es ist schon beinah selber wieder ein Klischee. Im übrigen – was für ein Wortschatz, was für ein hervorragendes Deutsch, was für ein Superstil!«

An den ihm wohlbekannten Ganghofer-Vorurteilen seien übrigens auch manche der neueren Verfilmungen mit schuld: »Wenn man das sieht, muß man ja wirklich glauben, bei Ganghofer geht's immerzu nur den Berg rauf und runter.« Da sind ihm die alten, die aus den dreißiger Jahren, lieber. ›Der Ochsenkrieg‹ zum Beispiel. »Was für prachtvolle Figuren – allen voran der Landsknecht Malimmes!« Es würde ihn freuen, wenn eines Tages die alten Peter-Ostermayr-Filme beim Fernsehen eine Chance bekämen: »Das war noch unverfälschter, unverkitschter Ganghofer.«

Sonst noch Wünsche?

»Doch, ja. Das wunderschöne Märchen vom Karfunkelstein sollte wiederaufgelegt werden.«

Jost Ganghofer ist in Sachen Nachlaßpflege von erfreulicher Unabgenütztheit, sein Urteil ist frisch, seine Entscheidungen frei von Routine: »Ich bin ein Nachzügler.« Daß ihm eines Tages diese Rolle zufallen würde, war nicht unbedingt vorauszusehen: »Wir waren vier Söhne, und ich war von den vieren der jüngste.« Aber die anderen drei starben: Jörg bei einem Autounfall, Gert, Jagdbomberpilot im Zweiten Weltkrieg, ist von seinem Einsatz in Rußland nicht zurückgekehrt, Götz ist mit 17 kurz vor Kriegsschluß in der Heimat gefallen.

Im Elternhaus ging's »gemischt« zu: Der Vater, Ganghofer-Sohn Gustl, war ein Mann der Technik, der spätere Siemens-Direktor hatte mit einer Arbeit über Lochkarten seinen Doktor gemacht. Das musische Element vertrat die Mutter:

Jost Ganghofer im Cockpit der Lufthansa DC 10 © Votava, Wien

Bildungsbürgerin par excellence, trichterte sie ihren Söhnen bei den Mahlzeiten die Geschichte der Staufer ein, und wehe, es hörte ihr einer dabei nicht zu – schon gab's eins mit der Reitpeitsche.

Josts Schülerjahre spielten sich zwischen Berlin, Bayern und dem Rheinland ab. Mit einem Familiennamen wie dem seinen war an ein »Untertauchen« in der Masse nicht zu denken. Und durchaus nicht nur in Bayern: Die Verkaufsstatistiken weisen eindeutig aus, daß die eigentlichen Ganghofer-Hochburgen immer Norddeutschland und Sachsen waren. Für sie, die Menschen aus dem Flachland, wurde Ganghofers Bergwelt zum Sehnsuchtsland. Und zwar in doppelter Hinsicht: als Leser und als Urlauber. Und das eine sehr häufig als Folge des anderen. In Berchtesgaden, dessen Umland nicht weniger als neun Ganghofer-Romanen (›Die Martinsklause‹, ›Der Klosterjäger‹, ›Das Gotteslehen‹, ›Der Ochsenkrieg‹, ›Das neue Wesen‹, ›Der Mann im Salz‹, ›'s große Jagen‹, ›Schloß Hubertus‹ und ›Das Schweigen im Walde‹) den Schauplatz geliefert und das »seinem« Dichter bis vor kurzem alljährlich zum Todestag eine eigene Ganghofer-Woche gewidmet hat, haben sie es sogar von den Demoskopen schwarz auf weiß erheben lassen: Ganghofer auf Platz 3 der erfolgreichsten Werbeträger für Berchtesgaden als Ferienziel. Während sich in den Werken seines Kollegen Ludwig Thoma, an dessen Seite auf dem Friedhof Egern er übrigens begraben liegt, vor allem die Bayern selber wiedererkannt haben, hat Ganghofer, der ja in seiner Sprache kaum Dialekt verwendete, immer sehr stark ins Außerbayerische gewirkt.

Gleichgültig also, wo Jost Ganghofer zur Schule ging: Kein Lehrer, der bei seinem Namen nicht gestutzt und zu entsprechender Befragung ausgeholt hätte. »Aber da ich als Kind ein ausgesprochener Angebertyp war, hat es mich nicht gestört.«

Gestört hat ihn höchstens, daß er ausgerechnet im Deutschunterricht nie über eine Drei hinausgekommen ist. Und beim Abitur haperte es sogar mit der Kenntnis von Großvaters Geburtsdatum. Mein Gott, er hatte eben andere Interessen: die Fliegerei ...

Für seine Mutter war's ein Schock: War nicht einer ihrer Söhne als Kriegsflieger abgestürzt? Ausgeschlossen, daß sie da einen weiteren zum Piloten ausbilden lassen würde. Jost wurde also nach dem Abitur zu Siemens in die kaufmännische Lehre gesteckt. Aber Betriebsbuchhaltung – konnte das gutgehen? Also Wechsel in den Einkauf. Immerhin – das war schon um eine Spur besser: Umgang mit Menschen. Aber seinen wirklichen Ehrgeiz konnte auch dies nicht anstacheln – allen Erfolgen zum Trotz: Der Traum vom Fliegen blieb stärker. Also auf die Flugschule der Lufthansa – endlich die Erfüllung! Jetzt ist Jost Ganghofer – nach einem Zwischenspiel als Fluglehrer bei der Bundeswehr – schon im achten Jahr DC-10-Kapitän auf den großen Fernstrecken der Lufthansa, und es ist ihm anzusehen, wieviel Freude ihm sein Beruf macht.

So hoch hat Großvater Ludwig nicht hinaus wollen: Ihm genügten die Berggipfel des Edelweißkönigs. Und doch, es gibt Berührungspunkte, und zwar höchst handfeste: Sie werden staunen zu hören, daß Ludwig Ganghofer, der vor seinem Philosophie- und Philologiestudium in einer Augsburger Maschinenfabrik volontiert hat, nach Ausbruch des Ersten Weltkriegs ein Lufttorpedo entwickelt und dem Kriegsministerium in Berlin zur Serienproduktion angeboten hat ...

Die Pläne, heute eine der Raritäten der Münchner Stadtbibliothek (die einen Großteil des Ganghofer-Nachlasses erworben hat), sind zwar abgelehnt worden, aber nicht, weil sie so unzulänglich, sondern weil sie ihrer Zeit so weit voraus waren – das ist jedenfalls Enkel Josts feste Überzeugung. »Sie wären von den damaligen Luftschiffen aus abzuwerfen gewesen – daher auch Großvaters Briefwechsel mit dem Grafen Zeppelin.«

Ich mache aus meinem Erstaunen kein Hehl: »Ludwig Ganghofer Lufttorpedokonstrukteur, sein Enkel Flugkapitän – und dann haben Sie nicht einmal die kleinste Kopie davon an der Wand hängen?«

Jost Ganghofer hat eine sympathische Erklärung dafür zur Hand: »Natürlich bewundere ich Großvaters hervorragendes technisches Talent. Auf der anderen Seite aber bin ich persönlich ein ausgesprochen unkriegerischer Mensch. Ich könnte nie so ein Ding abwerfen.«

Statt an Torpedo-Bauplänen delektiert sich der Dichterenkel also lieber an der Schallplattenaufnahme von Ganghofers berühmter Dackelgeschichte ›Herzmanski, der Getreue‹, an dessen selbstverfertigtem Hofmannsthal-Porträt in einem der Jagdbücher oder am Faksimile jenes viele Seiten langen Briefes, mit dem der Neununddreißigjährige, »abgeschlossen von aller Welt«, seiner elf Jahre alten Tochter Lolo in den zärtlichsten Worten (»Mein liebes, gutes Schatzerl!«) zu erklären versucht, wieso er für sie so wenig Zeit hat:

»Du hast ja schon manches gelesen, was Dein Papa gedichtet und niedergeschrieben hat, und vielleicht verstehst Du auch schon ein wenig, daß die Arbeit eines Dichters nicht das gleiche ist wie die Arbeit eines Handwerkers, der in seiner Werkstätte mitten in allem Lärm recht fleißig sein kann, oder wie die Arbeit eines Kaufmanns, der in dem von Leuten erfüllten Laden seines Geschäftes waltet, oder wie die Arbeit eines Beamten, der sich Tag für Tag pünktlich in sein Bureau begibt – sondern daß die Arbeit eines Dichters eine ernste, heilige und weihevolle Sache ist. Das Talent, welches einen Menschen zum Dichter macht, ist eine seltene Gottesgabe und wird vom Himmel unter vielen Tausenden nur wenigen verliehen. Und wem diese Gabe verliehen wurde, der hat dann auch die heilige Pflicht, ihr sein ganzes Leben zu widmen; er ist wie ein Priester, der ein heiliges Amt erfüllt.«

Und wie geht es dabei zu?

»In solchen Zeiten lebt und wandelt der Dichter abgeschlossen von der Welt, allein mit sich und seinen Gedanken, immer innerwärtsblickend in seinen Geist und in die Tiefe seines Herzens, aus dem wie aus einem Zauberbrunnen die Gestalten der Dichtung emporsteigen. Er sieht, wie sie Leben gewinnen, wie sie Stimmen bekommen, und er hört, wie sie sprechen. Und nichtwahr, mein Kind, da begreifst Du, daß der Dichter in solcher Zeit des Träumens und Erfindens keinen Sinn haben kann für die vielen, gar oft recht notwendigen Dinge des alltäglichen Lebens und daß er oft tagelang ganz verloren und taub ist für seine Umgebung. Denke nur, da kann es ihm sogar passieren, daß ihm seine liebe, gute Frau etwas oft zwanzig mal sagen muß, bis er aus seinen Träumen aufwacht und ihre Worte versteht, und daß er es gar oft nicht hört, wenn seine geliebten Kinder mit ihren weichen Plappermäulchen zu ihm schwatzen ...«

Lolo war elf, als ihr der wieder einmal zu schöpferischer Einsamkeit selbstverbannte Dichter diesen Brief schrieb – das älteste seiner drei Kinder. Es folgten Sophie und Gustl.

Gustls jüngster Sohn, Jost Ganghofer, tritt 1975, nach dem Tod seiner Mutter, in den »Aufsichtsrat« der Erbengemeinschaft ein – es ist jene »Spätzeit«, da schon langsam der Ablauf der gesetzlichen Schutzfrist sich ankündigt (1990), da dem Originalverlag längst ein anderer, ein neuer Autorenname wichtiger geworden ist: Simmel, und da die Zahl derer, die den »Karl May des bayerischen Hochlands« noch persönlich gekannt haben, von Tag zu Tag abnimmt. Gerade eben, während wir beisammensitzen, läutet's am Haustor, und der Postbote bringt die Todesanzeige der alten Haushälterin Ida – sie hat im Jagdhaus Hubertus zu Ganghofers Zeiten nach dem Rechten gesehen.

In seiner Erzählung ›Blutauffrischung‹ hat er der reschen Tirolerin ein Denkmal gesetzt – es ist die wahre Geschichte von jenem wunderlichen Zuchthirsch Michele, der um viel Geld aus den böhmischen Wäldern ins Tiroler Gaistal geschafft wurde, um Ganghofers stark degeneriertem Wildbestand frisches Blut zuzuführen, nicht im Traum daran dachte, seines Amtes zu walten, statt dessen sein Gehege kurz und klein schlug und nur seiner Ida, die ihn täglich mit den feinsten Gemüseabfällen aus der herrschaftlichen Küche versorgte, zärtlich zugetan war – so zärtlich, daß ihn Ganghofer bei einer seiner Verfolgungsjagden nolens volens abknallen mußte. Die total verängstigte Ida, den »christkatholischen Hilfeschrei in der Todesstunde« auf den zitternden Lippen, erlitt bei dem Rettungsmanöver – so berichtet der Dichter – einen schweren Schüttelfrost und mußte »auf dem Sofa in fünf wollene Decken gewickelt« werden ...

Jetzt hat also auch die Ida den letzten Weg angetreten, fünfundneunzig war sie geworden. Nie unterließ es Jost Ganghofer bei seinen Besuchen im ehemals großväterlichen Jagdrevier, der guten alten Magd seine Aufwartung zu machen, und dann erzählte sie voller Seligkeit von den alten Zeiten, da im Gaistal – Ludwig Ganghofer hatte hier zwischen 1896 und 1918 eine der drei größten Jagden Europas gepachtet – all die berühmten Männer ein und aus gingen: von Ludwig Thoma bis Hugo von Hofmannsthal. Fuhrwerker, Handwerker, Holzknechte – beim Ganghofer gab's Arbeit und Brot für viele; für Idas Mann fand sich eine Stelle als Jagdgehilfe. Einmal hat sie über all das auch vor der Fernsehkamera gesprochen, und sie hat dabei eine vorzügliche Figur gemacht.

Ludwig Ganghofer ist 1920 gestorben, da werden die Erinnerungen aus erster Hand langsam knapp. Ein Glück, daß die Münchner Stadtbibliothek einen Großteil des Nachlasses in Verwahrung genommen, ordentlich katalogisiert und der interessierten Öffentlichkeit zugänglich gemacht hat: Schulzeugnisse und Haushaltsbücher, Manuskripte und Briefschaften, Bühnenverträge und Diarien, seine Schiller-Rede und Kleists ›Zerbrochenen Krug‹ – »bearbeitet für meine Enkelkinder« –, seinen »Entwurf für einen Brückendynamo« und den Bericht vom Besuch bei Kaiser Wilhelm II., der sich bekanntlich nie ohne seine Ganghofer-Gesamtausgabe im Gepäck auf Reisen begeben hat.

Für alle, die's Majestät gleichtun wollen, sind nun, wo die 70 Romane, Erzählungen und Theaterstücke in rundgerechnet 35 Millionen Exemplaren verbreitet sind, noch einmal zwei handlich-hübsche Auswahlkassetten erschienen, auch Ganghofer-Aufführungen – erst jüngst war Jost Ehrengast bei einem ›Herrgottschnitzer‹-Abend des Tegernseer Bauerntheaters – finden nach wie vor ihr Publikum, und die Fachgutachterin, die die Erbengemeinschaft vor einiger Zeit einspannte, um über Fragen der Textstraffung Aufschluß zu erhalten, riet zu Zurückhaltung, nur bei so antiquierten Anreden wie »Schatzele« und ähnlichem empfehle sich der eine und andere behutsam modernisierende Eingriff.

Mein Besuch im Haus des Ganghofer-Enkels geht dem Ende zu, vor der Verabschiedung kommt die jüngere der beiden Töchter aus der Schule heim. Sabine ist fünfzehn – ob sie wohl so wie seinerzeit der Papa von ihren Lehrern auf den berühmten Familiennamen hin ausgefragt wird? Vielleicht gar im Deutschunterricht?

Zum Glück nicht, Sabine Ganghofer wäre alles andere als sattelfest. Ihre Generation hat andere Favoriten. Gegenstand ihrer jüngsten Deutscharbeit: ein Gedicht von Paul Celan.

Ingeborg Bachmann

»Alles ist heikel . . .«
Ingeborg Bachmanns Bruder und das römische Trauma

»Glückliche Erben« – paßt ein Mann wie Heinz Bachmann unter diesen Buchtitel? Wenn irgendwer nicht, dann er. Kann man überhaupt über ihn schreiben? Noch jetzt würde er es mir am liebsten ausreden – das Bachmann-Kapitel wird eine schwere Geburt.

Irgendwann einmal hatte sie ihn gefragt, Ingeborg Bachmann

den dreizehn Jahre jüngeren Bruder, ob er unter Umständen bereit wäre, sich nach ihrem Ableben um den Nachlaß zu kümmern. Er hatte ja gesagt – und dabei an einen Pensionistenjob gedacht. Doch es kam anders: Heinz Bachmann war vierunddreißig, als seine Schwester in ihrer Wohnung im Palazzo Sacchetti zu Rom über einer glühenden Zigarette einschlief ...

Das Trauma ihres gräßlichen, gräßlich frühen und durch ungezügelte Gerüchtemacherei noch gräßlicher gemachten Todes sitzt nach wie vor tief in ihm – ein Dezennium danach: »Noch vor einigen Jahren hätte ich darüber nicht sprechen können.«

Er kann es eigentlich noch immer nicht. Sagen wir so: Er überwindet sich dazu, jener Auskunftspflicht zu genügen, die nun einmal mit zu den Agenden des Nachlaßverwalters zählt. Doch er tut es unter Qualen – ich bin mehrmals versucht, das Gespräch von mir aus abzubrechen.

Als Treffpunkt schlägt er meine Hotelhalle vor – die Adresse im Norden von Madrid, wo Dr. Heinz Bachmann, Chef-Geophysiker von Shell España, mit seiner Familie wohnt, wäre ihm, dem extrem Introvertierten, wohl zu intim.

An einer Stelle unseres sich dahinschleppenden Gesprächs mache ich einen Rückzieher. Ich muß ihm wohl gerade wieder eine etwas unbequeme Frage gestellt haben, jedenfalls sage ich zu ihm: »Also, lassen wir's, das ist wohl eine zu heikle Angelegenheit.«

»Heikel?« fragt er zurück. »Heikel ist alles.«

Wir kommen auf einen der Herausgeber der Nachlaßbände zu sprechen, er will mir dessen Adresse mitgeben. Aber wieso sucht er in der Aktentasche nach dem Adreßbuch, wo er es doch hier vor sich auf dem Tisch liegen hat? Weil es ein anderes, ein zweites Adreßbuch ist. Die Ingeborg-Bachmann-Agenden hält er streng von allem anderen getrennt.

Solange ich mit ihm über seinen Beruf, über Seismik und Ölgewinnung, über die Tücken des Spanischen oder über die Urlaubsvorzüge der Insel Lanzarote spreche, ist seine Rede flüssig, ja animiert. Sowie ich jedoch aufs Thema Ingeborg Bachmann umsteige, krampft er sich ein, flüchtet sich in lange Denkpausen, ringt um vorsichtige und übervorsichtige Formulierungen, widerruft und präzisiert bereits Gesagtes oder verweigert sich überhaupt: »Dazu möchte ich nichts sagen.« Etwa zu den Namen Henze oder Frisch. Seine Sorge, mißverstanden oder fehlinterpretiert zu werden, ist groß. Schon weil seine Schwester, sagt er, so oft mißverstanden, so oft fehlinterpretiert worden sei. Die Sache mit Hans Weigels schmerzlich-bitterem Schlußsatz aus dem Ingeborg-Bachmann-Kapitel seines Erinnerungsbuches ›In memoriam‹ kommt ihm da gerade recht. Weigel, der unermüdliche Förderer österreichischen Schriftstellernachwuchses, hat – fast möchte man sagen: natürlich – auch die junge Ingeborg Bachmann unter seinen Fittichen gehabt. Später, er verschweigt es nicht, geht es nicht ohne mancherlei Enttäuschungen für ihn ab: Enttäuschungen im menschlichen wie im politischen Bereich. 1968, als die inzwischen zum Star avancierte Kollegin den Österreichischen Staatspreis erhält, sieht man einander in Wien wieder. Weigel fragt sie: »Wann erscheint dein nächstes Buch?« Und Ingeborg Bachmann antwortet: »Ich weiß nicht. Das mußt du meinen Anwalt fragen.« Eine Antwort von mondäner Arroganz, die den selbstlosen Wegbereiter von einst verletzen muß. Weigel spricht es selber nicht aus, aber natürlich spürt man es aus jedem seiner Worte.

Heinz Bachmann, dem ich den Vorfall berichte, ergreift fast gierig die Gelegenheit, auf Mißverständnis zu plädieren und seine Schwester zu exkulpieren:

»Glauben Sie mir, sie hat es *wirklich* nicht gewußt. Sie war zu jener Zeit durch einen geplanten Verlagswechsel in einer äußerst heiklen Situation, die nur durch ihren Anwalt geklärt werden konnte. Es ging um den Roman ›Der Fall Franza‹. Außerdem hat sie es bestimmt im Spaß gesagt.«

Die zweite Gelegenheit, korrigierend einzugreifen, bietet sich Heinz Bachmann, als ich das Gespräch auf Heinrich Bölls Nachruf lenke – er ist zuerst im ›Spiegel‹, später auch in dem Sammelband ›Einmischung erwünscht‹ erschienen. Böll rühmt darin unter anderem Ingeborg Bachmanns Mut, »1958 dem Komitee gegen Atomrüstung beizutreten, sich 1963 der Klage gegen Dufhues anzuschließen und 1965 die Erklärung zum Vietnamkrieg zu unterschreiben«, sowie ihr Engagement für die Sache der Achtundsechziger: »Mancher Versprengte und polizeilich Gesuchte aus der Berliner Studentenbewegung wird sich hoffentlich ihrer Hilfsbereitschaft und Gastfreundschaft erinnern.«

Heinz Bachmann läßt nur letzteres, läßt keine anderen als humanitäre Motive für ihr Tun gelten: »Es ist nicht zulässig, davon irgendeine politisch-ideologische Identifizierung abzuleiten.«

Auch beim »Dechiffrieren« ihrer Texte besteht er auf äußerster Zurückhaltung. Bei kaum einer Autorin ist ja die Versuchung so groß, autobiographische Hintergründe herauszulesen. Heinz Bachmann mag dies nicht einmal bei Texten wie ›Jugend in einer österreichischen Stadt‹ oder ›Drei Wege zum See‹ zulassen: »Sie hat eher aus der Idee geschrieben als aus der Beobachtung.« Bruder und Vater in der Erzählung ›Drei Wege zum See‹ seien höchstens »in vagen Umrissen« er und der Klagenfurter Hauptschullehrer Mathias Bachmann, die »Kindheit in Dunkelhaft«, die Ingeborg Bachmann in der Studie ›Jugend in einer österreichischen Stadt‹ beschworen habe, sei in dieser extrem deprimierenden Darstellung absolut nicht die ihre gewesen, und die Fabel des Erzählungsfragments ›Gier‹ sei von ihr zwar ins Österreichische transponiert worden, gehe aber in der Substanz auf eine römische Zeitungsmeldung zurück.

Wenige Tage vor unserem Gespräch habe ich in einem Kellertheater eine Dramatisierung von Ingeborg Bachmanns Monolog ›Der Tod wird kommen‹ gesehen, die Grazer Schauspielerin Brigitte Antonius hat damit in Wien gastiert – ich erzähle Heinz Bachmann davon. Wiederum heftiger Widerstand gegen jeden Versuch der Identifizierung mit der eigenen Familie: »Sie hat sich lediglich auf Namen gestützt, die in der väterlichen Heimat, im Gailtal, gebräuchlich sind. Mehr nicht. Mehr als diesen erkennbaren Wirklichkeitsrahmen gibt's da nicht.« Ebenso sei es ein Unfug, Ingeborg Bachmanns Werk, wie das in manchen Nachrufen lustvoll betrieben worden ist, nach Anspielungen auf Feuer und Feuertod durchzuforsten: »Wäre sie auf andere Weise, etwa an einer Krankheit gestorben, hätte man bestimmt genauso die ›passenden‹ Stellen gefunden.«

Ingeborg und Heinz Bachmann standen einander nahe, auch wenn ihre Kontakte nicht gar so häufig waren: »Wir haben einander in Abständen von ein, zwei Jahren gesehen – manchmal daheim in Kärnten, manchmal in Rom.« Bei einem seiner Rom-Besuche in den frühen sechziger Jahren hat er eine umfangreiche Photoserie von ihr angefertigt – das Resultat, dem Verlag zur weiteren Verfügung übergeben, nimmt in der Dokumentation ihres Lebens noch heute einen bedeutenden Rang ein. Auch bei meinen eigenen Photowünschen verweist er mich auf dieses Material – etwas Gemeinsames von ihm und seiner Schwester (mit der er gewisse Gesichtszüge teilt) gebe es nicht. Und ein Photo von ihm allein redet er mir aus: »Ich bin an keinerlei Publicity interessiert.«

Das letzte Zusammentreffen der Geschwister fällt mit dem Begräbnis des Vaters zusammen: März 1973, wenige Monate vor Ingeborg Bachmanns eigenem Tod. Ende September ist Heinz Bachmann, seit einiger Zeit in Senegal stationiert, für einen Tag dienstlich in Holland. Durch einen Telephonanruf im Elternhaus in Klagenfurt erfährt er von Ingeborgs Unfall. Isolde, die jüngere Schwester, befindet sich bereits in Rom, mit der ersten Maschine folgt er ihr nach. Die nächsten zwei Tage (länger kann er von seinem Posten in Afrika nicht wegbleiben) sind die Hölle: das Bangen ums Überleben der Verunglückten, das Besuchsverbot der in einer Spezialstation Isolierten, die Belagerung durch Presse, Freunde und Behörden, dazu Sprachschwierigkeiten. Unverantwortliche Spekulationen, unter denen – von Rauschgift bis Erpressung, von Selbstmord bis Mord – keine mögliche Variante fehlt, heizen den »Fall« weiter an – eine »Polarisierung der Positionen«, die bis heute andauert und Familie und Freunde voneinander fernhält. Zusätzliche tragische Verstrickung: Der Schwager in Kärnten wird Opfer eines Verkehrsunfalls und erliegt acht Tage später dessen Folgen.

Drei Wochen nach der Katastrophe – beim Einschlafen mit glühender Zigarette hatte das Nylongewand Feuer gefangen und ihrem Körper schwerste Verbrennungen zugefügt – stirbt Ingeborg Bachmann. Ihr Körper, durch eine dem Unfall vorangegangene Magenverstimmung zusätzlich geschwächt, hat, was nicht zu verkraften war, nicht verkraftet.

Hinzu kam ihre seit Jahren manifeste Medikamentensucht – Folge einer schon längere Zeit zurückliegenden ärztlichen Fehlbehandlung. Ich erinnere mich, wie mir anläßlich einer eigenen Lesung bei Inter Nationes in Bonn die Panik geschildert worden war, mit der die Veranstalter eines Ingeborg-Bachmann-Abends in der deutschen Bundeshauptstadt, mit der Autorin von Apotheke zu Apotheke hetzend, das Nötige aufzutreiben versucht hatten, um ihren Auftritt zu retten und das schon unruhig werdende Auditorium im überfüllten Vortragssaal nicht heimschicken zu müssen.

Vollends verheerend war Ingeborg Bachmanns physische Verfassung in ihren letzten Lebensmonaten. Alfred G., einer ihrer engsten Freunde (und einer der ganz wenigen, mit denen auch Heinz Bachmann ungetrübten Kontakt unterhält), erinnert sich an die letzte Begegnung mit ihr – Malta, August 1973: »Ich war zutiefst erschrocken über das Ausmaß ihrer Tablettensucht. Es müssen an die hundert Stück pro Tag gewesen sein, der Mülleimer ging über von leeren Schachteln. Sie hat schlecht ausgesehen, war wachsbleich. Und am ganzen Körper voller

Flecken. Ich rätselte, was es sein konnte. Dann, als ich sah, wie ihr die Gauloise, die sie rauchte, aus der Hand glitt und auf dem Arm ausbrannte, wußte ich's: Brandwunden, verursacht von herabgefallenen Zigaretten. Die vielen Tabletten hatten ihren Körper schmerzunempfindlich gemacht. Zum erstenmal hatte ich den Mut, mit ihr darüber zu sprechen, und sie ging auch darauf ein: Die Ärzte hätten ihr gesagt, man könne eine Entziehungskur versuchen – zwei Jahre Dauer, fünf Prozent Erfolgschance. »Wozu also dann überhaupt?« Trotzdem sei nichts von Lebensmüdigkeit an ihr zu beobachten gewesen: »Ich habe ein Herz wie ein Pferd.« Ihr nächster Plan sei eine Reise nach Bad Gastein gewesen, die Fahrkarte war schon gelöst.

Auch ihr Bruder berichtet von mannigfachen konkreten Plänen aus allerletzter Zeit: Plänen zum Schreiben, Plänen zur Rückkehr nach Österreich. »Sie war sogar schon in Wien auf Wohnungssuche gewesen.« Für ihre Familie war es daher überhaupt keine Frage, daß man sie nach ihrem Tod – entgegen dem Wunsch ihrer römischen Freunde – aus Italien in die Heimat zurückholen und in heimatlicher Erde bestatten würde: in einem Einzelgrab auf dem Klagenfurter Zentralfriedhof Annabichl.

Heinz Bachmann teilt sich mit seiner Schwester Isolde, die im Kärntner Kötschach-Mauthen eine Buchhandlung führt, in die Pflege des Nachlasses. Die erste Zeit lastete die Arbeit auf ihr allein, später konnte der Bruder, zunächst noch beruflich in Afrika festgehalten, bei seiner Firma eine Versetzung nach Wien erwirken.

Der Nachlaß war in großer Unordnung, auch hatte Ingeborg Bachmann keinerlei Richtlinien hinterlassen, wie mit ihm umzugehen sei. Es galt also, im Verein mit den Herausgebern die Manuskripte zu sichten, ein eigenes Ordnungssystem zu entwickeln, mehrere zehntausend Photokopien anzufertigen, für die 2500 Seiten der Werkausgabe Korrekturen zu lesen – und das mehrmals. Heute ist es vor allem die Überprüfung von Übersetzungen, deren sich Heinz Bachmann, der Sprachgewandte, annimmt.

Ob man mit ihm auch übers Finanzielle sprechen kann? Durchaus. Bis die Erbschaftsmodalitäten abgewickelt waren, kam die Familie selber für die Herausgeberhonorare auf, und so ist es bis heute geblieben: Die Tantiemen fließen – die anfallenden Unkosten ausgenommen – allesamt wieder in die Betreuung des Nachlasses zurück, und die Manuskripte – von einer einmaligen Aufwandsentschädigung abgesehen – haben die Erben der Österreichischen Nationalbibliothek zum Geschenk gemacht. Ob ›Malina‹ oder ›Simultan‹, ›Das dreißigste Jahr‹ oder ›Die gestundete Zeit‹, ›Anrufung des großen Bären‹ oder ›Der gute Gott von Manhattan‹ – hier werden sie, der Allgemeinheit zugänglich, im Original verwahrt. Nur Briefe und Notizen sind jeglichem Einblick von außen streng entzogen. Vorsorglich für fünfzig Jahre haben die Erben diesen Teil des Nachlasses notariell versiegeln lassen, und nur sie – und auch sie bloß in gemeinsamer Entscheidung – haben zu dem geheimen Dossier Zutritt. Die Ingeborg-Bachmann-Legendenbildung darf weiterwuchern.

Ernst Wiechert und Stieftochter Jutta (als junges Mädchen)

Komplizierte Verhältnisse
Jutta Kalisch und die Wiechert-Renaissance

Ein Auto hält an, der knorrige alte Bauer im Stadtanzug kurbelt das Seitenfenster herunter und fordert mich freundlich-bestimmt auf, einzusteigen, bis zum Dorf sei es noch ein hübsches Stück Weg. Ich wolle doch sicher nach Degerndorf – oder?

»Richtig.«

»Dann kommen Sie mit.«

Autostopper wider Willen: eine Einladung, die ich nur schwer ausschlagen kann. Ein zutrauliches, ein freundliches Land – nur auf der Iren-Insel habe ich ähnliche Erfahrungen gemacht: Die lassen einen keinen Schritt allein über eine Landstraße marschieren. Wie oft hatte ich Mühe, ihnen begreiflich zu machen, daß es meine erklärte Absicht war.

Auch jetzt, das Wiechert-Einzugsgebiet rund um Wolfratshausen durchstreifend, liegt mir daran, nicht die ganze Zeit am

Auto zu kleben: Zumindest das letzte Stück Annäherung möchte ich zu Fuß hinter mich bringen. »Wälder und Menschen« – es wäre eine schöne Wanderpartie am Waldrand, zugleich der Versuch einer Einstimmung in die Ernst-Wiechert-Welt. Wie schwer einem heute so etwas gemacht wird – das eine wie das andere! Auf Amerikas Landstraßen werden Fußgänger von der Polizeistreife angehalten.

Ich erkläre meinem ungebetenen Chauffeur mein Ziel: Zur Kölbl Marie möcht' ich, die war auf Hof Gagert lange Jahre die Wirtschafterin. Jetzt wohne die Tochter des Dichters bei ihr, so oft sie nach Bayern auf Besuch komme, ich sei mit ihr bei den Kölbls verabredet – ob er sie vielleicht kenne?

Der alte Bauer an meiner Seite nickt. Freilich kenne er sie – die Marie. Von der anderen Frau hingegen, von der ich spreche, weiß er nichts und schon gar nichts von einem Dichter, der hier gelebt haben soll. Wir wechseln das Thema – bloß keine krampfhaften Anbiederungen.

Es ist ein kleines Einfamilienhaus – Marie Kölbl kommt dem Gast durchs Vorgärtchen entgegen, gefolgt von Jutta Kalisch, der Stieftochter des Dichters. Obwohl die gegensätzlichsten Naturen, herrscht zwischen den beiden Frauen sichtlich das tiefste Einverständnis: hier die biedere und bedächtige Dörflerin, dort die temperamentgeladene Frau von Welt, die die Jahre in Amerika noch kesser gemacht haben.

Maria Kölbl, zehn Jahre lang der gute Geist des Wiechert-Hofs. Als es damit aus war, fand sie in einer Fabrik Arbeit, jetzt ist sie in Rente. Im Bücherschrank in der guten Stube dominiert Wiechert – mit den ihr persönlich gewidmeten Bänden. Bleistiftsignatur in der winzig kleinen Handschrift, kaum leserlich.

Jutta Kalisch, zusammen mit den beiden Kindern ihrer tödlich verunglückten Schwester Annemarie die Ernst-Wiechert-Erbin, ist wieder einmal im Lande, um nach dem Rechten zu sehen. Vor kurzem ist die schöne kassettierte Gesamtausgabe erschienen, auch manches andere scheint in Gang zu kommen, die Gemeinde Wolfratshausen hat ein Wiechert-Denkmal errichtet. Das schönste Leserecho aus jüngster Zeit: ein Münchner Hippie, der sich in Paris als Straßensänger durchbringt und zwischendurch Wiechert liest. »Wer hätte gedacht, daß zu jener Zeit in Deutschland noch so anständige Leute Bücher geschrieben haben?«

Weshalb nur läßt das Fernsehen so beharrlich das Wiechert-Œuvre links liegen, weshalb sendet das Radio so spärlich seine

Texte? Es ist also noch einiges zu tun, und Jutta Kalisch, nach ihrer wechselvollen Selfmade-Karriere in den Staaten nun wieder in Europa ansässig, hat präzise Vorstellungen davon, wie dabei vorzugehen ist. Ist es ihr nicht schon – sogar noch von Amerika aus! – gelungen, jenen beispiellosen Schwindel aufzudecken, der inzwischen als »Affäre Desch« in die Schandchronik der deutschen Verlagsgeschichte eingegangen ist?

Es war noch zu Mutters Lebzeiten: Lilje Wiechert, die Witwe des Dichters, klagte über allzu kümmerliche Honorarabrechnungen. Wie war das möglich? Wiecherts Werke wurden doch gedruckt und gedruckt – selbst in japanisch, in chinesisch! Jutta Kalisch ging der Sache auf den Grund. Sie ließ – zwanzig Jahre zurück und auf eigene Kosten – die Bücher des Desch-Verlages prüfen: mit dem niederschmetternden Resultat, daß nach dem Tod des Dichters der Witwe Riesensummen an Tantiemen vorenthalten worden sind. Andere ebenfalls betroffene Autoren schlossen sich den unterdessen eingeleiteten Gerichtsverfahren an, ein Skandal ohnegleichen erschütterte die deutsche Verlagsszene, ein Urteil jagte das andere, Anwälte erwirkten Pfändungen und Nachzahlungen – auch die Wiechert-Erben wurden abgefunden.

Da war es bestimmt gut, daß kein versponnener Schöngeist, kein weltfremdes Heimchen am Werk war, sondern eine Frau vom Schlage der Jutta Kalisch, die in Kanada und den USA gelernt hat, sich ihrer Haut zu wehren ...

Blenden wir zurück. Der Dichter aus den masurischen Wäldern – frühe Kindheit im ostpreußischen Forsthaus, Studium und erste Lehrerjahre in Königsberg, höherer Schuldienst in Berlin – faßt mit 46 den Entschluß, sich als freier Schriftsteller in Oberbayern niederzulassen. Nach Startjahren am Starnberger See bezieht er 1936 Hof Gagert im Kreis Wolfratshausen, einen stattlichen Landsitz an der Stelle eines ehemaligen Bauernguts. Viele seiner Werke entstehen hier, darunter ›Das einfache Leben‹. 1938 holt ihn, der sich mit seinen Reden an die deutsche Jugend verdächtig gemacht hat, die Gestapo – die zwei Monate KZ-Haft in Buchenwald werden den grüblerischen Gerechtigkeitsfanatiker für den Rest seines Lebens prägen. Als 1945 die Amerikaner in Bayern einmarschieren, erklären sie Hof Gagert zum off-limits-Bezirk: Noch immer, so heißt es, trieben sich Werwolf-Leute in der Gegend herum, die dem Dichter nach dem Leben trachteten.

Ernst Wiechert selber hat keine Kinder, nur Frau Lilje bringt

Wiechert-Erbin Jutta Kalisch (nach dem Krieg zusammen mit ihrem Mann, dem Schriftsteller Walter Bauer)

zwei Töchter aus ihrer früheren Ehe mit. Jutta und ihr neuer Vater vertragen sich nicht allzu gut: Die Kleine trägt ihm nach, daß er – wie sie glaubt – Mutters Ehe auf dem Gewissen hat. Wiecherts Brief an die Neunjährige, voll von Vorwürfen gegen ihren erbitterten Widerstand, wird später zu jenen Zeugnissen einer gestörten Beziehung zählen, die sie aus Zorn den Flammen übergibt. Es sind auch sonst nicht allzu viele Wiechert-Souvenirs, mit denen sie sich umgeben wird: ein paar Briefe von Käthe Kollwitz und Hugo Eckener, eine Kollwitz-Plastik, eine Ikone, eine alte Bibel.

Damit kein Irrtum aufkommt: Wiecherts künstlerischer Rang steht für sie außer Streit – nur als Mensch bleibt er ihr fremd. Sie nennt ihn als Kind abschätzig den »Pauker« – höchstens, daß man gelegentlich »Mensch ärgere dich nicht« miteinander spielt oder Tischtennis. Auch in Ernst Wiecherts Werk wird man vergeblich nach Stellen suchen, an denen der Dichter liebevoll seiner widerspenstigen Stieftochter gedenkt: »Ich komme bei ihm nicht vor – es sei denn in der Beschreibung negativer Frauengestalten, leichtlebiger.«

Jutta Kalisch hat Charakter genug, die Dinge auch heute nicht zu beschönigen. Wäre es nicht eine große Versuchung, nun, wo sie sich als Nachlaßverwalterin zu bewähren hat, die Konflikte von einst zu Sentiment und Eintracht umzufälschen? Nicht für sie. Als der französische Wiechert-Biograph Utzinger mit der Bitte um eine biographische Studie an sie herantritt, bleibt sie konsequent und sagt nein: Flunkern – das sollen die andern.

Die komplizierten Familienverhältnisse auf Hof Gagert, die durch Ernst Wiecherts Exodus im Jahre 1948 (er wird die letzten drei Jahre seines Lebens in neuer Umgebung in der Schweiz verbringen) nicht einfacher werden, fördern Juttas Ringen um Selbständigkeit. Als Sechzehnjährige noch von den Nazis in die Rüstungsindustrie zwangseingezogen, kehrt sie nach dem Krieg auf allerlei Umwegen zum elterlichen Besitz zurück. Und hier trifft sie auf einen von Ernst Wiecherts Freunden: seinen Schriftstellerkollegen Walter Bauer. Der Arbeitersohn aus Merseburg, siebzehn Jahre jünger als der Hausherr, hat sich in den dreißiger Jahren mit Büchern wie ›Ein Mann zog in die Stadt‹ und ›Stimme aus dem Leunawerk‹ einen Namen gemacht; nun ist er aus britischer Kriegsgefangenschaft zurückgekehrt und findet bei den Wiecherts Unterschlupf.

Jutta und Walter Bauer, letzterer frisch geschieden, heiraten. In seinem Roman ›Besser zu zweit als allein‹ wird er später die Erfahrungen jener Nachkriegsjahre aufarbeiten. Sich selbst verfremdet er zu dem Heimkehrer Scherer, Jutta zu Sabine. Obwohl die Ehe nur zwei Jahre hält, entschließt man sich zu gemeinsamem Auswandern: Mit je zehn Dollar in der Tasche gehen die beiden nach Kanada – und er gleich für immer.

In Toronto, wo man unter anderem mit Stefan Zweigs Stieftochter Alix zusammentrifft, baut sich Walter Bauer unter beträchtlichen Mühen ein neues Leben auf. Als es ihnen wieder einmal besonders dreckig geht, kommt Post aus der Schweiz: Hermann Hesse schickt fünfzig Dollar. In der Schokoladefabrik, in der Jutta Arbeit findet, läßt man Walter Bauer die Füllcreme rühren, später trennen sich auch beruflich ihre Wege: Sie wird Krankenschwester in einer Irrenanstalt, er Packer bei einer Versandfirma.

Ein Germanistikprofessor der Universität Toronto – überglücklich, zugleich einen deutschen Dichter und eine deutsche Dichtertochter in seiner Nähe zu wissen – setzt sich für Walter Bauer ein: Der kanadische Neubürger aus Sachsen-Anhalt lernt Englisch, holt sein Abitur nach, wird Master of Arts und schließlich selber Professor. ›Nachtwachen des Tellerwäschers‹ heißen die Gedichte, die den entbehrungsreichen und letztlich doch glücklichen Weg nachzeichnen. 1976 stirbt Walter Bauer, Literaturlehrer an der Universität von Toronto, zweiundsiebzigjährig im selbstgewählten Nachkriegsexil.

Da ist seine Exgattin längst in den Vereinigten Staaten. Couragiert und zäh, wie sie ist, bringt sie sich in den unterschiedlichsten Berufen durch: als Skilehrerin, als Textilverkäuferin, als Kaufhausmanagerin für Modeschauen. Es folgt Las Vegas – hier läßt sie sich am Computerpult für einen Bankjob einschulen. Aber zu diesem neuen Karrieresprung kommt es nicht mehr: In Deutschland ist Juttas Mutter, die Wiechert-Witwe, gestorben, desgleichen ihre Schwester Annemarie, die mit ihr zusammen zur Wiechert-Erbin geworden war; Hof Gagert, nach einem später wieder verworfenen Stiftungsplan von Wiechert zum Schriftstellerheim bestimmt, ist veräußert; der Desch-Skandal um die hinterzogenen Autorenhonorare fliegt auf; Oskar Werner schreibt ihr nach Amerika, er möchte die Wiechert-Märchen auf Platte sprechen, aber man bekomme die Bücher nirgends; außerdem wächst in Amerika auf der dortigen »Country«-Welle eine Jugend heran, die ihr für Wiecherts »feeling« reif zu werden scheint – kurzum: Jutta Kalisch entschließt sich zu dem Versuch, eine Ernst-Wiechert-Renaissance in Gang zu setzen, und sie weiß, daß sie das mit Aussicht auf Erfolg nur von deutschsprachigem Boden aus tun kann.

Vieles spricht für die Schweiz. Als sie in Pontresina um die Aufenthaltserlaubnis ansucht, tut sie dies unter ausdrücklichem Hinweis auf das Wiechert-Erbe: Hier, auf dem Rütihof in Uerikon, hat er seine letzten Lebensjahre zugebracht; hier, am Ufer des Zürichsees, hat er sich, schon unter den Peinigungen der Todeskrankheit Lungenkrebs, sein letztes Werk abgerungen: den Flüchtlingsroman ›Missa sine nomine‹; von hier aus ging er zum letztenmal – mit Stationen in Holland und Kalifornien – auf Vorlesungsreise; hier liegt er, auf dem Friedhof von Stäfa, begraben; hier hat er, die Erbin seines Schweizer Besitzes und Nutznießerin aller in der Schweiz gedruckten Arbeiten, seine letzte Gefährtin zurückgelassen; und von hier aus will Jutta

Kalisch, seine Stieftochter, dem halbvergessenen Namen zu neuem Ansehen verhelfen. Sie tut es unbefangen, ohne die pathetische Gebärde der gewiegten Wiechert-Exegetin (die sie nicht ist) – eine unsentimentale Managerin, an die sich mancher Innerlichkeitsapostel vielleicht erst gewöhnen muß und die doch in ihrer klaren Ehrlichkeit letztlich für sich einnimmt.

Da wird also nicht lange gefackelt und dem Deutsch der Wahl-Kanadierin, wie sie es nun seit vielen Jahren gewohnt ist, so manches »well« und »okay« beigemischt, da spricht sie ohne Zaudern vom »Dead Forest«, wenn ihr nicht gleich die Vokabel ›Totenwald‹ einfällt, da ist kein Platz für Ostpreußen-Heimweh (Kommentar der gebürtigen Königsbergerin: »Ich blicke vorwärts, nicht rückwärts!«), und als Walter Bauer, dessen Schreibweise ihr an und für sich mehr liegt, ans Testamentaufsetzen geht, beschwört sie ihn händeringend: »Bitte, laß mich aus dem Spiel, ich hab' genug mit Wiechert am Hals!«

Zum Beispiel das Wiechert-Zimmer, das die Ostpreußen in der Königsberg-Patenstadt Duisburg eingerichtet haben. Sein Schreibtisch, seine Bücher, seine Büste, ein paar Kollwitz-Bilder, Manuskripte aus der KZ-Zelle – das alles müßte, wenn es nach ihr ginge, bei weitem attraktiver präsentiert sein. Und warum ist vorm Hof Gagert schon wieder die Straßentafel »Ernst-Wiechert-Weg« nicht an ihrem Platz? Von den Wäldern, die der Dichter, seinen Schäferhund zur Seite, zu durchstreifen pflegte, ganz zu schweigen: Autobahntrassen haben sie zerrissen, zerkleinert und zerteilt.

Nur am Eingangstor zum ehemaligen Dichtersitz, obwohl doch längst in fremde Hände übergegangen, steht noch immer der alte Name; wer mit ihm nichts anzufangen weiß, mag ihn für den des neuen Besitzers halten: Frakturschrift auf Holz. Und die Glocken der nahen Degerndorfer Pfarrkirche läuten jenem Mann zu Ehren, der sie 1948 seinen Mitbürgern zum Abschied geschenkt hat – bezahlt aus den Erträgnissen seines KZ-Berichts ›Der Totenwald‹. Ja, sogar ein Abguß seiner Totenmaske ruht auf einer der Grabplatten des Degerndorfer Friedhofs, obwohl Ernst Wiechert doch weit weg von hier in der Schweiz bestattet liegt. Es ist die Gruft von Lilje Wiechert, seiner Frau. An ihrer Beerdigung im Jahr 1973 nahm das ganze Dorf teil, der Friedhof vermochte die vielen Leute kaum zu fassen. Vielleicht war es für den einen oder anderen unter ihnen das nachgeholte Wiechert-Begräbnis.

Gustav Meyrink in seiner Prager Zeit

Harro Knote alias Saddhaloka Bikkhu
Meyrink-Erbe in Meyrinks Fußstapfen

Er ist Jahrgang 1940, hager von Gestalt, trägt den orangegelben Sari und den kahlgeschorenen Kopf der Buddhistenmönche und lebt der Kontemplation in einer Einsiedlerhütte auf einer der kleinen Inseln der Kronkolonie Hongkong. Sein Alltag ist von asketischer Strenge: kein Bissen Nahrung ab zwölf.

Was Saddhaloka Bikkhu von den anderen seines Standes unterscheidet, ist seine exotische Herkunft: Er ist kein Kind des Fernen Ostens, sondern stammt aus Starnberg und heißt mit bürgerlichem Namen Harro Knote. Hie und da tritt er eine

Reise in die alte Heimat an, und von dort bringt er dann jedesmal einen Haufen Geld mit. Doch nicht einen Groschen dieses Geldes zweigt er für seine persönlichen Bedürfnisse ab: Als echter Weltflüchtiger hat er natürlich gar keine. Er steckt es in seine Druckerei. Eine kleine Druckerei für buddhistisches Schrifttum. Die 60 Seiten starke Gratis-Fibel aus seiner Produktion, die ich besitze, hat er selber aus dem Chinesischen ins Englische übersetzt: »Homage to the Original Teacher Shakyamuni Buddha«. Selten ist über ein Erbe so sehr im Sinne des Erblassers verfügt worden – und das ganz aus freien Stücken, ohne jede testamentarische Weisung.

Saddhaloka Bikkhu alias Harro Knote ist der jüngste Enkel des ›Golem‹-Autors Gustav Meyrink. Der legendenumwobene Geheimwissenschaftler und Meister des phantastischen Romans, der 1868 als uneheliches Kind einer von König Ludwig II. favorisierten bayerischen Hofschauspielerin und eines adeligen württembergischen Staatsministers in einem Wiener Hotelzimmer zur Welt kam und 1932 in einer Yoga-Stellung und im Schein der aufgehenden Sonne am offenen Fenster seiner Starnberger Wohnung starb, den die Vertiefung in die Parapsychologie vom schon beschlossenen Selbstmord zurückhielt, um ihn später um so dramatischer als Bankier scheitern zu lassen, und der sich in seinem Prager Turmzimmer mit der Plastik eines in der Wand verschwindenden Geistes, einem echten Beichtstuhl und einem Terrarium voll von nach Maeterlinck-Figuren benannten afrikanischen Mäusen umgab, war fünf Jahre vor seinem Tod selber vom Protestantismus zum Buddhismus übergetreten. Enkel Harro hat den gleichen Schritt in jüngeren Jahren getan – bald nach Erlangung der Reife. Seinen Altersgenossen, die auf ähnliche Weise der westlichen Zivilisation den Rücken gekehrt haben, hat er eines voraus: Er brauchte dazu nicht den Appell der Sektenwerber. Ihm, der von Kind auf introvertierten Halbweise, hat das Studium des großväterlichen Werks die Augen geöffnet – schlag nach bei Meyrink.

Saddhaloka Bikkhu ist nicht der einzige Meyrink-Erbe, aber er ist der einzige, bei dem die spirituelle Exzentrik des Großvaters voll durchgeschlagen hat. Die Halbschwester lebt als bürgerliche Hausfrau in Starnberg, der Halbbruder, als Ältester von den dreien der offizielle Nachlaßverwalter, ist Kunsthändler in München.

Auch er, obwohl dem esoterisch-grotesken Höhenflug des Ahnen deutlich reservierter gegenüberstehend, ist ein interessanter Mann – ich verabrede mich mit Dr. Julius Böhler (der den großväterlichen »Gustav« als zweiten Vornamen führt) in seiner exquisiten Galerie für Alte Kunst an der Pacellistraße. Es ist ein Samstagvormittag, also außerhalb der üblichen Geschäftsstunden, Besuch nur nach Vereinbarung, die alten Meister an den Wänden schlafen schon den Wochenendschlaf. Aber sehr laut wird es in diesen noblen Räumen wohl nie zugehen: Kenner unter sich, da braucht keiner dem andern etwas aufzuschwatzen. Ich habe Mühe, vor soviel Expertise zu bestehen, auch stellt sich heraus, daß Dr. Böhler die laufenden Galeriegeschäfte und seine Erbschaftsangelegenheiten streng voneinander getrennt abwickelt. Wäre er im Besitz jenes berühmten Porträts, das (über Vermittlung von Adolf Loos) der vierundzwanzigjährige Oskar Kokoschka, im Frühjahr 1910 auf seiner ersten Berlin-Reise einige Wochen in München Station machend, von Gustav Meyer (der damals noch nicht – laut Bewilligung König Ludwigs III. – nach einem seiner mütterlichen Vorfahren Meyrink hieß) gemalt hat und das seit 1938 als verschollen gilt, ich bin sicher: Er würde es nicht an diesem Ort zur Schau stellen. Erstens wäre es unter all den frommen Tafelbildern und venezianischen Veduten ein Fremdkörper, und außerdem würde er es – da könnten die Geschäfte noch so schlecht gehen – unter keinen Umständen zum Verkauf anbieten.

Verschollen heißt nicht unbekannt – man weiß also immerhin einiges über seine Beschaffenheit: Öl auf Leinwand, im Großformat der berühmten »psychologischen Porträts«, Hans Maria Wingler hat ihm im Kokoschka-Œuvreverzeichnis die Nummer 37 unter den »Bildnisdarstellungen bekannter Personen« zugeteilt. Die Miniaturreproduktion, von der Meyrink selber – ob nur für den Hausgebrauch oder auch für Werbezwecke, läßt sich nicht sagen – Kopien in der Art von Totenbillets oder Andachtsbildchen drucken ließ, zeigt den zweiundvierzigjährigen Dichter streng frontal: durchdringend intensiver Blick, hohe Denkerstirn, die Hände ornamental übereinandergebreitet.

Während Kokoschka sich von der okkulten Gedankenwelt des achtzehn Jahre Älteren stark angesprochen fühlte, ließ dieser an dem von ihm angefertigten Porträt kein gutes Haar. Gleichwohl bemühte er sich in seinem Münchner Bekanntenkreis um Klientel für den noch unbekannten und gänzlich mittellosen Künstler. Einige Jahre später sah die Sache schon ganz anders aus: Nun waren beide, Maler wie Modell, berühmte Leute, und dem Frankfurter Kunsthändler, der Meyrink angeblich das Bild abkaufte, war der Handel beachtliche 12000 Mark wert ...

Über das »Hellseherische« in den OK-Porträts ist oft gerätselt worden – hier in der Tat könnte es sich um eines jener Modelle handeln, die mit zunehmendem Alter Kokoschkas Bildvisionen immer ähnlicher wurden. Rechnen wir nach: 1910 – das war lange vor Gustav Meyrinks großer Zeit: ›Der heiße Soldat‹ war erschienen, ›Das Wachsfigurenkabinett‹ und ›Des deutschen Spießers Wunderhorn‹. Seine Hauptwerke, ›Der Golem‹, ›Walpurgisnacht‹ und ›Das grüne Gesicht‹, folgten erst zwischen 1915 und 1916, und doch scheinen sie allesamt in diesem magischen Konterfei bereits vorweggenommen zu sein.

In seiner Neigung, alles und jedes zu parapsychologisieren, hat Meyrink selber in einer seiner Abhandlungen gewagte Theorien über den Zusammenhang von Malerei und Halluzination entwickelt – ihnen mag der Kunsthändler Julius Böhler, dem das Handwerkliche allemal höher steht, freilich nicht folgen. Aber der hohe Rang des Bildes steht auch für ihn außer Streit: »Es wäre, käme es doch noch eines Tages zum Vorschein, ganz gewiß einer der großen Kokoschkas.«

Daß das Bild abhandengekommen und nie wieder aufgetaucht ist, geht auf das Konto der Nationalsozialisten: Schon 1937 waren über 400 Kokoschkas als Beispiele »entarteter Kunst« aus öffentlichen deutschen Sammlungen entfernt worden, die Hetzkampagne in der deutschen Presse erreichte ihren Höhepunkt. Im Jahr darauf wurde die Ächtung auch auf den Privatbesitz ausgedehnt: Die Beschlagnahme des Meyrink-Porträts erfolgte in Frankfurt.

Ist es da ein kleiner Trost, daß wenigstens Alfred Kubin, ein weiterer aus dem Meyrink-Freundeskreis (dem in den Wiener Jahren unter anderen auch Roda Roda, Peter Altenberg und Egon Friedell angehörten und in München Frank Wedekind, Erich Mühsam und Heinrich Mann), im Nachlaß des Dichters Spuren hinterlassen hat? Die zwei Blätter, die Enkel Julius Böhler hütet (in der Luft schwebende Gesichter und ein hockender Zwerg – und natürlich auch diese beiden unveräußerlich), mögen unscheinbar sein – auf jeden Fall erinnern sie an eine von hochgradiger Geistesverwandtschaft geprägte Künstlerfreundschaft: Etliche der in seinem utopischen Roman ›Die andere Seite‹ wiedergegebenen Zeichnungen hatte Alfred Kubin ursprünglich Gustav Meyrink zugedacht – als er noch dessen ›Golem‹ hatte illustrieren wollen ...

Die beiden Meyrink-Enkel Saddhaloka Bikkukh (links) und Dr. Gustav Böhler

Was hat sich sonst erhalten? Ein paar Notizbücher Gustav Meyrinks, das meiste nur angefangen – man weiß aus dem Munde der Witwe, wieviel Überwindung es ihren Mann oft gekostet hat, sich zum Schreiben zu zwingen (gar nicht zu reden vom Übersetzen): »Hätte er nicht das Geld gebraucht, so hätte er längst seinen Federhalter in den Starnberger See geworfen ...« Aber Geld – ja, das brauchte er: für seine kostspieligen Experimente mit den Kräften des Okkulten, für sein aufwendiges Untertauchen in den Geheimwissenschaften des Orients, für seine Mitgliedschaften in all den mystischen Vereinigungen, obskuren Orden und extravaganten Herrenklubs, für seine exklusiven Hobbys, für seinen dandyhaften Lebensstil.

Und doch blieben noch immer Schulden genug: Das legendäre »Haus zur letzten Latern« in der Starnberger Himbselstraße, das er sich zum Refugium erwählt hatte, mußte er noch kurz vor seinem Tod abstoßen (leider existiert davon heute nichts mehr, es wurde bald darauf abgerissen). Die Witwe, die aus Prag stammende Philomena Bernt, ihren über alles geliebten Mann 34 Jahre überlebend und im Gegensatz zu ihm keine Esoterikerin (»Während er seine Yoga-Übungen machte, betete sie zur Muttergottes!«), hätte, als der Ruhm des einstigen Erfolgsautors zu verblassen begann, schwerlich von den Tantiemen der Bücher leben können. Also sprang der Schwiegersohn mit einer Rente ein.

Noch schlimmer wurde es zur »Halbzeit« der NS-Ära: Der ›Golem‹, die Altprager Legende von der Lehmgestalt des Rabbi Löw aufgreifend, und das endzeitvisionäre ›Grüne Gesicht‹ landeten auf Goebbels' Scheiterhaufen. Während des Krieges konnte Meyrink also nur in der Schweiz erscheinen, und da der Devisenverkehr zwischen den beiden Nachbarstaaten eingestellt war, schickte der Verleger Freßpakete. Erst heute, wo der Dichter des ›Golem‹ – und nicht etwa nur als Guru der Aussteiger – neuerlich »in« ist und sein Werk, zumal in Frankreich, eine bedeutende Renaissance erlebt, bringt Meyrink – staunend nimmt's Enkel Julius Böhler zur Kenntnis – wieder Geld ...

Dabei hilft er selber kein bißchen nach: Weder der hundertste Geburtstag noch der fünfzigste Todestag konnten ihn zu zappeliger Geschäftigkeit verleiten. Gewiß, er hat sich des Fragments ›Das Haus des Alchimisten‹ angenommen und aus den zwei im Nachlaß vorgefundenen Fassungen eine veröffentlichungsreife dritte erarbeitet; er legt Wert auf die Differenzierung, daß Meyrink im Umgang mit dem Transrealen entgegen so mancher oberflächlichen Darstellung keineswegs jeden Unfug mitgemacht, sondern im Gegenteil reihenweise spiritistische und astrologische Scharlatane entlarvt hat; er hat sich, auf den Spuren des ›Golem‹-Autors, in Prag umgesehen (und ist, von der bloß noch touristischen Nutzung des Motivs enttäuscht, zurückgekehrt: »Eine schöne, aber leere Kulisse«); und er hat, um der Fülle der Anfragen Herr zu werden, den schriftlichen Nachlaß der Obhut der großen öffentlichen Bibliotheken, Biographie und Werkanalyse den fachlich versierten »aficionados« (seit Eduard Franks Tod der neuen Nummer 1, Robert Karle) anvertraut. Aber nun etwa auch der Hermann-Hesse-Konjunktur, wie ihm manch einer geraten haben mag, nacheifern? Sich mit Meyrink-Titeln wie ›Telephonverbindung mit dem Traumland‹, ›An der Grenze des Jenseits‹ oder gar ›Haschisch und Hellsehen‹ an PSI-Päpste und Alternativszene anbiedern? Das läge ihm nicht.

Und schon gar nicht läge es ihm, sich dem Geheimorden der Rosenkreuzer zu nähern, die noch immer eine nach ihrem »Stifter« benannte Gustav-Meyrink-Loge unterhalten, oder das Interesse des ruhmreichen Hauses Varnbüler auf sich zu ziehen, das seinem illegitimen Sproß anno 1919, als dieser durch seine

Bücher selber zur Berühmtheit geworden war, die Aufnahme in den Familienverband angeboten hatte (was Meyrink stolz ablehnte). Und so staubt Julius Böhler lieber die schöne hölzerne Buddha-Statue ab, die sein Großvater, Sammler seltener Ostasiatika, hinterlassen hat, oder pflegt auf dem Starnberger Friedhof das Grab mit dem düster-bizarren, efeuüberwucherten Nagelfluh-Stein, unter dem nicht nur die Gebeine des Dichters ruhen, sondern auch die seiner beiden Kinder: der mit vierunddreißig an Krebs gestorbenen Tochter (Julius Böhlers Mutter, die eine hervorragende Porzellanmalerin gewesen ist) und des unglücklichen Sohnes, der sich, nach einem Skiunfall querschnittgelähmt, mit vierundzwanzig die Pulsadern aufgeschnitten hat (und mit dem der Name Meyrink ausgestorben ist).

Ich frage Julius Böhler nach persönlichen Erinnerungen – er hat den Großvater ja noch gekannt, war drei Jahre alt, als er starb.

»Ja, es gibt eine solche Erinnerung – eine einzige, nebelhaft. Besuch am Sterbebett. Das abgedunkelte Zimmer. Waschi und Sandi, die beiden Hunde, als Krankenwache.«

Halbbruder Harro alias Saddhaloka Bikkhu, der Mönch in Fernost, kann auf solche leibhaftigen Bezüge nicht verweisen: Er ist erst acht Jahre nach Gustav Meyrinks Tod zur Welt gekommen. Durch dessen Werk aufs innigste mit ihm verbunden, wäre er freilich auf solche Äußerlichkeiten auch kaum angewiesen.

In einem seiner späten Aufsätze rät Meyrink seinen Lesern, von der herkömmlichen Übung des Tagebuchschreibens abzulassen und statt dessen ein »Nachtbuch« zu führen. Nicht auf den Wachzustand komme es an, sondern auf die Träume:

»Der Alltag mit der Wiederkehr wohlbekannter Geschehnisse hat die große Masse der Menschen zu der oberflächlichen Annahme verleitet, nur das sei wirklich, was sich mit den fünf Sinnen wahrnehmen läßt.«

Ich bin sicher, Saddhaloka Bikkhu führt ein Nachtbuch.

Max Halbe und Tochter Anneliese 1944

Unternehmen Westpreußen
Anneliese Halbe und die lächelnde Bronze

Martius-Straße, am Rande Schwabings. Eines jener stattlichen fünfstöckigen Bürgerhäuser mit der leicht verwitterten Pracht, zwei Klingelknöpfe mit dem gesuchten Namen, dreimal läuten, es fängt schon sonderbar an.

Die alte Dame im dritten Stock, die mir öffnet, hat gerade einen schweren Bronchitisanfall hinter sich – sie sagt es vorbeugend, damit ich Verständnis dafür hätte, wenn es bei unserem Gespräch vielleicht zu einem plötzlichen Ausfall käme. Aber sie hat sich voll in der Gewalt: So leicht war noch kein Interview – es ist wie bei einer elektrischen Schreibmaschine: Man huscht nur so über die Tasten, und schon läuft's. Statt Fragen genügen Andeutungen von Fragen und statt Andeutungen von Fragen ein interessierter Blick: Sensibilität in Vorkriegsqualität.

Volles rotes Haar, ein silberdurchwirktes Jäckchen, elegantes

Dekolleté – die femme à hommes, die bis ins hohe Alter alles Matronenhafte mit Erfolg von sich fernhält. Mondän auch in der Diktion – es fallen Worte wie »geistig encharmiert«. Und zu allem, was sie sagt, gleich im Nachsatz die Begründung: »Sie müssen wissen, wir Halbes haben auch slawisches Blut.«

Es gibt Kaffee und Kognak, die Patisserie ist aus der Konditorei – unvorstellbar, daß eine Frau wie diese sich selber in die Küche stellt und den Kuchenteig rührt. Das ist Sache des Personals. Nur – diese Zeiten sind vorbei.

Düstere große Räume – damals hatten Möbel schwer und dunkel zu sein. Wo ich hinblicke, literarische Anspielungen: im Vorzimmer eine Porträtzeichnung der Gräfin Gleichen-Rußwurm – Schiller war ihr Urgroßvater. Auf einer Truhe eine Erstausgabe von Gerhart Hauptmanns ›Vor Sonnenaufgang‹, vom Dichter signiert. Ein imposanter Fauteuil beim Fenster: der Keyserling-Stuhl – Eduard Graf von Keyserling, der Impressionist aus dem Baltikum, einer der besten Freunde des Hausherrn, hatte ihn zu seinem Lieblingsplatz erwählt.

Wir sind im ehemaligen Arbeitszimmer: Das meiste vom alten Inventar steht heute in der Münchner Stadtbibliothek – dort kann man es sich auf Wunsch zeigen lassen: die Bücher, die Theaterzettelsammlung, die Bilder von Lovis Corinth.

Nur einiges wenige, an dem die Tochter, Erbin und Nachlaßverwalterin mit ihrem ganzen Herzen hängt, ist hiergeblieben – sie verwahrt es im Schlafzimmer. Intimes gehört nicht ausgestellt, sondern in den Intimbereich. Etwa das handgeschnitzte Rosenholztischchen, an dem Vater täglich punkt 10.30 Uhr das Frühstück einzunehmen pflegte – kostbarstes Louis seize. Nur die massige schwere Bronzebüste – sie steht im Arbeitszimmer: der markante Kopf mit den schmalen Augen und dem vor allem im reifen Alter so jugendlich wirkenden Bürstenhaar.

»Schauen Sie ihm genau in die Augen«, sagt die Tochter. »Sie werden sehen: Aus größerer Entfernung lächelt er.«

Ich nehme am gegenüberliegenden Ende des Zimmers Aufstellung.

»Und je näher Sie auf ihn zugehen, desto ernster wird der Gesichtsausdruck.«

Ernst – so hat sie ihn am liebsten. Da kann es dann schon zuweilen vorkommen, daß sie vor ihn hintritt und mit ihm spricht. Vierzig Jahre nach seinem Tod.

Ach, wenn ich bloß mehr von ihm wüßte! Die Gedenktafel am Hausportal nennt seinen Namen: Max Halbe. (Es war der

Wohnsitz seiner letzten sieben Lebensjahre, von 1937 bis 1944.) Gewiß, immer noch ein Name von gutem Klang – aber es ist wie ein Klang von weither, Nachhall nur. Die Theater, die ich besuche, führen hin und wieder einen aus seinem Freundeskreis auf: Hauptmann, Wedekind, Bahr. Ihn selbst nicht. Meine Bücherei hat ihn aus ihrem Bestand getilgt, mein Buchhändler kann mir nur ein Reclam-Bändchen anbieten, vielleicht wäre der Antiquar die ergiebigere Adresse.

Ein kleiner Schweizer Verlag kündigt eine Liebhaberausgabe der Osternovelle ›Die Auferstehungsnacht des Doktors Adalbert‹ an – wieso auf einmal? Der Name des Herausgebers der Reihe genügt mir nicht als Erklärung: Es ist Bernd Jentzsch, der DDR-Lyriker, der seit Jahren in der Schweiz lebt. Der ehemalige Ostdeutsche, der einen zweiten ehemaligen Ostdeutschen wiederentdeckt? Schließlich hat er sich auch schon Max Herrmann-Neißes angenommen, eines anderen heute vergessenen Namens. Die Lexika weisen Jentzsch zudem als »Diplomgermanisten« aus – er wird also die Literatur seines Landes kennen, auch ihre Verästelungen, auch ihre Stars von einst. Und Max Halbe, kein Zweifel, war einer von ihnen: um die Jahrhundertwende, als das Pubertätsdrama ›Jugend‹, als ›Mutter Erde‹ und ›Der Strom‹ Furore machten.

Und doch, das allein kann es nicht sein: Man weiß, wie vorsichtig Verleger mit Wiederbelebungsversuchen geworden sind. Dieses schwache Schweizer Lebenszeichen muß auch noch andere Gründe haben – welche?

Ganz einfach: Anneliese Halbe, die Tochter des Dichters, spielt in der Schweiz Theater. Und die Schweizer gewinnen sie bei dieser Gelegenheit lieb. Natürlich ist es eine Rolle in einem der Stücke ihres Vaters, in der sie auf der Bühne steht – die Großmutter im ›Strom‹, diese finstere, argwöhnisch-lauernde, von ihrem schlechten Gewissen gepeinigte Alte. Eine Strindberg-Gestalt – Ferdinande Schmittlein kreierte sie bei der triumphalen Uraufführung am Wiener Burgtheater im Oktober 1903. Berlin zog einige Wochen später unter Max Reinhardt nach. Jetzt, achtundsiebzig Jahre danach, ist die Tochter des Dichters in die Rolle hineingewachsen – für das kleine Churer Stadttheater, dessen Intendant sich wohl eine Max-Halbe-Renaissance in den Kopf gesetzt hat, eine zusätzliche Attraktion. Das Stück schlägt ein, nach der Vorstellungsserie im Stammhaus kann damit auf Tournee gegangen werden. Das Ensemble liebt seinen temperamentvollen Gast, die »Frau Halbeli« wird von den eidgenössischen Kollegen auf Händen getragen – für sie, die den Schauspielerberuf um des Vaters willen immer nur mit halber Kraft ausüben konnte, ein später, ein glücklichmachender Triumph. Und Trost dafür, daß ihr – durch einen dummen Unfall – die Rolle der Gouvernante in Büchners ›Leonce und Lena‹ durch die Lappen gegangen ist, auf die sie sich schon so sehr gefreut hat. Die Neuinszenierung des Münchner off-off-Theaters mußte umbesetzt werden. Für Anneliese Halbe wäre es keine Rolle wie jede andere gewesen, aber wer weiß denn heute noch, daß ihr Vater es gewesen ist, der 1895 das bis dahin selbst in Literaturkreisen kaum bekannte Stück uraufgeführt hat – in einem Münchner Vorstadtpark, mit ihm selbst in der Rolle des Prinzen Leonce und Freund Ernst von Wolzogen als Regisseur?

Gewiß, Anneliese Halbe bekommt andere Rollen, bei einem Gastspiel in Wien feiert die Kritik sie als eine »zweite Ida Wüst« – und doch: Um diesen geplatzten Büchner wird ihr noch lange leid sein. Es wäre halt wieder – und sei es vielleicht auch nur für sie – ein entfernter Beitrag zur Max-Halbe-Renaissance gewesen.

Bleibt also der Erfolg mit dem ›Strom‹. Auch gut. Sollte dies, obwohl ›Jugend‹ noch immer der bekanntere Titel ist, dasjenige von Max Halbes Dramen sein, das am ehesten überdauert hat? Gerade ist wieder eine kleine Tourneebühne damit unterwegs – wenn sich's einrichten läßt, wird Anneliese Halbe sich die Aufführung an einem der Spielorte ansehen. Mit ›Jugend‹ (besonders bezaubernd: Rosa Albach-Retty 1901 am Deutschen Volkstheater in Wien) gab's vor kurzem wieder einmal einen Versuch – er schlug fehl. »Dieses Stück haben die Nazis kaputtgemacht. Seit Veit Harlans Film läuft da nichts mehr: 1938, Kristina Söderbaum als Annchen, ein unbeschreiblicher Erfolg. Kinoplakate – halb so groß wie dieses Zimmer. Da will sich natürlich heute keiner die Finger damit verbrennen. Als ich mir nach dem Krieg den Film noch einmal ansehen wollte, mußte ich mir um viel Geld eine Kopie ausleihen.«

Max Halbe war weder Parteimitglied noch gar Parteidichter. »Aber wieso hat Goebbels zu seinem Begräbnis einen Kranz geschickt?« wollten die amerikanischen Entnazifizierungsoffiziere von seiner Tochter wissen. Und: »Wieso meldeten die deutschen Rundfunksender seinen Tod?«

»Welch naive Fragen! Schließlich war er ein berühmter deutscher Schriftsteller.«

Wie war es damit jetzt – jetzt nach fünfundvierzig? Eines war Anneliese Halbe klar: Von Bayern her war für Max Halbe, obwohl der gebürtige Westpreuße schon 1895 seine Lebensmitte nach München verlegt und das Seine dazu beigetragen hatte, daß diese Stadt zu einem der literarischen Zentren Deutschlands wurde, kein neues Terrain zu gewinnen. Und noch weniger von seiner Geburtsheimat her: Das Danziger Werder war an den Ostblock verloren. Mochte auch Güttland, das elterliche Gut an der Route Marienburg–Dirschau–Danzig, die Kriegsereignisse heil überstanden haben, mochte es sogar Heimatvertriebene geben, die nach und nach, als die Zeiten wieder besser und die Verkehrswege wieder zugänglicher wurden, sich besuchsweise in der alten Heimat umsahen – für sie kam derlei nicht in Frage: Als Anneliese Halbe sich Anfang der siebziger Jahre zu einem Theatergastspiel in Westberlin aufhielt, brachte sie es nicht einmal über sich, die obligate Mauer-Visite zu absolvieren. Mußte sie an jenen verwegenen Max-Halbe-Verehrer denken, den es schon bald nach dem Krieg – und natürlich damals noch zu Fuß – danach drängte, die Landschaft »seines« Dichters zu durchstreifen, und dem die Russen die im Rucksack mitgeführten Max-Halbe-Bände beschlagnahmten?

Fest steht: Die väterliche Heimat, ihr selbst eigentlich nur als regelmäßiges Ferienerlebnis in Erinnerung, wurde ihr nun als erwachsener Frau – und aus der Entfernung stärker als aus der Nähe – zum bestimmenden Schicksal. Dabei waren die Halbes gar keine Heimatvertriebenen im engeren Sinne: Die Umsiedlung in den süddeutschen Raum war des Dichters eigene Entscheidung gewesen. Aber die Landschaften seiner Werke und die Menschen in ihnen sind auch weiterhin die Landschaften und die Menschen seiner Geburtsheimat in Deutschlands äußerstem Nordosten geblieben.

Max Halbe, der Dichter Westpreußens – dies durchzusetzen, war also Anneliese Halbes erklärtes Ziel. Was seine Kollegin Agnes Miegel mit Ostpreußen geschafft hatte, müßte das nicht für Max Halbe mit Westpreußen zu schaffen sein? Jawohl, dafür würde sie auf die Barrikaden steigen!

Die Ostpreußen- und Westpreußen-Stiftung mit Sitz in München nahm Anneliese Halbe mit offenen Armen auf, Max-Halbe-Abende sind dort inzwischen zur festen Tradition geworden – und das keineswegs bloß zu runden Daten wie dem hundertsten Geburtstag im Oktober 1965. Eben jetzt, wo ich bei ihr bin, bereitet Anneliese Halbe gerade wieder eine Leseaufführrung vor: ein Festspiel, das ihr Vater zur 700-Jahr-Feier der westpreußischen Hafenstadt Elbing geschrieben hat, es hat mit der Thematik der Deutschordensritter zu tun, und damit auch sie mittun kann, ist sie dabei, zwei kleine Frauenrollen in den Text einzufügen: ein junges Mädchen und eine Ordensoberin. Als Max-Halbe-Bearbeiterin ist sie ja geübt: »Er war ein großer Dichter, aber er hat nicht bei jedem seiner Worte an die Schauspieler gedacht – da dient man also durchaus seinem Werk, wenn man gewisse Übersteigerungen eindämmt.«

Was ist Anneliese Halbe wichtiger: die Nachlaßpflege oder ihre eigene Karriere als Schauspielerin? Ganz sicher ersteres. Schon ihre früheste Kindheit scheint sie in dieser Hinsicht geprägt zu haben: wenn die Dreijährige zur Mittagsstunde im Englischen Garten spazierengehen mußte, um den Vater nicht in seiner Arbeitsruhe zu stören, wenn die Schülerin der exklusivsten Münchner Institute (wo man schon gleich nach der Geburt angemeldet werden mußte!) bei guten Zeitungskritiken von ihren Mitschülerinnen umschwärmt und bei schlechten von ihnen geschnitten wurde oder wenn der Backfisch bei den väterlichen Vorlesungen daheim, die – samt Diskussion und Festgelage – bis ins Morgengrauen dauern konnten, unterm Konzertflügel einschlief.

Solches »Versagen« war allerdings die Ausnahme: Viel zu aufregend war Vaters hochdramatischer Vortrag, viel zu illuster die Runde seiner Zuhörer – unter ihnen Sonnenthal und Schlenther aus Wien, Brahm und Reinhardt, Moissi und Sudermann, Hauptmann und Corinth aus Berlin, Keyserling, Wedekind und Waldau aus München. Der Polizist, der einmal in einer dieser Nächte abkommandiert worden war, wegen nächtlicher Ruhestörung einzuschreiten, zog unverrichteter Dinge wieder ab: »So viel berühmte Leut' kann i net auf einmal aufschreib'n – des glaubt mir ja keiner!«

Und später? Wie gern schmückte sich der stolze Vater mit seiner attraktiven Tochter! »Ich glaube, ich habe ihm keine Schande gemacht.« Und wie oft mußte sie um Theaterurlaub ansuchen, weil man ihrer daheim bedurfte: Die Halbes führten ein großes, ein geselliges Haus. Ihre beiden Brüder, Manager der eine, arbiter elegantiarum der andere, gingen ihre eigenen Wege.

Heute ist von den drei Halbe-Kindern nur noch die Tochter am Leben, und so ist also wieder sie es, der die nicht ganz einfache Aufgabe zufällt, den Namen des einst so berühmten Vaters nicht in die totale Vergessenheit absinken zu lassen.

Wie stellt man das an? Benvenuto Hauptmann mit seinem raffinierten Versteckspiel – einmal hieß es, der väterliche Nachlaß sei in den österreichischen Bergen versteckt, dann in Amerika, dann wieder in Schlesien verschollen – konnte für sie kein Vorbild sein. Auch war im Fall Halbe alles, woran Interesse bestand, tatsächlich leicht zur Hand. Die Münchner Stadtbibliothek machte das Rennen, und so ist das meiste an Handschriften, ein Großteil des übrigen Nachlasses und das Inventar des väterlichen Arbeitszimmers heute in ihrem Besitz. Sie war rascher zur Stelle als das Marbacher Literaturarchiv (dem vor allem sehr an den emphatischen Rilke-Briefen gelegen gewesen wäre).

Der junge Rilke war ja einer von Max Halbes enthusiastischsten Verehrern – etwa, wenn er nach einer Prager Gastspielaufführung der ›Jugend‹ dem »wertgeschätzten Meister« mitteilt, wie er sich, »als der Vorhang zum letzten Male niedergegangen war, von heftigem Schluchzen erschüttert, nicht vom Platz rühren konnte«, welch »heilige Weihestunde, süßer Schauer voll« es für ihn war, »da Ihre glühenden Worte in meine Brust schmolzen«, und welche Auszeichnung es für ihn bedeuten würde, dem »ergeben Bewunderten« sein jüngstes Drama (›Im Frühfrost‹) zueignen zu dürfen.

Ach ja, die Zueignungen. Nicht immer geht es dabei ganz glücklich zu. Als die Stadt München Max Halbe noch zu dessen Lebzeiten eine Straße widmete, fand sich nichts Passenderes als ein Vorstadtwinkel in bis heute unbebautem Bauland – dazu in Moosach. »Wieso in Moosach? Ich bin Schwabinger!« wunderte sich der halbherzig Geehrte. Seine Tochter brachte also nach seinem Tod die Sache in Ordnung, aber ein Schönheitsfehler blieb doch: Die neue Max-Halbe-Straße befindet sich nun zwar in Bogenhausen, aber dafür ist sie nur ein Max-Halbe-*Weg*. Wer eine Max-Halbe-*Straße* sucht, begebe sich nach Danzig; Günter Grass hat mitgeteilt, daß sie dort noch existiert. Es gibt eben doch noch Wunder!

Begraben liegt der Dichter in Neuötting – hier am Inn hatte er seinen Landsitz, hier ist die Familiengruft, hier ruht er bei Frau und Söhnen.

Und die Letzte aus der Familie, die Tochter?

Sie hat von ihrer späteren Ruhestätte andere Vorstellungen: »Ich möchte, daß meine Asche, wenn es einmal soweit ist, in der Luft verstreut wird . . .«

Ja, ungewöhnlich – das waren ihre Ansichten wohl immer.

Ungewöhnlich und eigenwillig. Anneliese Halbe erinnert sich: Sie war ganze drei Jahre alt, da regte sich zum erstenmal Lebensüberdruß in ihr: »Frühmorgens aufstehen, kalt duschen und Kakao trinken – das soll alles sein?«

Nein, es war nicht alles. Zum Glück hielt das Leben einiges mehr für sie bereit. Und so lernte sie es also doch noch lieben. Und mit ihm fertigwerden.

Jetzt hat sie wieder eine solche Prüfung vor sich: Sie soll für eine Anthologie zum Thema Kriegslyrik Beiträge ihres Vaters herausrücken, ein bedeutender Verlag hat deswegen angefragt. Unmöglich, daß ihr das leichtfällt: Der Krieg hat sie zweimal um ihr Liebstes gebracht – unmittelbar hintereinander, Schlag auf Schlag. Zuerst der Vater, dann der Sohn, ihr einziges Kind.

Herbst 1944. Max Halbe, 81, folgt einer Einladung nach Salzburg, um vor Arbeitern in einem großen Betrieb ›Aus der Werkstatt der Kunst‹ vorzulesen. Fliegeralarm, in für sein Alter viel zu hastigem Eilschritt in den eiskalten Luftschutzkeller – dort holt er sich jene verhängnisvolle Erkältung, von der ihn, heimgekehrt auf den Landsitz Neuötting, zwar jeder gute Arzt leicht befreien könnte, nur ist der jetzt, in der Endphase des totalen Krieges, weit und breit nicht aufzutreiben. Tochter Anneliese arbeitet zu dieser Zeit im Rüstungseinsatz in Gastein – ein Telegramm ruft sie nach Bayern zurück. Alle Züge sind überfüllt, der Lokführer läßt sich erweichen und versteckt sie bei sich. Trotzdem kommt sie zu spät: Max Halbe ist bereits tot. »Du hattest noch so viel vor«, wird vier Tage später Artur Kutscher in seiner Grabrede sagen. Zwei weitere Bände Lebenserinnerungen, die Vollendung der ›Friedensinsel‹, die Vollendung seines Martin-Opitz-Romans.

Der zweite Schlag: Sohn Alexis, 18, als Gebirgsjäger an der Front verwundet, wird in ein Lazarett in der Nähe von Wien eingeliefert und bleibt nach Kriegsende verschollen.

Da mag es eine Mutter schon besondere Überwindung kosten, in Kriegslyrik zu wühlen. Und doch – auch das muß getan sein. So üppig stapeln sich auf ihrem Schreibtisch die Verlagsanfragen nicht mehr. Und wer wird sich ihrer annehmen, wenn sie dafür eines Tages nicht mehr in Frage kommt?

Anneliese Halbe zuckt mit den Achseln: Sie weiß es nicht.

Heinrich Mann mit Gattin Mimi und Tochter Leonie 1921

Ostflüchtling, Ostschützling
Die komplizierten Verhältnisse der Heinrich-Mann-Erbin Leonie Mann

Irgendwann irgendwo hatte ich's aufgeschnappt: Heinrich Manns Tochter Leonie, sein einziges Kind und seine Universalerbin, lebt in Südtirol. Am Ende in Bozen? Jedenfalls war ich skeptisch: Davon müßte man doch schon einmal gehört haben – ich komme ziemlich oft in die Gegend.

Beinahe hätte ich die Sache schon wieder vergessen gehabt, da kündigte im Herbst 1982 das Wiener »Theater der Jugend« ein neues Märchenstück an: ›Wie ein Kater König werden sollte‹. Autor: ein gewisser Ludvik Askenazy, CSSR-Emigrant. Das Porträtfoto, das der Programmvorschau beigegeben war, hatte etwas Düster-Faszinierendes: Ich entschloß mich, die Geschichte vom »bezaubernden Verzauberer« zu überfliegen. 1921 in Teschen geboren, mit zwanzig Redakteur beim Tschechoslowakischen Rundfunk, Kinderbücher und Puppenspiele, Prix d'Italia für eines seiner Hörspiele, Deutscher Jugendbuchpreis für eine seiner Märchensammlungen. 1968, nach dem Einmarsch der Russen, verläßt Askenazy die Tschechoslowakei und geht in den Westen. »Ich war politisch nie fanatisch aktiv, aber ich wollte ehrlich bleiben. Ich hatte in meiner Heimat eine bestimmte Lesergruppe, und die wollte ich nicht enttäuschen.«

Das Übliche. Typisches Emigrantenschicksal. Motivation ohne viele Worte, ohne falsches Heldenpathos, sympathisch bescheiden. Und dann der lapidare Nachsatz: »Heute lebt Ludvik Askenazy zurückgezogen und mit Heinrich Manns Tochter Leonie verheiratet in Bozen.«

Nun war natürlich kein Halten mehr: Ich ging der Sache auf den Grund. Jeden Tag eine andere Thomas-Mann-Neuigkeit in den Medien, exzessive Ausschlachtung seines Nachlasses, ›Die Buddenbrooks‹ als Fernsehserie, ›Zauberberg‹ und ›Doktor Faustus‹ als Kinofilme und nun auch noch die Tagebücher – wahrlich, die Thomas-Mann-Erben verstehen ihr Geschäft. Was aber ist mit denen seines Bruders Heinrich? Warum ist es so still um sie? Wäre es nicht fast interessanter, deren Spur aufzunehmen?

Bald war ich am Ziel: Leonie Mann und Ludvik Askenazy leben mitten in der Altstadt von Bozen. Wir verabreden uns am Telephon. Da die Wohnung in einem auch tagsüber versperrten Hintertrakt liegt, der nur über einen eigenen Durchgang zu erreichen ist, wird Frau Mann mir zur vereinbarten Stunde aufs Trottoir entgegenkommen: »Anders geht's nicht, sonst finden Sie uns nie.« Es fängt also schon ganz schön mysteriös an ...

Noch auf dem Weg zu unserer Verabredung mache ich mir meine ersten Gedanken: Heinrich Mann die große Galionsfigur des kommunistischen Ostens und seine Tochter samt Familie »Republikflüchtlinge« der CSSR – sollte hier die Erklärung für Leonie Manns Abkapselung liegen? Darf denn eine Heinrich-Mann-Erbin dem Osten den Rücken kehren? Mag schon sein, daß sie solche Fragen scheut – Fragen der einen wie der andern

Seite. Um so dankbarer also bin ich ihr dafür, daß sie sich mir nicht entzieht.

Klein und kräftig – so steht sie an diesem Sonntagmorgen vor ihrem Haus und hält nach dem Besucher aus Wien Ausschau, um ihn in die Mann-Askenazy-Wohnung im vierten Stock zu geleiten.

Bevor sie im weiteren Verlauf unseres Zusammenseins in der Sitzecke der Küche Parmaschinken, Honigmelone und Rotwein auftischen wird, nehmen wir zu erstem Kennenlernen im Salon Platz. An der Wand ein Heinrich-Mann-Porträt von Max Liebermann – Bleistift, 1928. Daneben eine Skizze des Enkels, den sie, dem Dichter zu Ehren, Jindrich getauft haben. Es ist ein Werk von Ludvik Askenazys Landsmann Vladislav Kavan – er wohnt gegenüber, ist längst italienischer Staatsbürger. Ihm, dem engen Freund der Familie, sind Leonie und Ludvik (nach ersten Emigrationsjahren in München) nach Südtirol gefolgt.

Es ist eine schöne Wohnung hoch über den Giebeln von Bozen; aus der Dachetage, die, über eine kleine Innenstiege erreichbar, dazugehört, geht der Blick auf die umliegenden Berge, wo sie – 16 Minuten Seilbahnfahrt auf den Ritten – auch noch ein Sommerlogis haben. Ludvik Askenazy wohnt unserem Gespräch bei. Wenn er – selten genug – eingreift, tut er es sanft korrigierend, freundlich ergänzend. Er ruft seine Frau – wie wir es aus dem Briefwechsel der Brüder Mann kennen – »Goschi«, sie ihn »Aschke«. Wenn sie unter sich sind, sprechen sie tschechisch.

Ich schildere ihm, um ihn aus der Reserve zu locken, meinen ersten Eindruck von seiner Frau: »Wie eine ältere Ausgabe der Liza Minnelli.«

Askenazy wehrt lächelnd ab: »Das ist aber sehr geschmeichelt.«

Nun ist es an ihr, sich zur Wehr zu setzen: »Was willst du – auch Liza Minnelli wird einmal alt.«

Langsam arbeite ich mich an das Thema Heinrich Mann heran. Schön behutsam, nur nicht zu abrupt! Schließlich sitzt mir ein Mann gegenüber, der selber schreibt: Ich möchte den einen nicht durch die Überbetonung des andern verletzen. Das Problem ist nur: Die beiden haben miteinander nichts zu schaffen, von Ludvik Askenazy führt kein Weg zu Heinrich Mann. Weder im Genre noch weltanschaulich: »Nein, ich habe mich nie für ihn besonders interessiert.«

Der Tscheche mit der mächtigen Stirnglatze und dem üppigen

Vollbart hat sein eigenes Œuvre geschaffen, immer auf der Hut, nicht etwa als Heinrich Manns Schwiegersohn abgestempelt zu werden. Dies mag für ihn um so wichtiger sein, als seine Frau ihren Mädchennamen beibehalten hat und auch die beiden Söhne aus der Askenazy-Ehe Mann heißen. Hinzu kommen politische Reserven: Askenazys Abkehr von der CSSR wurde dort selbstverständlich mit Boykott geahndet. Aus den Bibliotheken seiner Heimat hat man seine Bücher eliminiert, aus den Schulbüchern seine Texte, und auch seine gerichtliche Verurteilung – in Abwesenheit – blieb nicht aus. Auf der anderen Seite: Heinrich Mann eines der Idole des Systems – nein, da wird einer wohl kaum zum Heinrich-Mann-Fan. Selbst wenn er dessen Tochter und Universalerbin zur Frau hat.

Denn das ist Leonie Mann durch den Freitod von Heinrich Manns zweiter Frau geworden: die alleinige materielle Nutznießerin seines Werks. Das am 28. August 1940 in seinem damaligen Exilort Nizza in französischer Sprache abgefaßte und mit »Henri Mann« unterzeichnete Testament hat folgenden Wortlaut:

Pour les revenus ultérieurs qui se produiraient par la vente de mes romans, pièces de théâtre, films et autres travaux, je désire que ces revenus soient partagés à égaux entre mon épouse et ma fille Léonie, domicilée à Prague, Tchécoslovaquie.

Blenden wir zurück: 1912. Heinrich Mann, erster Sohn des Lübecker Senators Johann Heinrich Mann (und vier Jahre älter als sein Bruder Thomas), ist 41. Vor sieben Jahren ist sein Roman ›Professor Unrat‹, vor drei ›Die kleine Stadt‹ erschienen, jetzt arbeitet er am ›Untertan‹. Während der Proben zu seinem Schauspiel ›Die große Liebe‹ am Deutschen Theater in Berlin schließt er mit der Prager Schauspielerin Maria (Mimi) Kanova Freundschaft. Im Sommer 1914 wird geheiratet und nach München gezogen: Leopoldstraße 59, III. Stock bleibt die nächsten vierzehn Jahre Heinrich Manns ständige Adresse. Und hier, in Schwabing, kommt 1916 Tochter Leonie zur Welt. Als 1928 die Ehe zerbricht, geht der Dichter nach Berlin, 1933 emigriert er nach Frankreich, später nach Amerika. Seine Frau, Jüdin, flieht vor den Nazis nach Prag, kommt von 1940 bis 1945 ins KZ Theresienstadt und stirbt 1947 an den Folgen ihrer Haft.

Leonie bleibt bei der Mutter. Den Vater – »wie's halt ›geschiedenen Kindern‹ so geht« – sieht sie nur noch in den gemeinsamen Ferien. Das letztemal begleitet sie ihn auf der Fahrt zum Weltfriedenskongreß nach Brüssel – Sommer 1938. Damit sie in Prag die Arbeitserlaubnis erhält, muß Heinrich Mann die tschechische Staatsbürgerschaft annehmen – Präsident Masaryk persönlich nimmt die Angelegenheit in die Hand. Auf seine Veranlassung erwirkt das tschechische Außenministerium auch die Freigabe der von der Gestapo beschlagnahmten Münchner Habe: So können sowohl seine Bibliothek wie auch vor allem seine Manuskripte gerettet werden – zunächst als Inventar der Prager Universitätsbibliothek, später, vor dem Einmarsch der Deutschen, in einem vom miteingeweihten Hausmeister überwachten Kohlenkellerversteck.

Ihren Traum, zum Theater zu gehen, muß Leonie früh aufgeben: Sie lernt am Prager Konservatorium Tanz und Schauspiel; Thomas Mann, dem es im Mai 1936 gelingt, die jetzt zwanzigjährige Nichte und deren Mutter zu besuchen, berichtet seinem Bruder nach Nizza:

»Goschi heiter und sanft – sie tanzte uns in schönen Gewändern sehr Weiches und Erfreuliches vor und zeigte sich voller Vertrauen, durch eine Diätkur ein Embonpoint loszuwerden, das außerhalb der Tschechoslowakei allenfalls ihrer Laufbahn als Tänzerin im Wege sein könnte: nur außerhalb, denn der Landesgeschmack sympathisiert durchaus mit ihrer gegenwärtigen Verfassung, dem geradezu jubelnden Erfolg nach zu urteilen, den sie nach Mimis Worten kürzlich bei einem Auftreten in Prag gehabt hat.«

Bei diesem einen Auftritt in einem Prager Jugendtheater wird es bleiben: Leonie Manns Karriere scheitert, bevor sie noch begonnen hat, an den veränderten politischen Verhältnissen im Lande. Dabei – welche Mühen hatte sie dafür auf sich genommen! »Zuerst einmal mußte ich überhaupt Tschechisch lernen. Das Schwierigste daran war es, das deutsche ›r‹ loszuwerden. Erst eine Sigmund-Freud-Nichte, bei der ich Sprachunterricht nahm, hat's geschafft.«

1939. Einmarsch der Deutschen in Prag. Heinrich Mann will, daß Frau und Tochter sich via Schweden in die Sowjetunion absetzen, »wo ich Mittel für sie habe«. Doch der Plan scheitert – um wenige Tage. Statt dessen Gestapo-Haft – auch für die Dreiundzwanzigjährige. Über die Nansen-Hilfe in Schweden und einen auf Heinrich Manns Betreiben »geschmierten« Gestapo-Mann glückt die Freilassung. Leonie Mann, nun in ihren Papieren, um besser geschützt zu sein, Vaters Vornamen Heinrich immer zu »Jindrich« slawisierend, bringt sich, nachdem die

Leonie Mann-Askenazy

Ehe mit einem unredlichen Amerikaner (»Meine Jugendsünde!«) sie nur in weiteres Unglück gestürzt hat, in den unterschiedlichsten Berufen durch: zuerst als Übersetzerin, schließlich als Hilfsarbeiterin im Betrieb eines Ungarn, der ausgediente Autoreifen aus Wehrmachtsbeständen weiterverwertet. »Schrecklich: Mit einer Riesenschere mußte ich das Zeug zerschneiden – ich bekam ganz dicke Finger davon.«

Nach Kriegsende findet Leonie Mann eine Anstellung in der Auslandsabteilung des Prager Rundfunks, und hier lernt sie ihren zweiten Mann kennen: den um fünf Jahre jüngeren Schriftsteller Ludvik Askenazy. 1948 kommt Sohn Jindrich zur Welt – die Briefe, die ihr Vater ihr vor und nach jener Schwangerschaft von seinem Alterssitz Santa Monica in Kalifornien schreibt, zählen heute zu ihrem liebsten Besitz: »Er wollte unbedingt hören, daß es zwischen seinem Enkel und ihm Ähnlichkeiten gibt. Es gibt sie tatsächlich: in der Kopfform.«

So vernarrt ist Heinrich Mann in den Buben, daß er in die Widmung seines Erinnerungswerkes ›Ein Zeitalter wird besichtigt‹, das er der Tochter nach Prag schickt, auch bereits das Baby mit einschließt: »Für Leonie und Jindrich, wenn er zwanzig Jahre alt ist ...« Um so schmerzlicher für die Empfängerin, daß gerade dieses Exemplar eines Tages abhanden kommt, von unbekannter Hand entwendet wird ...

Heinrich Manns tragisches Ende ist bekannt: Der Achtundsiebzigjährige, seit dem Selbstmord seiner zweiten Frau – die um 27 Jahre jüngere, aus kleinsten Verhältnissen stammende Hamburger Bardame Nelly Kroeger hat kurz vor Weihnachten 1944 eine Überdosis Schlaftabletten genommen – im amerikanischen Exil vereinsamt und wenigstens von der in Gründung befindlichen DDR mit jenen Ehren ausgestattet, die ihm das andere Deutschland vorenthält, steht unmittelbar vor der Rückkehr in die Heimat. Im Frühjahr 1950 ist es soweit: Die Papiere sind beschafft, die Schiffspassage ist gebucht – da tritt in der Nacht des 12. März plötzlich eine Gehirnblutung ein, und Heinrich Mann stirbt. Die Villa in Ostberlin, die man für ihn hergerichtet hat, wird einem anderen zugewiesen: Arnold Zweig.

Auch das Leben der Tochter bekommt durch diese jähe Wendung eine andere Richtung als erwartet: Natürlich wäre sie ihrem kranken alten Vater in die DDR gefolgt. Nun aber bleibt sie, wo sie ist: in Prag. Und weiß nicht, ob sie lachen oder weinen soll, wenn sie an jene Mißverständnisse in seinen letzten Briefen denkt, die wohl schon eine Folge seiner entbehrungsreichen, anerkennungslosen Amerika-Jahre sind – etwa wenn ihm die Deutsche Akademie der Künste in Ostberlin, als deren erster Präsident er fortan amtieren soll, Privatwagen und Chauffeur anbietet und er bei seiner Tochter besorgt anfragt: Schön und gut, aber wovon soll ich das alles denn bezahlen? Nach all den Jahren der Frustration ist es für ihn einfach unvorstellbar, daß dafür selbstverständlich seine neuen Gastgeber aufkommen ...

1950 – die Euphorie der Gründerzeit. Ob diese Euphorie freilich, lebte Heinrich Mann heute in der DDR, von Dauer gewesen wäre, wird man bezweifeln dürfen. Und daß der Zweitwohnsitz der Tochter und Erbin (Staatsbürgerschaft:

BRD) nicht im Ost-, sondern im Westteil Berlins liegt, sagt ja wohl auch einiges. Aber ich will sie, die den Status der Heinrich-Mann-Statthalterin mit dem Status der »Republikflüchtigen« zu vereinbaren hat, nicht in eine Verlegenheit bringen, die ihr vermutlich ohnehin genug zu schaffen macht. Ich lasse sie also die Korrektheit der Leute vom Aufbau-Verlag, die über Heinrich Manns Copyright, und die Bemühtheit der Leute von der Akademie der Künste, die über sein Archiv wachen, rühmen: Noch im gleichen Jahr 1968, da Leonie Mann und ihre Familie mit der CSSR Schluß gemacht haben, setzen die DDR-Emissäre – nun also auf westlichem Boden – ihre Kontakte mit der Heinrich-Mann-Erbin fort, als wäre nichts, rein nichts gewesen. Sogar die Honorarabrechnungen des tschechoslowakischen Lizenzverlags laufen bis zum heutigen Tag ungestört weiter ...

Honorar – da würde man natürlich gern mehr wissen. Überhaupt in einem Fall wie diesem, wo via »Osten« abgerechnet wird. Aber in diesem Punkt sind sich die meisten Künstlererben einig: Über Geld redet man nicht. »Man kann davon leben« oder »Man könnte nicht davon leben« – das ist schon das Äußerste an Einbekenntnis, zu dem sie zu bewegen sind. »Man kann davon leben« gibt auch Leonie Mann zur Antwort, und da ich mir anmerken lasse, daß es der Leser ganz gern ein bißchen genauer wüßte, reicht Gatte Ludvik Askenazy noch ein skeptisch-relativierendes »Na ja, es tröpfelt« nach.

Immerhin, man scheint im großen und ganzen zufrieden zu sein. Heinrich Mann, von den Kommunisten vereinnahmt (in der Ostberliner Akademie steht seine Bronzebüste, auf dem Dorotheenstädtischen Friedhof hat man ihm – in Nachbarschaft von Johannes R. Becher, Arnolt Bronnen und Bertolt Brecht – seine endgültige Ruhestätte bereitet), wird mehr und mehr auch wieder im Westen gelesen; seine Geburtsstadt Lübeck (deren Schweigen zum Tod seines Bruders sogar Thomas Mann »miserabel« genannt hat) tut sich seit neuerem mit Symposien und Publikationen zum Werk Heinrich Manns hervor, und hätte sich damals die Tochter und Erbin nicht schon für Südtirol entschieden gehabt, wäre ihr in Lübeck mit Freuden auch eine neue Bleibe offeriert worden.

Übrigens ist auch die Wahl Südtirols, so rein zufällig sie zustande kam, durchaus nicht ohne Bezug zu Heinrich Manns Leben und Werk: Ist nicht dies die Pforte zu jener lateinischen Sphäre, die ihn, den leidenschaftlichen Italienkenner, so sehr geprägt hat? »Sein Italienisch war so perfekt, daß er eine Zeitlang sogar vorgehabt hat, meiner Mutter Sprachunterricht zu geben.«

Übrigens hat er sich in einem seiner Aufsätze auch über Bozen selbst geäußert – Leonie Mann (deren eigentliches Lieblingswerk Heinrich Manns ›Henri Quatre‹ ist) hütet die drei Blatt Manuskriptabschrift als einen besonderen Schatz. Außerdem bleibt Südtirol für den Dichter mit einer der schwersten seelischen Erschütterungen seiner mittleren Mannesjahre verknüpft. Heinrich Mann, im Hochsommer 1910 im Land um Bozen unterwegs, erfährt vom katastrophalen Ende seiner jüngsten Schwester: Die Schauspielerin Carla Mann hat sich in der Wohnung der Mutter im oberbayerischen Polling das Leben genommen. »Das geliebteste Wesen« nennt er sie in seinem Lebensrückblick. »Überallhin hätte mein Gedanke sie eher begleitet als in ihr Ende. Ich mußte wissen und ahnte nicht einmal. Gegen Mittag erging ich mich in einem kahlen Garten, dem einzigen auf diesem Südtiroler Berg. Es war still, da wurde ich gerufen: ich meinte, aus dem Haus. Ich war so wenig vorbereitet, daß mir im ersten Augenblick nicht einfiel: hier ruft niemand mich bei meinem Vornamen. Später am Tage kam das Telegramm mit der Nachricht.«

Heinrich Mann, über die sonderbare Erscheinung grübelnd, findet keine Antwort: »Mein Unterbewußtsein? Oder ein Fluidum zwischen Getrennten? Ich weiß es nicht.«

Als ihm sechs Jahre später sein einziges Kind geboren wird und es eine Tochter ist, sind zwei der vier Namen, auf die er sie taufen läßt, Huldigungen an die frühverstorbene Lieblingsschwester: Carla, wie sie tatsächlich, und Leonie, wie sie in seiner Novelle ›Schauspielerin‹ heißt ...

Carla Maria Henriette Leonie Askenazy-Mann ist eine Frau von ungekünsteltem Naturell. Da mögen manche Fragen noch so heikel sein – es käme ihr nicht in den Sinn, sich diplomatische Antworten zurechtzulegen. Das Verhältnis zum Hause Thomas Mann? »Früher lief alles über Klaus Mann. Heute sind die Kontakte spärlich – einer unserer Söhne hat vor kurzem Tochter Monika auf Capri besucht.« Und Neid auf die so viel größeren Verbreitungserfolge? »Dann haben Sie nicht diese miserable Fernsehverfilmung der ›Buddenbrooks‹ gesehen!«

Nichts liegt ihr ferner, als mit dem Namen ihres Vaters zu protzen. Ihre wenigen Freunde in Bozen, die sie nur zu gern herumreichen würden, bekommen von ihr eine Abfuhr nach der andern, und ihre Söhne, beide der Filmbranche verhaftet, scheinen ihr darin nachzugeraten: Den kostbaren Brillantring aus Heinrich Manns amerikanischer Hinterlassenschaft, den Enkel Jindrich geerbt hat, trägt der Vierunddreißigjährige nicht allgemein sichtbar an der Hand, sondern diskret an einer Kette um den Hals. Und im Korridor der Bozener Wohnung hängen keine grellen Filmplakate vom ›Blauen Engel‹, sondern ein koloriertes Allerweltsphoto des Zwölfjährigen: Lackstiefel, Kniehosen, hochgeschlossenes Jackett. Das in rotes Saffianleder gebundene Notizbuch des Dichters, das Toulouse-Lautrec-Litho aus seinem Besitz und vor allem der italienische Kreuzweg-Christus aus dem 15. Jahrhundert, dessen Odyssee über Prag, Schweden und Kalifornien wieder zurück nach Prag und schließlich nach München und Bozen geführt hat, sind keine stolz ererbten Schaustücke, sondern stille Zeugen eines Schriftstellerlebens, das – nicht nur nach Meinung seines Kollegen Kurt Tucholsky – Geschichte gemacht hat.

Edgar Wallace und Tochter Penelope

Ganz der Papa
Wie Penelope Wallace Edgar Wallace Konkurrenz macht

Crime doesn't pay – sollte die gute alte Maxime am Ende doch nicht zutreffen? Im wirklichen Leben scheint sie ja in der Tat gründlich außer Kraft: Müssen wir töricht-braven Biedermänner denn nicht Tag um Tag mit ansehen, wie sich das Handwerk der Ganoven sehr wohl auszahlt? Aber in der einschlägigen Literatur, im Krimi – dort wenigstens gilt doch noch immer das tröstliche Gesetz vom Guten, das übers abgefeimte Böse siegt – nein?

Nicht bei Penelope Wallace. Nehmen Sie nur ihren Nervengas-Thriller ›Das Geheimnis des schlafwandelnden Affen‹: Wie wird Walter Leicester, der zynische Haupttäter, am Ende um die Ecke gebracht?

Gar nicht. Er entkommt.

Und bringt auch noch, um's wirklich zu schaffen, zwei Menschen um. Samt Mikrosender erreicht er seine Motorjacht auf der Themse, führt seine Verfolger in die Irre und steuert in ein neues, ein noch besseres Leben. Denn schlecht ist es ihm ja schon bisher nicht gegangen: dem pensionierten Millionär.

Ich stelle die Autorin zur Rede.

Penelope Wallace: »Ach, wissen Sie – wieso denn immer gleich einlochen oder abknallen? Ich brauche ihn noch für einen späteren Roman. Ich lasse Walter Leicester wiederkehren.«

»Ja, aber die Gerechtigkeit, die Moral!« versuche ich aufzubegehren.

Penelope Wallace: »Außerdem hab ich eine Schwäche für ihn. Er ist ein so sympathischer Mann.«

»Aber in dem kommenden Roman – dort endlich wird er dann doch seiner gerechten Strafe zugeführt werden – oder?« kämpfte ich verzweifelt um Recht und Gerechtigkeit.

Penelope Wallace: »Ich kann für nichts garantieren.«

Ganz der Papa. Auch der große Edgar Wallace ließ es sich nicht nehmen, dem Persönlichkeitsbild so mancher Verbrechergestalt auch betont liebenswerte Züge beizumischen. Bloß keine Schwarzmalerei, hieß eines seiner Rezepte. Erst das Schillernde macht den Krimi zum Krimi.

Also läßt's auch Töchterlein Penelope in ihren Werken schillern.

Wo andere Künstlersprößlinge alles tun, um ihre Abkunft zu verleugnen und ganz ihren eigenen Weg zu gehen, ist Penelope Wallace – natürlich innerhalb der Grenzen ihres Geschlechts – eine perfekte Kopie des Vaters. Auch wenn ihr ständig nach Lachen zumute wäre, sie in einem fort drauflosprusten möchte: Sie werden sie nie anders als mit »poker face« erleben. Auch wenn sie viel lieber Eukalyptusbonbons lutschen würde oder kiloweise Pralinen in sich hineinstopfen: Sie geht als Kettenraucherin durchs Leben. Und natürlich mit Vaters überlanger Zigarettenspitze. Schnappschüsse bitte nur im Profil – ich nehme an, sie hat es stundenlang geübt.

Penelope Wallace ist ihres Vaters jüngstes Kind. Als er 1932 in Hollywood starb, war sie acht Jahre alt. 1960 trat sie das

Alleinerbe an, indem sie ihre Geschwister auszahlte. Nun also war sie unumschränkter Gebieter über 173 Romane, 957 Kurzgeschichten, 23 Theaterstücke – ein enormes Kapital. Sie nennt es abwechselnd die »company« und den »estate«. Freilich – bis es soweit war, gab's eine Menge Papierkrieg zu bewältigen: Briefe an die Anwälte, Schriftsätze an die Makler. Möglichst einfach, möglichst kurz.

»Die Kunst der Verknappung, die im Kriminalroman so wichtig ist – hier habe ich sie gelernt. Und in der Tat: Kurz darauf habe ich meine erste Short Story niedergeschrieben ...«

Anfänge, von denen sie heute, inzwischen selber zum Profi avanciert, freilich nichts mehr wissen mag. »Das Zeug haben die Mäuse gefressen, Gott sei Dank.«

Penelope Wallace hat statt dessen eine für ihre weitere Entwicklung wichtige Entdeckung gemacht:

»Ich glaube, wir Frauen haben eine besondere Begabung zum Kriminalschriftsteller. Ihr Männer seid sentimental, wir Frauen sind zynisch. Und ich sage Ihnen auch gern, warum. Das fängt schon früh an. Wenn sich ein Junge mit einem Mädchen balgt, unterliegt das Mädchen. Physisch. Sie macht ihre Niederlage mit der Sprachwaffe wett – die wird von nun an geschärft.«

Penelope Wallace jedenfalls ist es gewohnt, ihre Konflikte auf diese Weise auszutragen. Und natürlich stehen ihr dafür auch ihre Bücher zur Verfügung. »Ich hatte einmal einen Todfeind. Was glauben Sie, wie ich mich seiner entledigte? Ganz einfach: Ich habe ihn in einen meiner Romane eingebaut. Und gleich auf Seite 2 gekillt. Literarisch. Denken Sie, wie praktisch: ohne Blutvergießen.«

»Sie entlehnen also Ihre Romanfiguren dem wirklichen Leben?«

»Nur in Ausnahmefällen. Und ich gehe dabei bedachtsam vor. Nehmen Sie zum Beispiel meinen Hausarzt, den ich in einem meiner Bücher verewigt habe. Es ist doch klar, daß ich mich hüten werde, dem etwas Böses zuzufügen. Den brauch' ich ja noch. Außerdem muß ich bei ihm doppelt vorsichtig sein: Er kann nämlich deutsch, und meine Romane sind bis jetzt alle nur auf deutsch erschienen.«

Auch hierin also ist Penelope Wallace in Vaters Fußstapfen getreten: Obwohl durch und durch Engländerin, ist ihre literarische Heimat der Kontinent. So wie schon in der Edgar-Wallace-Verkaufsstatistik immer Deutschland weit vorne lag, gefolgt von Italien und Südamerika (England immer erst an vierter Stelle, Amerika fehlte ganz).

Penelope Wallace hat neben einer Wirtschafterin immer auch Au-pair-Girls im Haus, meist vom Kontinent. Bei einer von ihnen, einer Deutschen, erkundigte sie sich einmal, ob es denn auch bei ihr daheim Kriminalschriftsteller gebe.

Antwort: »Aber ja. Edgar Wallace.«

Kann es einen da wundern, daß eine albern-primitive Idolisierung (die seinerzeit immerhin den griffigen Slogan »Es ist unmöglich, von Edgar Wallace nicht gefesselt zu sein« hervorgebracht hat) den Namen Wallace auf »Reelles« und bei noch fatalerer »Eindeutschung« sogar auf »Glatze« reimt?

Um so größere Schwierigkeiten gab's in der DDR: Der Autor des ›Hexers‹, der ›Gelben Schlange‹ und der ›Blauen Hand‹ hatte in seinen Romanen nicht deutlich genug herausgearbeitet, daß es Verbrechertum selbstverständlich nur im kapitalistischen Westen gibt ...

Penelope Wallace, die Krimi-Schreiberin mit dem Matronen-Look, hätte es selbstverständlich nicht nötig, selber zur Feder zu greifen: Als Alleinerbin ihres Vaters, die zu ihrem einen Siebentel nach und nach auch die drei ihrer Halbgeschwister und die drei ihrer Mutter hinzuerwarb, ist sie eine reiche Frau – auch über jenes Jahr 1982 hinaus, da die Schutzfrist für Edgar Wallace abgelaufen und sein Werk für den Nachdruck frei geworden ist. Aber es macht ihr eben Spaß – jetzt, wo die Kinder aus dem Haus sind: der Sohn, der im Versicherungswesen, und die Tochter, die in der Marktforschung gelandet ist. Ob es wohl Marktforschung für Buchbestseller sein mag?

Den stark entwickelten Sinn fürs Kaufmännische, der Mutter und Tochter eigen ist, haben sie nie verleugnet – das ging bis in die Namensgebung. Beide heißen Penelope, aber wo Edgar Wallace noch Antik-Mythologisches im Sinn hatte, wendeten Tochter und Enkel die Sache ins Platt-Monetäre: »Please, call me Penny.« Und damit es nicht zu Verwechslungen zwischen Mutter und Tochter kam, erfand man für letztere – wiederum aufs Münzwesen anspielend – die Variante »Halfpenny«.

Natürlich drückt sich darin nicht nur eine ausgesprochen gesunde Beziehung zur Welt der irdischen Güter aus, sondern auch eine gute Portion britischen Humors. Penelope Wallace käme gewiß nicht auf die Idee, das Phänomen Edgar Wallace, das Graham Greene einmal »die menschliche Buchfabrik« genannt hat, zur hohen Literatur hinaufstilisieren zu wollen. Mit

Vergnügen sorgt sie selber für die Weiterverbreitung der alten Anekdote vom Anrufer, der Edgar Wallace ans Telefon bittet und von dessen Sekretär mit den Worten abgewimmelt wird:

»Tut mir leid, aber Mister Wallace darf momentan nicht gestört werden, er hat gerade einen neuen Roman angefangen!«

»Macht nichts, dann warte ich eben so lange ...«

Bloß keine großen Worte! Und schon gar nicht für sich selbst. Penelope Wallace liest die ›Daily Mail‹, nicht die ›Times‹.

Auch nach Ablauf der Copyright-Schutzfrist bleibt für Penelope Wallace genug zu tun. Da ist zunächst einmal Daddys Geburtstag. Obwohl es nicht einmal ein genaues Datum dafür gibt – das Greenwicher Findelkind Richard Horatio Edgar, von seiner ledigen Mutter, einer erfolglosen kleinen Schauspielerin, gleich nach der Geburt ins Waisenhaus abgeschoben, wurde von der Frau eines Fischmarktgehilfen in Billingsgate aufgezogen –, treffen sich jedes Jahr im April die Mitglieder der ehrenwerten Edgar-Wallace-Society unter dem Vorsitz ihrer Gründungspräsidentin zum »Anniversary Dinner«, und selbstverständlich tun sie dies im Wallace Pub sowie bei Speisen und Getränken, deren Bezeichnungen dem Werk des Jubilars entlehnt sind: Galgenvogelparfait »Weiße Nonne« mit Giftpilzen in Feuerwassergelée, Brecheisenbeilage und Nebelschwaden als erster Gang, gefolgt von Gefängnissuppe »Dartmoor«, gespicktem Ganovenschenkel mit hausgemachten Kraftwunden und Schreckens-Eis mit Gruselbeeren im Stacheldrahtkörbchen. Zu runden Gedenktagen gibt's außerdem einen »Wallace Walk« in der Geburtsstadt Greenwich, alle drei Monate ist ein Rundbrief mit den neuesten Nachrichten aus der Wallace-Welt fällig, und Wallace-geneigte Reisegesellschaften, die London zu ihrem Ziel erwählt haben, können im Wallace Pub den beliebten »Wallace Talk« buchen, für den Tochter Penelope ab einer Mindestteilnehmerzahl von 35 und bei rechtzeitiger Voranmeldung gern zur Verfügung steht. Nur von Wallace-Exkursionen, wie sie etwa die Sherlock-Holmes-Society seit Jahren organisiert (Krönung: Lokalaugenschein an den Reichenbach-Fällen in der Schweiz), hält sie wenig: »Da können wir leider nicht mithalten. Bei der Wahl seiner Romanschauplätze hat sich Papa nicht besonders angestrengt. Wen reizt schon ein Ausflug zu den Themse-Docks?«

Penelope Wallace sieht die Dinge nüchtern. Wenn sie Antiquare auf alte Buchausgaben von Edgar Wallace ansetzte, so nie, um wertvolle Ersteditionen zu sammeln (von denen manche, zu

Penelope Wallace mit Vaters »Insignien«: Poker face und Zigarettenspitze
© Foto-Sessner, Dachau

Kriegszeiten wegen der herrschenden Papierknappheit in nur sehr kleinen Auflagen gedruckt, heute für 250 Pfund gehandelt werden), sondern um authentische Druckvorlagen für Neuausgaben in die Hand zu bekommen. So manchen Tag hat sie im British Museum zugebracht, um in das chaotische Werkverzeichnis Ordnung zu bringen: Wie viele der Romantitel wechselten von Land zu Land, von Zeit zu Zeit, von Zeitung zu Buch! Jetzt ist das alles Gott sei Dank geklärt, und die Originalmanuskripte liegen bereit, an die British University überstellt zu werden, sobald diese die dafür nötigen Budgetmittel flüssig gemacht hat.

Die Bronzeplakette überm Portal des Londoner Presseclubs am Ludgate Circus, wo der Elfjährige (als Zeitungsverkäufer) sein erstes Geld verdiente, der Fünfundfünfzigjährige (als Präsident) Einzug hielt und sogar ein eigener »Wallace Room« an ihn erinnert (und auch sie, seine Tochter, eine Amtsperiode lang – als erste Frau! – den Vorsitz innehatte), gilt ihr mehr als das blasierte Votum eines naserümpfenden Literaturkritikers, und der spontane Ausruf eines Staatsanwalts »Ein Fall – wie von Edgar Wallace!« vermag sie noch immer in Entzücken zu versetzen.

Und wie steht's um ihr Verhältnis zur Konkurrenz? Landsmann Desmond Bagley, sagt sie, ist ihr der liebste. Den ermuntert sie sogar, wenn sie ihm begegnet, zu frischen Taten: »Los, schreib was Neues, ich brauch wieder Ferienlektüre!« Lady Agatha hingegen scheint sie nicht ausstehen zu können. Mit einem schroffen »Nie gehört!« wechselt Penelope das Thema. »Wußten Sie übrigens, daß es auch russische Krimis gibt? Unlängst hab ich einen in die Hand bekommen. Hat mir sehr imponiert. Vor allem das Ende: Wohin, glauben Sie, geht der Detektiv, nachdem er seinen Fall gelöst hat? Ins Konzert! Bei uns endet's immer nur im Pub.«

Penelope Wallace weiß, was sie als Universalerbin eines der erfolgreichsten Unterhaltungsschriftsteller dieses Jahrhunderts sich und der Welt schuldig ist. Obwohl sie kaum acht Jahre alt war, als ihr Vater starb, schöpft sie in punkto Kindheitserinnerung aus dem vollen: von den Schiffsausflügen zu zweit, wenn man an Bord der nach ihr benannten »Miss Penelope« die Themse hinunterfuhr, bis zu den Erdbeer- und Sahne-Orgien in den Gartenlokalen rings um Daddys Landsitz Chalklands bei Bourn End, von der stets offenen Tür seines Arbeitszimmers, in das »Penny« auch eindringen durfte, wenn er mitten im Schreiben war, bis zu den aufregenden Stunden in den Filmateliers von Beakonsfield, in die er sein Jüngstes, einziger Sproß seiner zweiten Ehe, mitunter mitnahm. Wegen des damals noch hochexplosiven Zelluloids herrschte in den Studios strengstes Rauchverbot – in diesen Stunden stieg der Kettenraucher Edgar Wallace zu Penelopes Freude auf saure Drops um.

Wenn Penelope Wallace vor die Fernsehkamera tritt, reichen solche Geschichten natürlich nicht aus. Das optische Medium verlangt nach Vorzeigbarem. Aber auch für solche Situationen ist sie hervorragend gerüstet: Im Wallace-Souvenir-Koffer reisen Daddys mexikanischer Spazierstock, sein Constabler-

Schlagstock, seine Zigarettenspitze und sein Zigarrenetui mit. Für besonders anspruchsvolle Auftritte läßt sich auch noch seine Presseclub-Medaille aufbieten, seine Schlipssammlung und sein Kinderstühlchen, Okkasionskauf bei einem kirchlichen Sonntagsbasar. Und ein winzigkleines Stückchen Stummfilm: Privataufnahmen von daheim. Nur die primitive alte Box, mit der er selber seine Photos schoß, ist leider abhanden gekommen.

Die Chance, heute noch irgendwo einen weiteren Wallace-Fund zu machen, ist gleich null: Sowohl Stadt- wie Landsitz mußten nach seinem Tod – der hohen Schulden wegen, die der vom Spielerpech verfolgte Großverdiener hinterließ – von der Witwe veräußert werden. Das Haus am Portland Place, wo er seine großen, vom nahen Carlton Hotel arrangierten Gelage gab, beherbergt heute das Konsulat der Volksrepublik China, und in Chalklands sind die Bibelforscher eingezogen.

Als zweifacher Edgar-Wallace-Nachfolger, das väterliche Œuvre betreuend und zugleich ein eigenes aufbauend, muß man sich natürlich auch auf die Kunst des Delegierens verstehen: Mister Halcrow, Agent für orientalische Kunst und Penelope Wallaces Ehemann, kümmert sich um die täglichen Einkäufe, und Tochter »Halfpenny« steht für Sekretariatsarbeiten zur Verfügung. Je nachdem, in welcher Angelegenheit Penelope Wallace unterwegs ist, operiert sie mit Wallace- oder mit Halcrow-Visitkarten; als Hobby kann sie auf ihre vielfach preisgekrönte Zucht von Burma-Katzen verweisen; und wenn sie, von Verächtern des Genres provoziert, die Gattung Kriminalliteratur gegen den Vorwurf der Immoralität zu verteidigen hat, zitiert sie mit Vorliebe Krone und Kirche als Referenz: Sogar Bischöfe gehörten der Edgar-Wallace-Society als Vollmitglieder an, und der Herzog von Edinburgh sei überhaupt ein erklärter Wallace-Fan. Auch sei ihr kein Fall bekannt, daß je ein Wallace-Roman einen Mörder zu seiner Tat angestiftet hätte: »Dr. Crippen las sie alle erst danach.«

Zum Standard-Image jedes besseren Kriminalschriftstellers gehört es bekanntlich, daß er selber die Harmlosigkeit in Person ist, nie im Leben eine Waffe anrühren würde und beim Anblick einer vorbeihuschenden Maus in Schweißausbrüche gerät. Penelope Wallace entspricht auch in dieser Hinsicht den Erwartungen. Den King-Kong-Film, über dessen Vorarbeiten Edgar Wallace im Februar 1932 in Hollywood starb, würde sie auch heute noch nicht durchstehen; wenn's nach 20 Uhr an ihrem

Haus in Oxford klingelt, schiebt sie, statt zu öffnen, den Riegel vor; und vor ihrer Finanzreferentin, einer engagierten Nichtraucherin, ist sie so klein, daß sie es in deren Anwesenheit nicht einmal wagen würde, ihr Zigarettenetui zu zücken.

Sogar bei der Abwicklung ihrer Erbschaftsangelegenheiten sei es so friedlich wie bei einer Maiandacht zugegangen: kein Schimmer von Familienzwist. Ob man ihr da ganz trauen darf? ›Toter Erbe – guter Erbe‹ heißt einer ihrer Romane. ›A Clutch of Bastards‹ im Original. Das verheißt nichts Gutes. Man sollte mal nachlesen.

Theodor Storm 1887

Der Doppelname
Unter den Storm-Nachkommen wimmelt's von musischen Talenten

Constanze Storm – so wie des Dichters erste Frau. Von der Urgroßmutter hat sie den Namen – in einer Familie wie der ihren bleibt eben nichts dem Zufall überlassen, wird mit jedem Taufakt aufs neue des großen Ahnen gedacht.

Hans, ihr Stiefbruder, ist zwanzigjährig bei der Schlacht von Sedan gefallen, die übrigen Geschwister sind alle Mädchen, nun droht auch sie des kostbaren Namens verlustig zu gehen: Constanze steht vor der Heirat. Da faßt die Neunundzwanzigjährige einen bemerkenswerten Entschluß: Sie reicht beim Standesamt um die Erlaubnis ein, neben dem ihres Gatten auch ihren Mädchennamen führen zu dürfen: Gundel-Storm. Der Antrag geht durch, zumindest für eine Generation ist die Sache also prolongiert. Unauslöschlich steht's im Paß: Man ist eine Storm und darf es sein.

1979. Die Prominentenjäger des Stuttgarter Fernsehens, die sich die Sendereihe »Ich trage einen großen Namen« haben einfallen lassen, stoßen bei ihrer Kandidatenpirsch auf die Storm-Urenkelin, und Constanze Gundel-Storm ziert sich nicht, sondern erklärt sich bereit, vor die Kamera zu treten. Und sie nimmt die Sache ernst. Wälzt Biographien und Briefbände, memoriert Lebens- und Werkdaten, bereitet sich gründlich auf ihren großen Auftritt vor, legt sich griffige Anekdoten zurecht – die bloße Familienüberlieferung wäre ihr für so einen bedeutsamen Anlaß zu wenig. Vor allem die Schnurre von den Brautbriefen, die ihre Urgroßmutter, die Segeberger Bürgermeisterstochter Constanze Esmarch, an den Cousin und späteren Gatten Theodor Storm schreibt und die dieser in Oberlehrerart ausbessert und ihr zurückschickt, damit sie sich endlich ein besseres Deutsch an- sowie ihre Tintenkleckserеien und allzu schiefen Schriftzeilen abgewöhne, wird sie vor der Fernsehkamera zum besten geben – das ist genau das Richtige fürs große Publikum.

Constanze Gundel-Storm macht ihre Sache gut. So gut, daß man sie gleich dabehält. Sie gehört also seither dem festen Rateteam der Sendereihe »Ich trage einen großen Namen« an, wechselt vom passiven Quiz hinüber zum aktiven, darf nun, nachdem die andern sie erraten, selber raten und schlägt sich auch da mit Bravour.

Die Storm-Nachkommen, ihren berühmten Urahn nie anders als liebevoll vertraulich »Theodor« nennend, sind stolz auf ihre Fahnenträgerin – und noch etwas: Die Fernsehsendung des Süddeutschen Rundfunks führt zu einer Wiederbelebung der Storm-Pflege innerhalb der Familie, zu vermehrter Vertiefung in Leben und Werk. Auch eventuellen Interessenten von außen kann man natürlich, nun wo die Sache einmal über den Bildschirm gelaufen ist, also die höheren Weihen unseres Jahrhunderts empfangen hat, ganz anders gegenübertreten: Mich erwartet ein perfekter Empfang.

Als Treffpunkt ist Gelsenkirchen vereinbart – hier war Constanzes Vater, der Dichterenkel Hans Storm, seit 1920 ansässig. Er hatte Kinderarzt studiert – da war eine aufstrebende junge

Die letzte Storm-Enkelin, die den Dichter noch persönlich kannte, vor dem Husumer Storm-Haus

Industriestadt wie Gelsenkirchen keine schlechte Wahl. Nun ist er, dessen Bild in lückenloser Generationenfolge neben dem von Vater Ernst, Großvater Theodor und den Urgroßeltern an der Wohnzimmerwand in der Overwegstraße hängt, schon zwanzig Jahre tot. Aber seine Witwe, obwohl ein Kind des Kohlenpotts, pflegt die Familientradition mit einer Hingabe, als wäre sie selber eine Storm, und ihre beiden Töchter, Constanze und Angelika, folgen ihr hierin mit freudigem Enthusiasmus.

Sie sind, eigens für diese paar Stunden, aus Bad Nenndorf und Bonn angereist – meine Besuchsankündigung, wie über Konferenzschaltung verbreitet, hat also fast so etwas wie einen kleinen Familientag zur Folge. Stieftochter Elsabe aus Dr. Storms erster Ehe läßt sich entschuldigen, während Constanzes und Angelikas Ehegatten, ihrerseits mit von der Partie, sich im Hintergrund halten und von den Damen des Hauses, solange es ums Thema Storm geht, zu mehrstündigem Ausgang in den Stadtgarten abgeschoben werden. Arzt der eine, Rundfunkjournalist der andere, kann man von ihnen schwerlich jenes Maß an Storm-Hingabe erwarten, das ihren Frauen, immerhin beides echte Urenkelinnen, mit den Jahren zur zweiten Natur geworden ist. Später, wenn wir das Gespräch im erweiterten Kreis fortsetzen, treten in der Tat Regieprobleme auf: Constanzes Mann ist ein vorzüglicher Stefan-Zweig-Kenner: Ich habe Mühe, den Schimmelreiter davor zu bewahren, daß er uns vor lauter Ungeduld des Herzens in die Sternstunden der Menschheit davongaloppiert ...

Doch auch den Damen liegt es fern, Weihrauch zu streuen: Unter Storm-Nachkommen über Storm zu sprechen, ist eine völlig unverkrampfte, uneitle Angelegenheit, eine mildheitere Mixtur aus Schulzeitreminiszenz und Familiennostalgie – das Ganze mit einem Schuß Husumerei. Denn dies ist ja nach wie vor ihr Mekka: die »graue Stadt am Meer«, in der Theodor Storm am 14. September 1817 zur Welt gekommen ist, in der er viele Jahre seines Lebens zugebracht hat, in der er begraben liegt, die mit tausend Bezügen in sein Werk eingegangen ist, in der noch immer jedes zweite Haus ein Storm-Haus ist und in der sich Jahr für Jahr zu seinem Geburtstag nicht nur die Nachkommen, sondern Stormianer aus aller Welt treffen, dem Dichter des ›Schimmelreiters‹ zu huldigen. Noch für Constanzes Vater, den nach Gelsenkirchen »verbannten« Dr. med. Hans Storm (dem große Ähnlichkeit mit dem Dichter nachgesagt wird), gab es keinen schöneren Platz auf der Welt als Husum, und zumindest einmal im Jahr, nämlich zur Storm-Tagung im September, fährt auch sie regelmäßig ins nordfriesische Deichland. Nicht auszudenken, daß sie beim Familientreffen im Spethmannschen Hause fehlen könnte, wo man sich, immerhin noch an die fünfzig echte Storm-Nachkommen, jedesmal nach dem großen Festvortrag trifft. Die Mahagoni-Möbel, die dabei die Kulisse abgeben, sind Originalstücke aus Urgroßvater Theodors letztem Husumer Wohnzimmer.

An solchen Habseligkeiten ist auch heute, bald hundert Jahre nach des Dichters Tod, kein Mangel, obwohl Storms Tochter (und Biographin) Gertrud viel zu deren Zersplitterung beigetragen hat: Zu großzügig ist sie mit all dem Erbe umgegangen. So manches Manuskript, ohne weitere Umstände ausgeliehen, ist nie wieder zurückgekehrt.

Immerhin hütet Constanze zwei Erbstücke von beträchtlichem Wert: eine Familienbibel aus dem Jahr 1620 und ein Album, das Theodor Storm seiner Frau zu einem ihrer Geburtstage geschenkt hat: Gedichthandschriften von den Kollegen Eichendorff und Mörike, Kerner und Fontane, Geibel und Groth enthaltend, dazu viele köstliche Eintragungen unterschiedlichster Natur, Bildwidmungen, die Originalillustrationen zur Novelle ›Immensee‹. Auch Constanzes jüngere Schwester Angelika hat das Ihre abbekommen: die Urschrift des ›Liederbuchs dreier Freunde‹, einen silbernen Taufbecher und einen Kinderlöffel, dessen kräftige Bißspuren auf einen gesunden Appetit des kleinen Theodor schließen lassen.

»Angelika« ist ebenfalls ein »Storm-Name«: Bei ihrer Taufe hat man an jene ein wenig umstrittene Novelle ›Angelika‹ gedacht, an deren Qualität nicht nur sie (»banal und sentimental«), sondern auch der Dichter selber zweifelt: »Ein psychologisches Präparat und wenigstens nicht langweilig«. Als ihm der Kollege Mörike lange nicht auf seine letzte Post antwortet, befürchtet er, es könnte die Lektüre der ›Angelika‹ sein, die »sein Herz von mir abgewandt« hat.

War für Angelika Storm der hochkarätige Familienname je eine Bürde?

Die »Aufklärung«, erinnert sie sich, erfolgte in der Schule. Sie dürfte damals zehn Jahre alt gewesen sein. Zornbebend kehrte die resolute kleine Person eines Tages heim und hielt ihren Eltern vor:

»Die Kinder haben gesagt, ich bin mit Theodor Storm verwandt – wieso erfahre ich das nicht von euch?!«

Nun, wo sie es wußte, bekam sie es auch prompt zu spüren. Wenn im Deutschunterricht ein Storm-Gedicht aufzusagen war, kam dafür selbstverständlich nur Angelika in Frage (wie wenn Familienzugehörigkeit auch schon ein diesbezügliches Talent einschlösse); während ihrer Internatszeit in Cornwall entlockte man ihr Storm-Kenntnisse aus erster Hand; und natürlich ließ sie auch der Einser, den ihr Sohn für seinen Aufsatz über ›Die Söhne des Senators‹ aus der Untertertia heimbrachte, nicht gleichgültig. Dabei hat der junge Mann für die »Stormerei« seiner Familie höchstens ein nachsichtiges Lächeln übrig ...

»Stormerei«? Da möchte ich gern mehr erfahren, ich nehme Angelika ins Verhör.

»Halb so schlimm. Als ich mit Mann und Sohn wieder einmal in Husum war, haben wir halt die Stadt nach Storm-Stätten abgesucht, und ich hab dabei den Führer gemacht. Und wenn es – wie etwa nach 1945, als Theodor Storm mancherorts wegen

Storms Urenkelinnen Constanze (links) und Angelika

seiner Vereinnahmung durch die Nazis schuldlos in ein schiefes Licht geraten war – aus irgendeinem Grund zu einer ungerechtfertigten Kampagne gegen ihn käme, könnte ich mir schon vorstellen, daß ich dagegen etwas unternähme.«

Und was wäre das?

»Nun, vielleicht würde ich den Sekretär der Storm-Gesellschaft anrufen und ihn fragen: Herr Dr. Laage, was können wir dagegen tun?«

Es gab dafür bis heute keinen Anlaß. Im Gegenteil – ist nicht die Verehrung für Theodor Storm eher im Zunehmen begriffen? Neue Zentren – von Japan bis China – sind hinzugekommen. Und die alten sind die alten geblieben: Noch immer marschieren Abordnungen der Husumer Schuljugend an Storms Sterbetag zum St. Jürgen-Friedhof und bringen dem Dichter ihr Ständchen. Constanzes Mann, der in der Storm-Stadt zur Schule gegangen ist, hat die Melodie noch heute im Ohr: eine Vertonung des berühmten Gedichts von der grauen Stadt am Meer.

Und Constanze selbst? Da kann sie eine noch so moderne Frau sein, noch so nüchtern und patent: Wenn zu einem runden Jubiläum die Post eine Storm-Sondermarke herausbringt, stellt sie sich im Husumer Postamt selbstverständlich um einen Ersttagsstempel an; im Fotoalbum legt sie auf der Seite mit dem

Storm-Porträt nach Großmutterart gepreßtes Heidekraut ein; und wenn sie beim Studium des Familienstammbaums (der in früheren Jahren eine starke Dominanz bäuerlicher Berufe auswies) ihre Generationsgenossinnen in auffälliger Häufung sich musischen Berufen zuwenden sieht, so ist das für sie, die selber ausgeprägte kunsthandwerkliche Neigungen hat, kein Zufall: »Ob da nicht doch die künstlerische Ader unseres Urgroßvaters durchschlägt?« Malerei, Kostümbildnerei, Goldschmiedekunst – alle Sparten sind vertreten. Und natürlich die Literatur: Eine der Storm-Urenkelinnen ist die Schriftstellerin Ingrid Bachér – sie hat gerade einen Roman über den Vater-Sohn-Konflikt im Verhältnis Theodor Storms und seines Sohnes Hans herausgebracht. Eine weitere, die Lüneburgerin Martina Lübke, ist beim Theater. Und Angelika, Constanzes jüngere Schwester, studiert Kunstgeschichte.

Solches Erbe, wenn es denn eines wäre, ist ihnen allerdings auch vollauf genug. Praktischer Nutzen – dergleichen haben sie nie im Auge gehabt. An Theodor Storm ist schon in früheren Generationen keiner reich geworden – dafür waren sie wohl immer ein allzu kinderreiches Geschlecht. Großvater Ernst war der letzte, der noch an den Tantiemen partizipiert hat.

Obwohl Theodor Storm, gelernter Jurist, kein Testament hinterlassen hatte, ging's innerhalb der Familie, soweit man sich erinnern kann, stets ohne Streit ab. Angelika war noch ein Kind, da wurde im Blauen Salon des Spethmannschen Hauses zu Husum ein Teil der Hinterlassenschaft aufgeteilt – sie hat die Szene vor Augen, als wäre es gestern gewesen: »Es waren mehrere große Bücherkisten, jeder der Anwesenden wurde aufgefordert, sich zu nehmen, was er wollte, und so geschah es denn auch: in aller Ruhe und Gelassenheit, ohne den geringsten Anflug von Konflikt.«

Theodor Fontane junior

»Laß die Hände davon!«
Ursula von Forster und der »andere« Theodor Fontane

Eigentlich existiert ja dieses ungeschriebene Familienvermächtnis, sich selber in punkto Schreiben zurückzuhalten – von Generation zu Generation wird es weitergegeben. Das strahlende Bild des großen Ahnen soll keiner Trübung durch dilettierende Nachfahren ausgesetzt sein. Aber auch umgekehrt: Keiner der Nachfahren will eine Miniaturausgabe des großen Ahnen sein – also Hände weg von der Schreibmaschine.

Aber ist das immer so einfach? Besonders, wenn man tatsächlich etwas zu sagen hat und auch über die sprachlichen Mittel dazu verfügt?

Ursula von Forster, Jahrgang 1913, Senior unter den Fontane-Urenkeln und somit Haupt einer ebenso imaginären wie seit 1928 profitfreien Erbengemeinschaft, hat lange gezögert und sich erst kurz vor ihrem Siebzigsten in den ›Fontane-Blättern‹ zu Wort gemeldet – und auch da weder in eigener noch in Sachen Theodor Fontanes. Jedenfalls nicht jenes Theodor Fontane, den die Welt kennt ...

Blenden wir zurück: Theodor und Emilie Fontane hatten (abgesehen von den drei im Säuglingsalter verstorbenen) vier Kinder. Nur zwei von ihnen sind der Nachwelt vertraut: Martha, genannt Mete, Vaters Liebling, und Friedrich, genannt Friedel, der den Nachlaß verwaltet (und verhökert) hat. Wenig weiß man von George, dem ältesten, so gut wie nichts von Theo, und von diesem Theo, dem typischen Künstlersproß (das heißt: ebenso talentiert wie an der Entfaltung seines Talents rigoros gehindert), stammt Ursula von Forster ab: Es ist ihr Großvater.

Sie hat ihn »noch bis ins eigene Erwachsenensein erlebt und geliebt«, sie hat die nach seinem Tod im Jahr 1933 als verschollen geltenden autobiographischen Aufzeichnungen gefunden, und sie hat, von dieser Lebensbeichte zutiefst aufgewühlt, den Entschluß gefaßt, der Fontane-Gemeinde die Augen dafür zu öffnen, welch großes Unrecht diesem Dichtersohn widerfahren ist – wohl wissend, daß ihre Fallstudie Beispielcharakter haben würde: die klassisch-tragische Vater-Sohn-Konstellation im Bereich der hohen Kunst. Sie selber stellt die Frage nicht, und doch zieht sie sich durch den gesamten Text – unausgesprochen: Duldet das Genie selbst im eigenen familiären Umkreis keinerlei Aufkommen von Konkurrenz? Muß der Künstler, um der eigenen Höchstentfaltung willen, von den Nachgeborenen Verzicht verlangen, sie in Fremdberufe abdrängen? Muß er, auch um den Preis, ein schlechter, ein ungerechter Vater zu sein, auf Biegen und Brechen seinen künstlerischen Alleinvertretungsanspruch durchsetzen? Muß er, statt aufkeimendes Erbe zu fördern, anzuleiten und zur Blüte zu bringen, sich als rücksichtsloser Monopolist gebärden?

Die Literaturwissenschaft, die nur das Werk des Genies im Auge hat, wird dazu neigen, die Frage zu bejahen. Anders die Familienforschung: Sie mag (und dabei spielt natürlich der jeweilige Grad emotionaler Bindung eine Rolle) zu anderen Ergebnissen kommen – ihr gutes Recht. Ursula von Forsters Kampagne für den Großvater, weit davon entfernt, eine Kampagne gegen den Urgroßvater zu sein, verdient daher Respekt: Für uns Außenstehende bleibt sie zumindest ein interessanter Beitrag zur Konfliktforschung Abteilung Kunstpsychologie Unterabteilung Literatur. Und alles aus erster Hand.

Ursula von Forster ist keine verbissene Fontane-Erbin – als Arztfrau und gelernte Röntgenexpertin betreibt sie Literaturgeschichte mehr unter genealogischem Aspekt und auch dies nur nebenbei. Die Mutter, als zweites Kind des Dichtersohnes Theo noch eine »echte« Fontane, heiratet einen hohen preußischen Staatsbeamten: Oskar Grosse ist die rechte Hand des Ersten Generalpostmeisters des Deutschen Reiches und Gründers des Weltpostvereins, Heinrich von Stephan; unter dem Titel ›Vom Postschreiber zum Minister‹ wird er später dessen Biographie schreiben. Natürlich spielt im Elternhaus der Name Fontane eine übergeordnete Rolle – um so mehr, als dieses Elternhaus im Fontaneschen Berlin steht. Ursula hat noch kaum lesen gelernt, da wird sie schon von ihrer Mutter »eingeweiht«: Der Urgroßvater sei ein berühmter Mann gewesen, der berühmte Gedichte geschrieben habe, und eines dieser berühmten Gedichte, das Gedicht vom ›Herrn von Ribbeck auf Ribbeck im Havelland‹, sei ein ganz besonders berühmtes Gedicht, und dieses ganz besonders berühmte Gedicht des berühmten Urgroßvaters müsse man selbstverständlich auswendig aufsagen können. Klein-Ursula quält sich also mit dem Birnbaum des Herrn von Ribbeck ab, dessen Birnen »leuchteten weit und breit« in der »goldenen Herbsteszeit«, und mit den Kindern, unter denen der gute Alte, stets die Rocktaschen prall gefüllt, Jahr für Jahr seine saftige Ernte aufteilt – und das über seinen Tod hinaus, indem er sich, dem Geiz seines Sohnes ein wahrhaft geniales Schnippchen schlagend, eine Birne ins Grab legen läßt, auf daß diese einen neuen Birnbaum hervorbringe, der die Kinder auch weiterhin mit Birnen versorge:

Und kommt ein Jung übern Kirchhof her,
So flüstert's im Baume: »Wiste 'ne Beer?«
Und kommt ein Mädel, so flüstert's: »Lütt Dirn,
Kumm man röwer, ick gew di 'ne Birn.«
So spendet Segen noch immer die Hand
Des von Ribbeck auf Ribbeck im Havelland.

Die frühkindliche mnemotechnische Strapaze hat zwar zur Folge, daß ihr für ihr weiteres Leben jegliche Lyrik verleidet ist, andererseits bleibt es eine so starke Erinnerung, daß der ›Herr von Ribbeck‹ in späteren Jahren eines ihrer Standardgeschenke sein wird. Er hat ja inzwischen viel von seiner Gefährlichkeit eingebüßt: Die Enkel, denen Ursula von Forster die berühmte märkische Ballade auf den Geburtstagstisch legt, brauchen den gefürchteten Zweiundvierzig-Zeiler nicht mehr auswendig zu lernen – weder von (schul)amts wegen noch aus Familientradition …

Ob es nun der Birnbaum auf dem Grabhügel des Herrn von Ribbeck ist oder die Erforschung der eigenen Familiengeschichte: Schon als Kind entwickelt Ursula ein durchaus ungewöhnliches Interesse für alles, was mit Stammbaum und Friedhof zusammenhängt. Die französische Abkunft der Fontanes macht die Sache doppelt reizvoll. Als sie in der Schule einen neuen Gesangslehrer bekommen, der mit ihrer Klasse Karl Loewes Vertonung der Fontane-Ballade ›Archibald Douglas‹ einstudiert und den Namen des »Textdichters« (wie heute allgemein üblich) deutsch ausspricht, kann sie mit ihrem Insider-Wissen auftrumpfen und korrigierend eingreifen:

»Herr Studienrat, bitte ohne e!«

»Woher willst denn du das wissen?«

»Es ist mein Urgroßvater.«

Dieser Vorsprung, den sie in Sachen Fontane hat, wird mit der Zeit zu einem Bestandteil ihres Lebens. Mit dreizehn bekommt sie von den Großeltern die gesammelten Romane geschenkt und verschlingt einen nach dem andern – viel zu früh, um auch wirklich alles zu verstehen. Da ist es gut, einen so versierten Fontane-Kenner um sich zu haben wie Großvater Theo, des Dichters Sohn: Er ist es, der sie in das Werk einführt. Ausflüge an die märkischen Fontane-Schauplätze tun ein übriges: Man fährt nach Rheinsberg und Neuruppin.

Manche der Unternehmungen von damals wären heute nicht mehr wiederholbar: Der Stechlinsee – welch unauslöschlichen Eindruck hinterließ ihr jene Kahnpartie im Sommer 1937! – liegt heute im Sperrbezirk eines DDR-Atomkraftwerks, das Fontane-Grab auf dem Friedhof der Französischen Gemeinde von Berlin ist seit dem Mauerbau nur mit einem »Passierschein zum vorübergehenden Aufenthalt im Schutzstreifen« zugänglich, und was das, selbst für einen Bürger der DDR, geschweige denn für eine Fontane-Urenkelin aus dem Westen (Frau von Forster lebt in Schwaben), bedeutet, hat ebenso eindrucksvoll wie auf Abhilfe dringend mein Ostberliner Kollege Heinz Knobloch, ein literarischer Spurensucher von Graden, geschildert:

»Sie kommen manchmal von weit her, halten Blumen in der Hand und müssen am Gatter umkehren, weil sie keine Grabkarte haben, die zum Betreten des Friedhofs berechtigt.«

Auch Knobloch hat keine. Er setzt also den Behördenapparat der DDR in Bewegung, um eine zu erlangen. Vom Fontane-Archiv in Potsdam wird er an die Französische Gemeinde, von der Französischen Gemeinde ans Hugenotten-Museum, vom Hugenotten-Museum ans »Consistorium der Französischen Kirche«, vom »Consistorium der Französischen Kirche« an die Verwaltung des Französischen Friedhofs, von der Verwaltung des Französischen Friedhofs an den Magistrat Abteilung Inneres/Kirchenfragen, vom Magistrat Abteilung Inneres/Kirchenfragen an die Meldestelle der Volkspolizei verwiesen, und die, endlich die zuständige Adresse, leitet den Antrag ans Präsidium der Berliner Volkspolizei weiter, wo über ihn letztinstanzlich entschieden wird. Geschieht dies in positivem Sinn, so erhält der Antragsteller zwar einen Passierschein, der ihn (für den Schlechtwetterfall bitte nicht versäumen, einen Ersatztag anzugeben!) zum einmaligen Betreten des Friedhofs, nicht aber auch schon zum Photographieren des Fontane-Grabes berechtigt. Dafür nämlich muß er eine eigene Genehmigung einholen und natürlich an anderer Stelle: beim Ministerium für Nationale Verteidigung der Deutschen Demokratischen Republik.

Dies alles, wie gesagt, gilt für den Staatsbürger der DDR. Wer aus dem Westen kommt, hat's nicht so leicht: Der schlage sich's besser gleich aus dem Kopf.

Hören wir uns also vorsorglich an, was Heinz Knobloch, dem das verwegene Unternehmen letztendlich geglückt ist, über das Fontane-Grab auf dem Friedhof der Französischen Gemeinde in Berlin-Wedding zu berichten hat: »Breit, ein Doppelbett, von Efeu überwachsen in einem mit grauem Stein niedrig eingefaßten Quadrat. Hier liegt er mit seiner Frau Emilie. Denkmalsgeschützt ... Zwei, drei Meter entfernt steht eine hohe Birke. Ein Stück weiter wachsen Kastanien. Wer sich umsieht, bemerkt ringsumher sorgfältig gepflegte Gräber, schön bepflanzt, mit sauber geharkter Umrandung. Kletterrosen und mancherlei sommerlich blühende Blume, winterhart oder einjährig. Auf Fontanes Hügel stecken im Efeu ein paar gelbe

Theodor Fontane, der Schöpfer des ›Stechlin‹ und der ›Effi Briest‹, 1895

Wachstulpen und ebensolche Lilien. Schön ist das nicht, aber besser als gar nichts – zumindest war mal einer hier.«

Übrigens ist es nicht mehr das Originalgrab: Bei Kriegsende 1945 schlug in der Nähe ein Artillerievolltreffer ein; die Friedhofsgärtner haben es wenig später wiederhergestellt. Die Urenkelin im fernen Schwaben ist über alles genau im Bild – und zwar im vollen Sinne des Wortes: Die Fontane-Gemeinde in der DDR versorgt sie, der selber der Zugang zu der Stätte verwehrt ist, laufend mit Photos. Ihr eigener Fontane-Lokalaugenschein in der alten Heimat Berlin bleibt aufs Denkmal im Tiergarten beschränkt. Das freilich würde sie niemals auslassen – ist es denn nicht (wie übrigens auch bei der sitzenden Variante in Neuruppin) Großvater Theo gewesen, der, dem Dichter in Statur und Erscheinung verblüffend ähnlich, für die 1910 aufgestellte Marmorskulptur Modell stand? Für den neutralen Beobachter ein Behelf, für sie späte Genugtuung. Nie wird sie jenen bezeichnenden Vorfall vergessen, dessen Zeuge sie in den frühen zwanziger Jahren geworden ist, als sie den Großvater auf einem Behördenweg begleitete und er seinen Ausweis vorzeigen mußte.

»Was – der berühmte Dichter Theodor Fontane?!« fragte der von Ehrfurcht ergriffene Schalterbeamte, und Theodor Fontane junior gab zur Antwort: »Aber nein – nur sein völlig unbedeutender Sohn.«

»War er wirklich so unbedeutend?« fragt Ursula von Forster in ihrer biographischen Studie über den verkannten, ja ungekannten Großvater, die sie 1981 den vom Potsdamer Theodor-Fontane-Archiv herausgegebenen ›Fontane-Blättern‹ zur Veröffentlichung überläßt, und sie kommt zu dem Ergebnis, daß ihm – sowohl in der Einschätzung seiner Persönlichkeit im allgemeinen wie auch vor allem in der Unterdrückung seiner eigenen schriftstellerischen Ambitionen – schwerstes Unrecht seitens der Eltern widerfahren ist. Sie stützt sich dabei auf den Lebensbericht, den Theodor Fontane junior hinterlassen und den sie, seine Enkelin, vor einigen Jahren entdeckt hat: eine Art »nachgeholtes Tagebuch«, von dessen Niederschrift sich der Dichtersohn, von plötzlicher ernster Erkrankung zutiefst deprimiert, ähnliche Genesung versprach, wie sie dreißig Jahre zuvor seinem Vater mit den Aufzeichnungen von seinen ›Kinderjahren‹ gelungen war.

Aus dieser (nicht für das Auge der Öffentlichkeit bestimmten) Lebensbilanz wissen wir, wie schwer der Sohn es gehabt hat, sich neben dem Vater zu profilieren: Höchstens als Spaßmacher war er zugelassen, mehr nicht. »Es war eine kleine, für das häusliche und gesellige Leben nette Mitgift, die jedoch auf Kalauer, Witze, Toaste und Gelegenheitsgedichte beschränkt blieb und der der väterliche Beifall auch nur innerhalb dieser Grenze galt. Versuche, diese Gabe weiter zu bilden und über das Gelegentliche hinaus Bleibendes zu schaffen, sind stets auf den entschiedensten Widerstand meines Vaters gestoßen.« Mit »Schlußrefrains« wie »Laß die Hände davon!« oder »Bleibe Beamter und nähre dich redlich!« verwies Theodor Fontane seinen Zweitältesten auf die juristische Laufbahn, für die sich dieser dann auch tatsächlich entschied (ehe er – als »Wirklicher Geheimer Kriegsrat und Vortragender Rat im Kriegsministerium« – in der Heeresverwaltung reüssierte): »Ein Glück, daß er Jurist geworden ist, wohin alle diese Verschraubtheiten und Eigensinnigkeiten und Leblosigkeiten, die sich Recht oder Prinzip oder Consequenz nennen, wundervoll gehören.«

Auch seine Mutter kam erst im Alter darauf, »daß Du in mancher Hinsicht Deinem Vater in Wesen, Empfindungen und Anschauungen viel ähnlicher bist, als ich es je für möglich gehalten habe.« Ursula von Forsters Resümee: »Es bleibt ein Unbehagen, warum ausgerechnet diesem Sohn immer wieder die gleichen Fehler vorgeworfen werden, ohne daß die Eltern bei ihrer bekannten Einfühlungsgabe sich auch mal in Theos Lage versetzt und die Gründe überdacht hätten, die ihn zu einer bestimmten Haltung veranlaßten.«

Ist es da nicht fast so etwas wie Genugtuung für sie, daß jener Ostberliner Photograph, der zu Friedhofsführungen bereitsteht, wegen der erwähnten Unzugänglichkeit des Dichtergrabes auf das des gleichnamigen Sohnes ausweicht? Theodor Fontane junior liegt auf dem Stahnsdorfer Synodalfriedhof begraben – da gibt's von Ostberlin aus weiter keine Probleme.

Wen Fontanes Werkgeschichte mehr interessiert als seine Familiengeschichte, stößt übrigens in nächster Nachbarschaft auf ein zweites Grab, dessen Besichtigung ihn, erfährt er von den Zusammenhängen zum erstenmal, elektrisieren wird: Else Freifrau von Ardenne geb. von Plotho, das Urbild der Effi Briest. Theodor Fontane läßt sie in seinem Roman im zartesten Frauenalter am gebrochenen Herzen sterben – die »echte«, von deren Schicksal er bei einer Abendgesellschaft in Berlin erfahren hatte, sühnt ihren Fehltritt, wird Krankenpflegerin und stirbt 1952 knapp hundertjährig in Lindau am Bodensee. Als Ursula von Forster im Nachkriegsjahr 1948 zu einem Bekanntenbesuch in Lindau weilt, erzählen ihr die Leute des langen und breiten von der wunderlichen alten Dame – man wohnt sogar in ein und der selben Straße. Doch keiner ahnt etwas von ihrer spektakulären literarischen Identität. Erst über zwanzig Jahre später, als das Marbacher Literaturarchiv zum 150. Geburtstag des Dichters eine repräsentative Fontane-Ausstellung veranstaltet und unter den Exponaten auch eine Photographie des inzwischen verstorbenen Effi-Briest-Modells gezeigt wird, fällt es den Fontane-Nachkommen wie Schuppen von den Augen. Der Dresdener Physiker Prof. Manfred von Ardenne, ihr Enkel, dem als einzigem die alte Dame ihr delikates Geheimnis enthüllt hat, läßt eine zutiefst bewegte literarische Welt an seinem sensationellen Wissen teilhaben.

Auch Ursula von Forster zeigt sich von der späten Enthüllung beeindruckt. Und doch – *ihr* Hauptthema bleibt der verkannte Fontane-Sohn: Großvater Theo. Da mag sie noch so bereitwillig von Großonkel Friedrich, dem letzten Nachlaßverwalter, erzählen, der 1933 den Großteil der Handschriften versteigern ließ, von den ominösen Manuskriptmanipulationen der Erben, von Onkel Otto, der Frankreich durchstreifte, um Grabstätten der Fontane-Vorfahren auszuforschen, und in der Nähe der Stadt Nîmes fündig wurde, vom eigenen Sohn, der um ein Haar über »Fontane als Kriegsberichterstatter« dissertiert hätte, vom einen Cousin, der aus Familientradition Apotheker geworden ist, und vom andern, mit dem, kinderlos und nicht allzu literaturversessen, der Name Fontane aussterben wird – ihre Rede wird doch letztlich immer wieder zu jenem anderen Theodor Fontane zurückkehren, dessen Schicksal es gewesen ist, sein Leben lang im Schatten zu stehen: im Schatten des väterlichen Genies.

Kurze Zeit nach meinem Besuch ist Ursula von Forster gestorben, der Kampf um die Rehabilitierung des verkannten Dichtersohnes ist beendet.

Die »selber gemachten Enkel«: Eugen Roth und Frau mit den Söhnen Thomas (rechts) und Stefan

Unter Brüdern (2. Teil)
Arbeitsteilung im Hause Roth

Thomas und Stefan Roth haben sich das Imprimatur vorbehalten: Ich muß ihnen meinen Text zur Prüfung vorlegen. »Sie können ruhig scharf und auch negativ formulieren, wenn Sie das wollen, aber es muß sachlich stimmen.« Eugen Roths Söhne haben schlechte Erfahrungen gemacht; man spricht von einem Bericht der Schriftstellerin Angelika Mechtel, die dem Dichter eine Villa mit Swimming-pool angehängt hat.

Wo's doch nur ein Goldfischteich war.

Ohne Goldfisch.

Ich habe Verständnis für die Vorsichtsmaßnahmen der Herren: Ist nicht meine Mission noch um vieles heikler? Angelika Mechtel hat nur über Eugen Roth geschrieben, ich schreibe über Eugen, Thomas und Stefan Roth. Mein Fehlerrisiko verhält sich zu dem ihren wie drei zu eins. Fangen wir also gleich so sachlich wie möglich an.

Der Münchner Schriftsteller Dr. Eugen Roth ist am 28. April 1976 verstorben. Da seine Frau Klothilde geb. Philipp ihm 1974 im Tod vorangegangen war, fiel das gesamte Erbe seinen beiden Söhnen zu.

Fußnote für Eugen-Roth-Kenner: seinen beiden »selber gemachten Enkeln«. Und für Nichtkenner der komplette Vers:

Zwei Buben halten mich noch in Schwung
mit mancherlei Lärm und Geplänkel.
Ich bin schon alt, und sie sind so jung
wie selber gemachte Enkel.

Fußnote zur Fußnote: Eugen Roth, Jahrgang 1895, hat erst mit 43 geheiratet und ist erst mit 49 Vater geworden: »Ich bin fast ein halbes Jahrhundert älter als mein Erstgeborener.«

Thomas kam 1944, Stefan 1948 zur Welt. Wie die drei miteinander umgingen, kann man in dem Geschichtenband ›Unter Brüdern‹ nachlesen – es ist so reizend, daß es eigentlich einen Boom an »selber gemachten Enkeln« hätte auslösen müssen und seither nur noch Männer jenseits der Fünfzig zum Kinderzeugen zugelassen sein dürften.

Aber es ist nicht nur reizend, es ist auch in sich vollkommen: Eugen Roths verliebte Betrachtungen über seine beiden späten Wunschkinder beleuchten das Vater-Sohn-Verhältnis unter jeglichem Aspekt. Auch mein Thema ist darin bereits vorweggenommen: die Erbschaftsfrage. Zwischen den Kapiteln ›Eulenspiegeleien‹ und ›Uraltes Spiel‹ steht das Kapitel ›Der Erbe‹:

»In meinem ›Sammelsurium‹ kann man's nachlesen, wie ich Berge von Zeichnungen, Steindrucken, Bilderbogen und Biedermeierblättchen zusammentrage. Und wie ich sie gelegentlich zum Zwecke einer Neuordnung aus dem Schrank nehme, schaut auch der sechsjährige Stefan ein Weilchen zu. Er macht ein tief nachdenkliches Gesicht und sagt: ›Das muß ja sehr schwer sein, so viele Sachen in genau zwei gleiche Hälften zu teilen!‹

Ich bin natürlich etwas peinlich überrascht, so unvermittelt bei lebendigem Leibe als Erblasser angesprochen zu werden, aber ich tu so, als hätte ich nichts gemerkt. Ich wundere mich nur im stillen, daß das derselbe Stefan sein soll, der sonst bei der leisesten Erwähnung, ich könnte einmal sterben, in bittere Tränen ausbricht.

Ich sage ihm also, daß ich vorerst noch da bin, daß er sich aber auf mich verlassen kann; ich würde mir alles überlegen und nach bester Einsicht verteilen.

Er schaut mich halb mißtrauisch, halb treuherzig an und sagt mit der unschuldigsten Stimme von der Welt: ›Bitte, schreib's auf einen Zettel!‹«

Eugen Roth hat sich getreulich an den Wunsch seines Zweitgeborenen gehalten und derart fleißig Zettel geschrieben, daß man nach seinem Tod nicht weniger als drei Testamente vorfand.

Die Bäumlstraße liegt im Nordwesten von München; durch das Gartendickicht kann man bis ins Nymphenburger Schloßrondell blicken; das Haus, das die Roths 1957 bezogen haben, steht im Gelände des ehemaligen Hofküchengartens. Sohn Thomas hat es aufgestockt, sein Arbeitszimmer mündet nun in eine Galerie – hier hat er seinen Schreibtisch stehen. Üppig hochschießendes Blattgrün; unter den Möbelstücken und Gemälden altes Familienerbgut. Die Fenster geben den Blick frei auf den romantischen kleinen Garten, auch den Anbau mit Vaters Arbeitsplatz kann man von hier aus gut sehen. Alles sehr ruhig. »Manchmal *zu* ruhig«, präzisiert Thomas. Er stellt das Teewasser auf – bis wir uns zusammensetzen werden, wird wohl auch Stefan eingetroffen sein. Der jüngere Bruder will eigens mit dem Auto herüberkommen – er lebt in einer Wohngemeinschaft am andern Isar-Ufer.

Stefan, ausgebildeter Jurist, arbeitet als Syndikus in einer Baufirma; Thomas ist Doktor der Volkskunde, Freiberufler. Hie und da kann man eine seiner Arbeiten über Land und Leute im Radio hören. Vaters Sammelwut hat er ins Wissenschaftliche gesteigert: 700 Seiten umfaßt seine Dissertation über die »Popularisierung der Literatur durch Bilderbogen«, und ich habe den Eindruck, er hat sein Thema noch immer nicht ausgeschöpft, so ausufernd weiht er mich ein.

»Mein Vater hat unter anderem alte Bilderbogen gesammelt – so wurde ich an die Materie herangeführt.« Es fallen Dichternamen wie Gleim und Gellert, Fontane, Claudius und Kotzebue. »Interessante Indikatoren für die Beliebtheit von Büchern.« Die Wertschätzung für diese Art von Druckgraphik hat ja erst relativ spät eingesetzt; als der junge Eugen Roth mit dem Sammeln begann, hieß es unter den Antiquaren Münchens noch: »Da ist so ein junger Doktor, der kauft jeden Dreck!« Heute ist der »Dreck« kaum noch zu haben – Eugen Roth war darin also seiner Zeit voraus. (Kleines Extempore zu ›Dichtung und Wahrheit‹: Die Graphiksammlung, um deren gerechten Anteil der sechsjährige Stefan in der weiter oben wiedergegebenen Geschichte vom »Erben« so besorgt ist, ist später seinem Bruder Thomas zugefallen. Wären sich die beiden nicht so problemlos einig, wie es tatsächlich der Fall ist, könnte man also Stefans frühkindliches Mißtrauen noch im nachhinein gut verstehen.)

Ein Wagen fährt vor, nun ist also auch Stefan zur Stelle, wir sind komplett. »Unter Brüdern« – zweiter Teil.

Schon in Erscheinung und Habitus ausgesprochene Gegensätze: Thomas der Typ des seßhaften Gelehrten, Stefan mehr der Streuner. Zwei Nachlaßverwalter, die einander ideal ergänzen: arbeitsteilig. Thomas, der Eiferer, der Emotionellere, der Wissenschaftler, vielleicht auch der Kompliziertere, der Häuslichere, der mit den elterlichen Versatzstücken Lebende, ist fürs Inhaltliche, Stefan, der Gelassenere, der stärker nach außen Orientierte, der – trotz einer bemerkenswerten Neigung zu hintergründigen Formulierungen – nüchtern Rechnerische, fürs Geschäftliche zuständig. Thomas, stärker (wenn auch durchaus zwiespältig) auf den Vater fixiert, kümmert sich ums Editorische, Stefan, von der Mutter darin angelernt, versteht sich auf Verträge und Lizenzen. Und für beide Teile gilt: volle Transparenz. Jeder ist also informiert über das, was der andere tut: Briefkopien wandern hin und her. Bei einem Autor von der Massenverbreitung Eugen Roths will jeglicher weitere Schritt wohlbedacht sein. Auch wenn man durchaus seinen eigenen Beruf hat und gar nicht aufs Erbe angewiesen wäre. »Sich nur als Nutznießer der väterlichen Hinterlassenschaft zu verstehen, wäre verdammt unbefriedigend.« Natürlich will man sein eigenes Leben leben.

Und außerdem: »Wer weiß denn, wie lange das Erbe etwas einbringt? Vielleicht wirft es, wenn wir fünfzig sind, nur noch hundert Mark im Monat ab? Auf keinen Fall kann man sich auf derlei Einkommen verlassen, geschweige denn es auf lange Sicht einplanen.«

Thomas und Stefan Roth, auf das augenzwinkernde »Ah, Sie kenn' ich doch!« der Leser der Vater-Sohn-Geschichten ›Unter

Brüdern‹ allergisch reagierend, haben sich also beizeiten auf eigene Beine gestellt. Obwohl sich das Werk ihres Vaters – auch jetzt, wo das periodische Nachschieben neuer Titel unterbleibt – unverändert gut verkauft.

Wie gut?

»Sagen wir so: Eine zweiköpfige Familie könnte von der Einkommensteuer, die auf die Verlagstantiemen abzuführen ist, maßvoll leben.«

Maßvoll – das ist das Stichwort. Thomas Roth verwahrt sich gegen den Irrglauben, im Elternhaus eines Erfolgsautors müsse ein toll luxuriöser Lebensstil gepflegt werden. »Mein Vater lebte sparsam und zurückgezogen – bis an die Grenze des Einsiedlertums. Hie und da einmal ein Theaterbesuch – das war schon das Äußerste.« An seinem Zuhause und Gehäuse hing Eugen Roth so sehr, daß er sich am Ende seines Lebens nur nach heftigstem Widerstreben in die unumgänglich gewordene Sanatoriumspflege fügte. Und daß er nicht (übrigens auf dem bloß zwei Gehminuten von daheim entfernten Nymphenburger Friedhof) jenes stille Begräbnis erhielt, das er sich gewünscht hatte, lag nur daran, daß durch irgendeine Ungeschicklichkeit der Termin publik geworden war. Aber als versuchte wenigstens der Wettergott zu retten, was zu retten war, herrschte das Eugen Roths melancholischem Naturell gemäße Regenwetter, und die Nekrologe, durch einen wie gerufen anmutenden Zeitungsstreik zurückgehalten, erschienen mit Verzug.

Auch sonst müssen Thomas und Stefan Roth so manches Vorurteil, das ihnen zu Ohren kommt, zurechtrücken – etwa, daß es im Hause eines »Humoristen« permanent lustig zugehen muß: »Im Gegenteil – unser Vater hatte eine hochentwickelte pessimistische Imaginationsgabe.« Mehr als einmal hat er seinem Jüngsten das Essen verdorben, wenn er bei Tisch in seine depressiven Klagen verfiel: »Heute hab ich noch nicht einmal das Salz in der Suppe verdient!« Ja, seine Vorsorge ging so weit, daß er seinen Söhnen sogar eine Schachtel mit einigen hundert Signaturen hinterließ – teils reine Unterschriftszettel, teils handgeschriebene Textproben: »Damit ihr was habt, wenn nach meinem Tod noch jemand was will ...«

So wie ihn das Image des von der hohen Literaturkritik ignorierten Geschenkbuchautors verdroß, reagierten seine Söhne sauer, wenn Bekannte sie um Fürsprache angingen: »Ach, da könnte Ihr Vater doch vielleicht ein Gedichterl machen!«

Ein Gedichterl – wie wenn es im Hause Roth der Brauch

gewesen wäre, jeglichen Vorfall sogleich in Reime umzusetzen! Heute, wo Eugen Roth tot ist, kann man bei ihnen mit der Frage »Schreiben Sie auch?« einen ähnlichen Effekt erzielen: »Da würde man sich manchmal fast wünschen, der Vater hätte uns eine gutgehende Metzgerei hinterlassen.«

Wenn Eugen Roth wieder einmal seinen grantigen Tag hatte, konnte es passieren, daß er die Seinen gegen die Käufer seiner Bücher ausspielte: »Da hätte ich Hunderttausende Leser, denen ich jederzeit willkommen wäre, nur in meiner Familie gelte ich nichts.« Doch der kleine Thomas, um keine Antwort verlegen, verteidigte verbissen seine Position: »Du, die hunderttausend sind mir Wurscht, du bist mein Papi!«

Von Kindern ist eben nicht jene Einsicht zu verlangen, die der Mittdreißiger Stefan heute so formuliert: »Wer durch Literatur Wärme verbreitet, muß diese Wärme zwangsläufig von woanders abzweigen – und von wo sonst als der Familie? Nein, der Vater, der dem Sohn hilft, sein Radl zu reparieren, war er nicht. Und auch lustig ging's bei uns nicht zu.«

Da war es ein Segen, daß Eugen Roth, der zu Depressionen Neigende, in Gestalt seiner Frau die ideale ausgleichende Gefährtin zur Seite hatte. Die gelernte Buchbindermeisterin mit eigener Werkstatt im Haus (die in späteren Jahren allerdings nur noch der Anfertigung von bibliophilem Eigenbedarf diente) war nicht nur eine exzellente Hausfrau und Köchin, sondern nahm ihrem Mann auch das Chauffieren des Wagens sowie jegliche Art von Verhandlungen ab. Und da muß gerade sie ihm zwei Jahre vor seinem eigenen Tod wegsterben? Er hat es ihr sehr verübelt.

Irgendwann in unserem Gespräch fällt auch der Name Hitler: »Daß unser Vater freier Schriftsteller wurde, verdankte er dem Führer. Er war seit 1927 Lokalredakteur bei den ›Münchner Neuesten Nachrichten‹ – 1933 warfen sie ihn hinaus, wegen politischer Unzuverlässigkeit.«

Zwei Jahre darauf erschien die Erstausgabe seiner ›Ein Mensch‹-Verse. Es war mühsam genug: Erst der elfte Verlag biß an; nicht weniger als zehn hatten, was später ein Millionenerfolg werden sollte, abgelehnt.

Nach dem Zweiten Weltkrieg wurde Carl Hanser der Verleger von Eugen Roth. Aber ein Sonderfall blieb er auch hier: vom Ertrag her der große Geldbringer, vom Programm her ein Fremdkörper. Der Eugen-Roth-Lektor jener Jahre und beste Kenner des Werks, Herbert G. Göpfert, wird von den Söhnen, wenn sie in irgendeiner Frage nicht weiterwissen, noch heute um Rat und Hilfe angegangen.

Eugen Roths besonderes Glück war es, sagt Thomas, daß ihm – abgesehen davon, daß er sich in seiner Heimatstadt München nicht übermäßig geschätzt vorkam – das Erlebnis des absteigenden Astes erspart geblieben ist. Einmal trat er zusammen mit dem ihm gut bekannten Kasimir Edschmid zu einer Lesung an. Nachher, beim Signieren, umdrängte ihn das Publikum. Kollege Edschmid hingegen blieb unbeachtet – und flüchtete sich aus der Peinlichkeit der Situation in den Galgenhumor des Bonmots: »Der eine signiert, der andere resigniert.«

Die triumphale Siegerpose war Eugen Roths Sache dennoch nicht: Als er 1963 in der Wiener Stadthalle vor dreimal 5000 Leuten las, empfand er dies als ein ungeheures Glück, doch kaum sah er in der Zeitung das Photo eines überfüllten Fußballstadions, da war der Sensationserfolg auch schon wieder aufs ernüchterndste relativiert ...

Die Söhne berichten von weiteren Indizien der väterlichen Popularität: von jener alten großdeutschen Eisenbahnlandkarte, in der Eugen Roth seine Lesetermine einzuzeichnen pflegte (pro Auftritt ein Kringel), von den Fans, die ihm zum Geburtstag mit ihren eigenen ›Ein Mensch‹-Versuchen gratulierten, von den Feldpostausgaben im Krieg. Selbst die DDR, die von seinen Büchern nichts wissen mag, kommt nicht gänzlich ohne Eugen Roth aus: Ab und zu senden sie etwas von ihm im Radio. Zu später Nachtstunde. Sohn Thomas, der über die Gabe des Hebammenschlafs verfügt, entgeht es nicht: »Da kann ich noch so tief eingenickt sein – bei der ersten Zeile Eugen Roth wache ich auf.«

Wir kommen schließlich noch zum Thema Nachlaß. Roths Einstellung dazu war ausgesprochen ambivalent: »Ähnlich wie im Fall Kafka/Brod. Sie wissen ja, Kafka hatte testamentarisch verfügt, alles zu seinen Lebzeiten nicht Gedruckte sei zu vernichten. Max Brod hat sich darüber hinweggesetzt und auf diese Weise wichtigste Literatur erhalten. Ein bißchen spielt das in so manche Verfügungen über künstlerische Nachlässe hinein – mag es Selbstzweifel des Autors sein oder auch nur Koketterie. Vieles, was mein Vater verbrannt haben wollte, sind wirklich nur vorbereitende Entwürfe und Notizen, die ohne die überlagernde Kenntnis ihres Autors und dessen Intentionen wertlos und uninteressant sind. Werden sie eines Tages vernichtet, so tut man nur das, wozu der Autor selbst nicht mehr gekommen ist. Konkret war es so, daß es einerseits Briefschachteln mit der Aufschrift ›Wichtig‹ gab, andererseits die ausdrückliche Weisung ›Alles vernichten‹. Etwas, woran mein Bruder und ich uns streng gehalten haben, war die Verfügung unseres Vaters, daß die ersten zwei Jahre nach seinem Ableben nichts vom Unveröffentlichten veröffentlicht werden darf. Ein kluger Rat: Im Theater sitzen immer ein paar Leute, die auf den Gickser des Tenors lauern.«

Schon Eugen Roth selber gab seine Texte nur nach strengster Prüfung für den Druck frei und nur nach sorgfältiger Absprache mit seiner Frau. Immer wenn eine jener Mappen, in denen er seine Manuskripte zu sammeln pflegte, voll war, setzten sich die beiden zusammen und machten sich ans Auswählen.

Er nannte es seine »Bienenkörbe«. Und er sagte zu seiner Frau: »So – jetzt wird geschleudert.« Und wenn die Sache gut ausging, ergab, was sich in den Waben fand, ein neues Buch.

Ich frage Thomas und Stefan Roth, was sich in den »Bienenkörben« befindet, die ihrer Obhut anvertraut sind. »Da wären zunächst einmal die Spaziergänge unseres Vaters mit Georg Britting. Außerdem eine Kollektion Rundfunkarbeiten: seine Hörbilder. Vielleicht auch die Aufzeichnungen, die er von seinen Träumen hinterlassen hat. Dann die vielen Industrieaufträge und Privatdrucke. Natürlich muß bei alledem mit sehr kritischer Elle gemessen werden. Beim Bildhauer zählt auch der Torso, beim Schriftsteller nicht. Eine Sache für sich sind die Tagebücher und die Briefe. Sie sind nie mit Blick auf spätere Veröffentlichung geschrieben worden. Sie zu sichten, wäre freilich eine Heidenarbeit – man müßte dafür eigens die Gabelsberger erlernen.«

Kurzschrift, Diktiergerät, Transskription – auch Schriftstellererben fällt nicht alles einfach in den Schoß.

Bertolt Brecht mit Gattin Helene Weigel und Tochter Barbara

»Enterbt die Brecht-Erben!«
Barbara Schall-Brecht antwortet

»Enterbt die Brecht-Erben!« schallte es im Sommer 1981 aus der westdeutschen Presse. »Bertolt Brechts Nachlaß muß nationalisiert werden!« Die Regisseure Claus Peymann, Jürgen Flimm und Frank-Patrick Steckel taten sich sogar zu einem Protestbrief zusammen – adressiert an die Ostberliner Akademie der Künste:

»Anläßlich des Entzuges der Aufführungsrechte von Hansgünther Heymes Stuttgarter Inszenierung des ›Guten Menschen von Sezuan‹ von Bertolt Brecht durch die Brecht-Erben möchte die ›Deutsche Akademie der Darstellenden Künste‹ in Frankfurt am Main mit allem Nachdruck auf die mißbräuchliche und willkürliche und anmaßende Handhabung durch die Brecht-Erbin, Frau Barbara Schall-Brecht, hinweisen. Nicht nur hier in der Bundesrepublik, auch in der Deutschen Demokratischen Republik waren in den vergangenen Jahren zahlreiche Theater von der inkompetenten Nachlaßverwaltung durch Frau Schall-Brecht betroffen. Eine Nationalisierung des Brecht-Erbes, die den Intentionen des Stückeschreibers sicher entsprechen würde, ist überfällig. Der Nachlaß Bertolt Brechts gehört in die Hände der Akademie der Künste! Es erscheint ausreichend, den Erben den *ökonomischen* Vorteil ihrer Verwandtschaft mit dem Dichter zuzugestehen. Die Rechte vom *geistigen* Eigentum gehören dem Volke.«

Eine originelle Initiative – weit über Brecht hinaus. Denn es ist wohl klar, daß man so etwas nur diskutieren kann, wenn man es nicht auf einen einzelnen Autor, sondern auf alle erstreckt. Bloß eines mißfiel mir daran auf Anhieb: der Ruf nach dem Staat.

Ich wollte wissen, was die Angegriffene selber dazu sagt. Barbara Schall-Brecht, des Dichters jüngste Tochter, amtiert in Ostberlin. Der Kontakt war im Nu hergestellt – jetzt ging es nur noch darum, sich auf einen für beide Seiten akzeptablen Termin zu einigen. Der erste platzte nach einigen Tagen, Frau Schall-Brecht mußte überraschend eine Auslandsreise antreten – war sie vielleicht schon wieder in Verhinderungsmission unterwegs?

Dann traf die endgültige Zusage ein, Briefkopf »Bertolt-Brecht-Erben«, mein erstes literarisches Firmenpapier – mir schwante Böses.

Und dann dieser düstere Nachsatz: Ob und was von meinem Gespräch mit Barbara Schall-Brecht veröffentlicht werden dürfe, müsse erst noch geklärt werden.

Man beachte das »ob und was«. Besonders das »ob«.

Ich flog trotzdem nach Ostberlin.

Das Büro der Brecht-Erben befindet sich im Brecht-Zentrum an der Chausseestraße: Es ist das berühmte Mietshaus mit Innenhof und Hintertrakt, in dem Brecht und seine zweite Frau, die Schauspielerin Helene Weigel, von 1953 bis zu ihrem Tod gelebt haben. Auf dem Dorotheenstädtischen Friedhof nebenan, Hegel schräg vis-à-vis, liegt der »Stückeschreiber« begraben. Es ist das Welthauptquartier des Brecht-Kults: die zur Besichtigung freigegebenen Wohnungen von Bertolt Brecht und Helene Weigel, das Brecht-Archiv, ein Veranstaltungszentrum, eine Spezialbuchhandlung, ein Restaurant: B. B. en gros & en detail. Jeder auch nur halbwegs an Kultur interessierte Ostberlin-Besucher kennt die Adresse: Chausseestraße 125.

Ich hatte eine andere in der Tasche: Friedrichstraße 133. Das mußte Barbara Schall-Brechts Wohnung sein. Um so besser: Würde ich also auch gleich sehen, wie man als Brecht-Erbe lebt ...

Fünf Minuten vom Bahnhof Friedrichstraße. Ich überquere die Spreebrücke, zur Linken der Bertolt-Brecht-Platz und das alte Schiffbauerdammtheater, in dem Brecht zwei Jahre vor seinem Tod dem von ihm und Helene Weigel gegründeten Berliner Ensemble eine feste Bleibe geschaffen hat und in dem heute sein Schwiegersohn Ekkehard Schall als Vizeintendant und erster Schauspieler wirkt. Das Haus, in dem die Schalls den zweiten und dritten Stock bewohnen, gehört zu den spärlichen Resten des alten Berlin: herrschaftliche hohe Räume, große Fenster, zweiflügelige Türen. Ecke Reinhardt-Straße, gegenüber die Großbaustelle des neuen Friedrichstadt-Palasts. Gassenseitig ein Intershop, ein Parfümerieladen, eine Filiale der Kaufhauskette »Kompliment«, ein Getränkekiosk; die staatliche Arztpraxis ist übers Stiegenhaus erreichbar. Im Hausflur das übliche Bild: Verwahrlosung, Verfall.

Um so eindrucksvoller die urgemütliche, erlesen möblierte Großwohnung, die sich mir nach kurzem Läuten auftut: Bücherwände, ganze Regalfächer voller Videokassetten, nicht einmal auf meinen Amerikareisen ist mir ein so überdimensionaler Fernsehapparat untergekommen, es ist etwas Japanisches, ein Geschenk von irgendwoher, die ganze Seligkeit der Kinder. Kostbare sächsische Geschirrsammlungen in den Glasschränken, spanische Majolika-Masken an den Wänden, ein venezianischer Mohr bewacht den Salon. Ein Ehrenplatz für die Brecht-Maske, in einem der Nebenräume das Originalschwert von der Berliner ›Courage‹-Erstaufführung des Jahres 1949 – die Parierstange aus einer alten Sardinendose zusammengebastelt, die Werkstätten des Berliner Ensembles, damals noch auf mancherlei Behelf angewiesen, waren eben schon immer besonders erfindungsreich. Die lederne Montur des Coriolan – ein Geschenk des Theaters an Ekkehard Schall zu dessen fünfzigstem Geburtstag. Fitnessgeräte der unterschiedlichsten Art – die Tür zu Schalls Turnraum steht offen. In der oberen Etage, wo sich die Privaträume befinden, der riesige gußeiserne Ofen aus Brechts Altöttinger Haus – vom Ertrag der ›Dreigroschenoper‹

hatte er sich in Bayern angekauft; als die Nazis kamen, wurde der Besitz beschlagnahmt.

Es wird noch einige Zeit verstreichen, bis mir die Hausfrau auch den Rest ihrer Schätze – Knopf- und Broschensammlung – zeigen kann: Zuerst sind noch die Tenscherts abzufertigen. Mit Joachim Tenschert, dem Hausregisseur, ist ein neues Projekt zu besprechen; Vera, seine Frau, die berühmte DDR-Photographin, deren Helene-Weigel-Band in den Schaufenstern der Buchhandlungen liegt, verkürzt mir die Wartezeit. Wir unterhalten uns über Vandalismus in den heutigen Großstädten – wo ist es schlimmer: in Wien oder in Berlin? Vera Tenschert kann mitreden: Sie verbringen jedes Jahr einige Zeit in Österreich, ihr Mann hat einen Lehrauftrag am Reinhardt-Seminar.

In der Schall-Brecht-Wohnung geht's lebhaft zu: Tochter Jenny kommt aus der Schule heim, sie hat eine Freundin mitgebracht. Die Sechzehnjährige besucht eine erweiterte Oberschule – möglich, daß sie selber Lehrerin wird. Von einem der vier Vornamen Brechts ist ihr eigener abgeleitet: Eugenie. Die dünne Nickelbrille, die sie trägt, unterstreicht noch die Ähnlichkeit mit dem Großvater.

Jenny ist also noch im Elternhaus, während ihre sieben Jahre ältere Schwester Johanna dem Ensemble des Deutschen Theaters angehört – jetzt ist sie für drei Jahre nach Frankfurt an der Oder delegiert. Sie spielt, was anfällt – ganz wie sich's für eine Anfängerin gehört. Sicher werden bald auch die ersten Brecht-Rollen auf sie zukommen – bis jetzt beschränkt sich's auf einen der Clowns im ›Badener Lehrstück vom Einverständnis‹.

Auftritt Ekkehard Schall: Der Hausherr erscheint zum Frühstück – er ist der letzte an diesem Tag. »Ekke« ruft ihn seine Frau. Brechtsches Kurzhaar, brauner Kimono. Streng, aber nicht unfreundlich. Er sieht die Post durch, überfliegt die Kritiken, die ihm der Ausschnittdienst zugeschickt hat, öffnet ein Bücherpaket mit Neuerscheinungen aus der Bundesrepublik, zieht sich wieder zurück.

Ein-, zweimal huscht eine Haushälterin durch die Zimmer. Von Fauteuil zu Fauteuil wandernd: Max Murkel und Goggo Plattfuß, die beiden Hunde.

Meine Gastgeberin und ich, im Begriff, uns endlich am großen Eßtisch im Salon zusammenzusetzen, werden noch ein weiteres Mal getrennt – diesmal ist es das Telephon. Es geht um Buckow, Brechts Zweitwohnsitz in der Mark, sechzig Kilometer vor Berlin. Der Besitz am Scharmützelsee, Schauplatz der

›Buckower Elegien‹, ist heute zweigeteilt: Das ehemalige Dienstbotenhaus dient den Schalls als Sommer- und Wochenend-Retiro, das Herrschaftshaus ist zur Gedenkstätte umgewandelt. Jetzt ist einer der Handwerker am Apparat, er berichtet über den Stand der Arbeit – es geht um die Kanalisation.

Barbara Schall-Brecht sitzt während des Telephonats mit angezogenen Beinen auf einem Sessel: Zur Degagiertheit der Frau von Welt tritt noch die gezielte Komödiantik der gelernten Schauspielerin – ich bin als Reporter gekommen und finde mich als Zuschauer wieder. »Bis hier bin ich der Papa, ab hier die Mama«, wird sie mir später physiognomischen Anschauungsunterricht erteilen. Die obere Gesichtshälfte Brecht, die untere Weigel. Es stimmt haargenau.

Der Typ Frau, bei dem keine Langeweile aufkommt: Von mir aus könnte sie noch stundenlang weitertelephonieren. Der erste Eindruck: temperamentvoll, mit einem leichten Hang zur Drolligkeit. Bubikopf – kurzgeschnitten, der große, beim Lachen sich weit öffnende Mund. Bodenlanges geblümtes Hauskleid, kein Schmuck.

Barbara Schall-Brecht. Das jüngste der Brecht-Kinder: Jahrgang 1930. Und das mit der stärksten Familienbindung: Erst mit zweiundzwanzig zog sie von daheim weg, als der Schauspieler Ekkehard Schall, heute einer der ersten seines Fachs in der DDR, in ihr Leben trat. »Wild wie ein Märzwind und zart wie Brüsseler Spitze«, hat der Vater die Zehnjährige charakterisiert.

Und wie ist ihr Bild von ihm?

Barbara Schall-Brecht lächelt verständnisvoll-zärtlich: »Er war ein blendender Sonntagsvater. Für unter der Woche hatten wir die Mama.«

Aber sie läßt keinen Zweifel daran zu, daß er Kinder mochte: »Wir waren eine Familie im guten deutschen Sinne.«

Und was hat der »Sonntagsvater« mit der kleinen Barbara unternommen?

»Allerlei. Am liebsten ging er mit mir in den Zirkus.«

Und später?

»Immer wenn er ein starkes Interesse für einen bestimmten Gegenstand bei mir wahrnahm, hat er sich intensiv mit mir darüber auseinandergesetzt – zum Beispiel über elisabethanische Lyrik. Oder über Vergleiche der Luther-Bibel und der King-James-Fassung.«

»Zur eigenen Theaterarbeit hat er Sie nicht herangezogen?«

»Doch. Bei der Einstudierung seines Stücks ›Pauken und Trompeten‹ habe ich mitgewirkt.«

Tochter Barbara war 26, als Bertolt Brecht starb. Ihre erste große Rolle an »seinem« Theater, die Pegeen in Synges ›Held der westlichen Welt‹, hat er also nicht mehr erlebt. Regie: Wekwerth/Palitzsch. »Ich konnte ihm gerade noch die Probenphotos davon zeigen ...«

Seine Zustimmung zu ihrer Berufswahl hatte Brecht von zwei Bedingungen abhängig gemacht: »Ich mußte an einem anderen Theater einen durchschlagenden Erfolg erzielen, und ich mußte eine erstklassige Rindssuppe kochen können.«

»Und Sie haben beide Bedingungen erfüllt?«

»Die erste dank Curt Bois, der mich am Deutschen Theater in der Berliner Posse ›Polterabend‹ groß herausgebracht hat, die zweite dank meiner Mutter, die eine überragende Kochkünstlerin gewesen ist.«

»Trotzdem haben Sie die Schauspielerei später aufgegeben?«

»Ich mußte. Ich habe Papas Niereninsuffizienz geerbt. Ich kann nicht lange stehen, habe etliche Operationen hinter mir. Der Arzt hat zu mir gesagt: ›Frau Berg, Sie können spielen, aber nicht proben.‹«

»Wieso ›Frau Berg‹?«

»Das war mein Künstlername – bis damals vor acht Jahren, als ich die Schauspielerei an den Nagel hängen mußte. Ich wollte weder als Brecht noch als Weigel meinen Weg machen. Es war zu der Zeit, als das Berliner Ensemble den ›Hofmeister‹ von Lenz herausbrachte: Ich war in den Schauspieler verknallt, der den Studenten Fritz von Berg spielte – er ist längst gestorben. Drum hab ich mich damals Barbara Berg genannt. Bis es mit dem Theaterspielen aus war.«

»Und mit der Verwaltung des Brecht-Erbes begann?«

»Als 1971 Mama starb, die eine phantastische Nachlaßverwalterin gewesen war, mußte ich die Sache übernehmen – ich kam dazu wie die Kuh zum Sonntag. Es ging ja alles so rasend schnell: Im April hatte sie noch in Paris einen ungeheuren Erfolg mit der ›Courage‹, im Mai war sie tot.«

»Hatte Brecht ein Testament hinterlassen?«

»Ein getipptes. Also ungültig. Als eingefleischter Krimileser hätte er's eigentlich besser wissen müssen. Aber Mama hat es trotzdem in den meisten Punkten vollstreckt.«

Auch Brechts letzter Wille, sein Begräbnis betreffend, ist ein maschinengeschriebenes Dokument – ein Jahr vor seinem

Ableben hat er es an die Akademie der Künste der DDR gerichtet:

»Im Falle meines Todes möchte ich nirgends aufgebahrt und öffentlich ausgestellt werden. Am Grab soll nicht gesprochen werden. Beerdigt werden möchte ich auf dem Friedhof neben dem Haus, in dem ich wohne, in der Chausseestraße.«

In einem Punkt setzte man sich auch hier über Brechts Anweisungen hinweg: Johannes R. Becher, Georg Lukács und Walter Ulbricht hielten Traueransprachen.

»Als fünfzehn Jahre danach auch Helene Weigel starb, mußte das Brecht-Erbe neu geordnet werden – wie?«

»Wir sind drei: Hanne, Stefan und ich.«

Hanne Hiob, die Älteste, Brechts Ehe mit der Sängerin Marianne Zoff entstammend, hat sich ein Beratungsrecht vorbehalten. »Wir telephonieren alle paar Tage miteinander, sie lebt in einer Ein-Zimmer-Mühle am Wolfgangsee.«

Stefan, schon aus der Verbindung mit Helene Weigel und knapp zwei Jahre jünger als Hanne, lebt in New York und kümmert sich um die Rechte für den englischsprachigen Bereich. Er ist Doktor der Philosophie und hat neben anderem zwei Bücher über das Off-Broadway-Theater geschrieben. Jetzt sind, im Ostberliner Aufbau-Verlag, zum erstenmal seine Gedichte erschienen – sie sind im Gegensatz zu seinen amerikanischen Veröffentlichungen in der Muttersprache abgefaßt und seiner Schwester Barbara gewidmet.

Sehr still
ist des Toten Mund.
Die Luft hängt über ihm
wie ein See. Macht entwich ihm
in einem Hauch.
Ich trauere um meinen Vater
und freue mich, daß ich kräftig bin.

Dr. Stefan Brecht, 1924 in Berlin geboren und mit den Eltern nach Kalifornien emigriert, kehrt nicht mit ihnen zurück, sondern nimmt 1944 die amerikanische Staatsbürgerschaft an. Nur ein paar Flugstunden noch und Barbara wird ihm in seiner Wohnung in Greenwich Village gegenüberstehen – sie ist auf dem Sprung zu einer Zwei-Wochen-Visite in den USA, die Koffer sind schon gepackt. Man will über Nachlaßprobleme sprechen, auch über das geplante Ekkehard-Schall-Gastspiel in

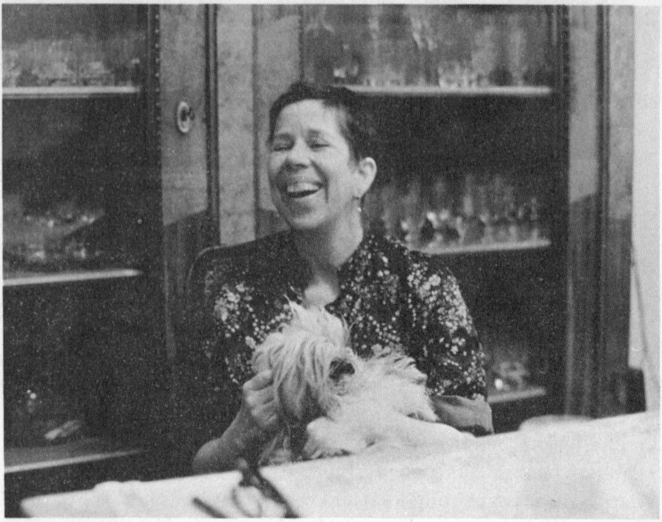

Barbara Schall-Brecht in ihrer Wohnung an der Friedrichstraße

Amerika. Schalls Brecht-Rezitationsabende sind einer der attraktivsten Exportartikel der DDR.

Doch zurück zu den Brecht-Erben. Nach welchem Schlüssel werden die Tantiemen aufgeteilt?

»Die Verwaltung des Erbes erfolgt von hier aus, von Berlin.« Im Sekretariat sind zwei Mitarbeiterinnen tätig – die eine, nun schon dreißig Jahre dabei, hat noch zu seinen Lebzeiten für Brecht gearbeitet. Es fällt ziemlich viel an: »Ich bin nämlich noch altmodisch erzogen – ich beantworte jeden Brief.« Die Aufteilung der Tantiemen erfolgt unter Berücksichtigung der Finanzierung des Berliner Büros.

»Aber lassen wir den pekuniären Aspekt einmal beiseite: Nicht das Geld machen die Kritiker den Brecht-Erben streitig, sondern das Recht, in die Vergabe der Aufführungsrechte dreinzureden. Wie steht's damit?«

»Am liebsten wäre es mir, es wäre überflüssig. Aber da gab's leider den Fall Heyme. Hansgünther Heyme hat in seiner Kölner Inszenierung der ›Dreigroschenoper‹ den Bettlerkönig Peachum als Jud gezeigt. Als wirklich schlimmen ›Stürmer‹-Jud. Ohne daß das mit dem Stück oder der Zeit, in der das

Stück spielt, irgend etwas zu tun hätte. Und nun frage ich Sie: Muß wirklich unbedingt Antisemitismus propagiert werden? Also habe ich eingegriffen und den Suhrkamp-Verlag, der die Aufführungsrechte vergibt, gebeten, den Vertrag für die folgende Saison nicht zu verlängern. Und Heyme auch nicht den ›Guten Menschen von Sezuan‹ für Stuttgart zu überlassen. Wie kann ich mich darauf verlassen, was so ein Mensch aus dem Stück macht?« (Inzwischen ist der Streit mit Heyme beigelegt.)

Eine andere Sache ist es mit dem Stück ›Die Maßnahme‹: »Das ist gesperrt, weil es mißverstanden, weil es in antikommunistischem Sinne mißbraucht werden könnte. Es gibt zwei Briefe von ihm, aus denen klar hervorgeht, daß Brecht selber es nicht aufgeführt haben wollte.«

»Und Ihre eigene politische Haltung?«

»Die hiesige. Warum sonst würde ich hier leben?«

»Brecht-Aufführungen gibt's wie Sand am Meer. Sie können sich unmöglich überall orientieren, ob es bei einer Inszenierung zu Verfälschungen kommt?«

»Um Himmels willen nein – da hätte ich viel zu tun.

Aber wenn ich beispielsweise in einer Kritik in ›Theater heute‹ von einer ›völlig neuen Fassung‹ lese, dann bitte ich den Verlag, Nachschau zu halten, und lasse mir berichten.«

In einem Interview der Zeitschrift ›Linkskurve‹ hat Barbara Schall-Brecht ein für allemal ihren Standpunkt präzisiert; sie drückt mir ein Exemplar des betreffenden Hefts in die Hand:

»Es würde mir nicht im Traum einfallen, künstlerische Urteile zu fällen. Daß ich meine Meinungen zum Theater habe, steht mir zu. Aber ich würde sie niemals anderen Leuten oktroyieren. Es gibt so viele Möglichkeiten und Richtungen. Nur: politischen Mißbrauch – ich betone: politischen Mißbrauch – das kann ich nicht zulassen. Aber ansonsten – wieso sollte ich das Interesse an Papas Werk abwürgen? Ich habe immer die Hoffnung, daß selbst bei der absurdesten Inszenierung sein Wort durchkommt. Schließlich hatte er ja wirklich was zu sagen ...«

»Sie halten es also auch für legitim, Brecht-Stücke zu aktualisieren?«

»Aber sicher. Er selber würde sie heute doch ebenfalls anders spielen. Auch an den Texten Kürzungen vorzunehmen, ist selbstverständlich zulässig – die Stücke sind ja relativ lang. Nur eigenmächtig an ihnen herummurksen oder Neues hineinschreiben – das geht nicht, dafür gibt's den Urheberrechtsschutz. Wenn so ein eitler Flaps von Regisseur glaubt, daß aus ihm der Baum der Erkenntnis emporwächst, möchte ich ihm am liebsten raten: Schreiben Sie doch selber ein Stück oder lassen Sie eins schreiben!«

Es ist bekannt, daß zumindest der frühe Brecht in diesem Punkt anders gedacht hat. »Nehm jeder sich heraus, was er grad braucht!« heißt es in einem Sonett, mit dem er auf die Vorwürfe des Theaterkritikers Alfred Kerr erwidert hatte, er habe bei den Songs der ›Dreigroschenoper‹ ohne Quellenangabe auf Ammers Villon-Übersetzung zurückgegriffen. In seiner offiziellen Erklärung berief er sich sogar ausdrücklich auf seine »grundsätzliche Laxheit in Fragen geistigen Eigentums«, und die Brecht-Biographin Marianne Kesting führt dazu aus: »Er hat immer wieder fremde Stoffe bearbeitet und dichterische Methoden aus aller Welt übernommen, aber alles in so unverwechselbar Brechtisches verwandelt, daß dieser Vorwurf absurd ist.« Und weiter: »Geistiges als Privateigentum anzusehen, ist eine Auffassung allerjüngsten Datums. Shakespeare oder die antiken Tragiker haben sie nicht gekannt, und Brecht hat sie nie gelten lassen, wie er die gesellschaftliche Basis, der diese Ansicht entstammt, nicht anerkannte. Für ihn war alles bereits Formulierte lediglich Stoff, den man brauchen konnte und durfte.«

»Und der Vorwurf, Sie ließen nur Inszenierungen zu, die den in den Regiebüchern des Berliner Ensembles festgehaltenen Modellen folgen?«

»Das ist auch so eines dieser Mißverständnisse. Das Modell kann eine Startrampe sein, und ich finde es einen Leichtsinn, davor die Augen zu verschließen, aber was man dann tatsächlich davon verwendet, bleibt natürlich jedem einzelnen überlassen. Also noch einmal: Ich bin nur gegen die Ablehnung von Modellen, ohne daß man diese Modelle überhaupt kennt.«

»Auch in der DDR sollen Sie Brecht-Aufführungen verhindert haben?«

»Papa hat, als er hierherkam, vertraglich festgelegt, daß in Berlin seine Stücke nur vom Berliner Ensemble gespielt werden dürfen. Mama hat an dieser Regelung festgehalten – zunächst auch ich. Doch dann habe ich mich mit mehreren Leuten beraten, und wir sind zu dem Schluß gekommen, die Zeiten haben sich geändert. Schön, das Berliner Ensemble hat nach wie vor in manchem den Vorrang, aber auch andere Berliner Theater können ihre Wünsche einreichen, und meistens wird diesen Wünschen entsprochen.«

Aus den postum veröffentlichten Briefsammlungen wissen

wir, daß Brecht selber, durch Verbote und Mißverständnisse, Fehldeutungen und Verfälschungen übervorsichtig geworden, sich so manchem Offert beharrlich verschlossen hat. 1949, mitten in den Experimenten des epischen Theaters, gab er seinem Übersetzer Eric Bentley einen Korb für Aufführungen in den USA: »Bitte lassen auch Sie sich nicht verbittern durch mein Zögern, Sie Stücke auf dem kommerziellen Theater inszenieren zu lassen.« Da »meine eigenen Versuche noch recht im Anfangsstadium stehen, möchte ich lieber, daß Sie bei uns erst einige Zeit praktizieren«.

Auch dem Staatstheater Dresden legte er den Rücktritt von einem schon abgeschlossenen Vertrag nahe, um das betreffende Werk vor »Verbalhornungen« zu schützen: »Bitte erblicken Sie darin keine unfreundliche Haltung – es haben zu oft Stücke selbst in der Inszenierung ausgezeichneter, aber nicht speziell informierter Regissöre starken Schaden gelitten.« Und die berühmte englische Regisseurin Joan Littlewood »belehrte« er, daß sie die kontrollierende Anwesenheit seiner Mitarbeiter bei ihren ›Courage‹-Proben nicht irritieren dürfe: »Damit die Kunst mit der Zeit Schritt halten kann, müssen die Künstler die neuen Kunstmittel zur Kenntnis nehmen.«

Doch zurück zur Tochter und Nachlaßverwalterin. Ich frage Barbara Schall-Brecht, ob's auch in punkto Bühnenmusik schon zu Konflikten gekommen ist.

»Ja – zum Beispiel in München. Dort wollte einer die ›Dreigroschenoper‹ mit einer neuen Musik herausbringen. Das geht natürlich nicht – nur die Orchestration ist frei. Aber das ist Sache der verschiedenen Komponistenerben: der Kurt Weill Foundation, der Hanns-Eisler-Witwe Steffi Eisler und der Paul-Dessau-Erbin Ruth Berghaus.«

»Sie erinnern sich an den Wiener Brecht-Boykott der fünfziger und sechziger Jahre? Gibt's so etwas heute noch irgendwo, oder wird Brecht inzwischen auf der ganzen Welt gespielt?«

»Er wird natürlich in keiner der faschistischen Militärdiktaturen gespielt. Man kann es auch umgekehrt ausdrücken: Das Ende faschistischer Militärdiktaturen ist daran zu erkennen, daß plötzlich wieder Brecht auf dem Spielplan steht. Jüngstes Beispiel: ›Der aufhaltsame Aufstieg des Arturo Ui‹ in Spanien.«

»Was haben die Brecht-Fans noch an Veröffentlichungen aus dem Nachlaß zu erwarten?«

»Gedichtfragmente und Stückfragmente – dann ist alles publiziert. Bleibt zuletzt nur noch die historisch-kritische Ausgabe. Man schätzt sie auf 180 bis 280 Bände. Es wäre schön, wenn zum 90. Geburtstag Band 1 vorläge.«

Ich bin mit meinen Fragen durch, und ich habe auf alle eine Antwort erhalten. Außerdem bin ich gastlich aufgenommen worden, ich habe mich im Hause Schall-Brecht ungehindert umsehen können, ich habe jegliches gewünschte Material an die Hand bekommen, und auch von der ursprünglichen Bedingung, unter der das Interview zustande gekommen war, ist am Schluß keine Rede mehr: Textzensur. Es ist schön, wenn Vorurteile sich ausnahmsweise einmal nicht bestätigen, sondern gegenseitig aufheben.

Bitte beachten Sie
die folgenden Seiten

Dietmar Grieser

In deinem Sinne

Begegnungen mit Künstlerwitwen

Ullstein Buch 22010

ein Ullstein Buch

Große Künstler aus der Sicht ihrer Frauen – Begegnungen und Gespräche mit Dagny Björnson Gulbransson, Berta Drews-George, Elisabeth Furtwängler, Erica Käutner-Balqué, Olda Kokoschka, Michiko de Kowa, Lucy Wotruba u. v. a.